比较文学与世界文学研究丛书

主编 曹顺庆

三编 第2册

印度古典梵语文艺美学多棱镜（中）

尹锡南 著

花木兰文化事业有限公司

国家图书馆出版品预行编目资料

印度古典梵语文艺美学多棱镜（中）／尹锡南 著 -- 初版 --
新北市：花木兰文化事业有限公司，2024〔民 113〕
目 4+158 面；19×26 公分
（比较文学与世界文学研究丛书 三编 第 2 册）
ISBN 978-626-344-801-8（精装）
1.CST：梵文 2.CST：古典文学 3.CST：文学评论
4.CST：印度
810.8　　113009364

ISBN-978-626-344-801-8
9 786263 448018

比较文学与世界文学研究丛书
三编 第二册　　ISBN：978-626-344-801-8

印度古典梵语文艺美学多棱镜（中）

作　　者 尹锡南
主　　编 曹顺庆
企　　划 四川大学双一流学科暨比较文学研究基地
总 编 辑 杜洁祥
副总编辑 杨嘉乐
编辑主任 许郁翎
编　　辑 潘玟静、蔡正宣　美术编辑 陈逸婷
出　　版 花木兰文化事业有限公司
发 行 人 高小娟
联络地址 台湾 235 新北市中和区中安街七二号十三楼
　　　　 电话：02-2923-1455 ／传真：02-2923-1452
网　　址 http://www.huamulan.tw 信箱 service@huamulans.com
印　　刷 普罗文化出版广告事业
初　　版 2024 年 9 月
定　　价 三编 26 册（精装）新台币 70,000 元

印度古典梵语文艺美学多棱镜（中）

尹锡南 著

目次

上册

第八章　古典梵剧的现代遗韵：南印度库迪亚旦剧

婆罗多的《舞论》是早期梵语戏剧实践经验的理论总结，是印度古代著名的梵语文艺理论著作。它对印度文艺理论、艺术表演等均产生过重要的历史影响。它不仅深刻地影响了后世梵语文学与艺术理论的建构，也对一些重要的印度古代传统艺术如婆罗多舞、卡塔卡利舞和库迪亚旦剧等产生了重要的影响。与中国的昆曲一道，库迪亚旦剧于2001年被联合国教科文组织（UNESCO）列入首批人类非物质文化遗产代表作名录。库迪亚旦剧也是深受《舞论》影响的南印度喀拉拉邦地方传统戏剧，它在漫长的历史岁月中，为了适合本土观众的欣赏情趣，大量吸纳了当地文化要素，从而为自己的长期流传打下了坚实的基础。《舞论》对其剧场建造、戏剧表演类型、戏剧人物塑造、形体与语言表演、舞蹈和音乐等各个方面均产生了积极的理论影响。库迪亚旦剧的表演至少涉及《舞论》提及的10种戏剧中的4种。库迪亚旦剧遵循《舞论》所规定的面部神态表演论、眼神表演论、手势论和步伐表演论等。《舞论》强调戏剧表演与舞蹈表演、音乐表演的三位一体，这一点在库迪亚旦剧中也有体现。库迪亚旦剧运用源自《舞论》音阶论和调式论的21种拉格和10种节奏类型。“喀拉拉是一座丰富的艺术宝库，其中大多数艺术独具特色，代表了与印度其他地方艺术完全不同的属于自己的流派。”[1]还有学者指出：“喀拉拉有着丰富多彩的艺术表演传统，它们深深扎根于自己的文化并以此相互联系。从

1　Leela Omchery, Deepti Omchery Bhalla, eds., *Studies in Indian Music and Allied Arts*, Vol.1, Delhi: Sundeep Prakashan, 1990, p.183.

库迪亚旦剧（Kutiyattam）、克里希纳剧（Krsnattam）、卡塔卡利舞（Kathakali）等古典艺术形式，到图拉尔（Tullal）、特扬（Teyyam）、穆里耶图（Muliyettu）和波多耶尼（Patayani）等民间、仪式和流行艺术，它们共同存在且相得益彰。”[2]由于喀拉拉邦处在南印度达罗毗荼文化区，《舞论》基本原理和表演规范对库迪亚旦剧的影响，是后者的一种选择性或变异性接受。例如，库迪亚旦剧的服饰、化装与舞台布景，遵循与《舞论》所载区别极大的一种模式。因此，本章尝试结合《舞论》的戏剧论原理，介绍南印度喀拉拉邦重要的传统戏剧库迪亚旦剧。

第一节　《舞论》影响概述

《印度舞蹈通论》一书指出，《舞论》对一些主要的现存印度古典舞产生过程影响。它对历史上保存古代梵语文化最有力的南印度古典舞或古典戏剧的影响更为典型。其中最为明显的是主要流行于南印度泰米尔纳德邦的Bharata Natya（婆罗多舞）。该词的字面意思是“婆罗多的舞剧”或曰“婆罗多舞”。有人认为该舞是沿用了《舞论》作者的名字，也有人认为Bharata是以舞蹈表演的三个要素组合而成的：bhava（情感）、raga（曲调）和tala（节奏）。“就起源而言，无论从哪个角度着眼，婆罗多舞是从南部印度的坦焦尔流传开来的，这是没有异议的。”[3]从艺术形式看，婆罗多舞是一个多元复合体，除舞蹈外它还包括音乐调式、固定的节奏类型、歌词、戏剧要素和纯舞等。“纯舞段和叙事舞段是婆罗多舞的主要结构模式。要认识和理解这些舞段，须懂得身体和手的姿态位置、动作种类以及音乐曲目。在婆罗多舞中，节拍是至关重要的必需成分，它由于与音乐紧紧联系在一起，因而了解这种为舞段伴奏的音乐及其节拍，也是相当必要的环节。就纯舞段和叙事舞段两者相比较，纯舞段是婆罗多舞的脉搏，而叙事舞段则是婆罗多舞的魂灵。”[4]

南印度安德拉邦一带流行的古典舞库契普迪舞（Kuchipudi），是“严格按照古代乐舞著作《舞论》所规定的原则、体系和技术发展起来的，具有高度完善的艺术形态。库契普迪舞是以舞剧的形式传衍发展起来的。这些舞剧，与中

2 Manaveda, *The Krsnagiti*, “Introduction,” New Delhi: Indira Gandhi National Centre for the Arts, 1997, xi.
3 江东：《印度舞蹈通论》，上海音乐出版社，2007年，第56页。
4 江东：《印度舞蹈通论》，上海音乐出版社，2007年，第59页。

国古代乐舞相一致，诗、乐、舞三位一体……库契普迪舞流传在印度东部的沿海一带，得名于位于克里希纳地区的同名村落，是安得拉邦的代表性古典舞种”。[5]印度学者指出：“婆罗门组成的库契普迪舞演员们，精通婆罗多仙人的《舞论》、喜主的《表演镜》和伽耶帕·塞纳尼（Jayapa Senani）的《舞蹈珠串》（Nrittaratnavalli）等古代梵语著作的基本原则，他们因而可以继承这些权威著作规定的所有要点。因此，它们的舞剧优美地结合了古典舞蹈的三大要素，即表演和舞蹈相结合的叙事舞（Natya）、纯舞（Nrtta）、情味舞。情味舞是包含身体、双手、肢体的动作，并结合了表情、眼睛与眉毛的运用，充满了情味，它可相当完美地运用于戏剧主题和人物刻画，也可用于戏剧表演或曰模仿性情感表演。”[6]

除了婆罗多舞、库契普迪舞之外，其他古典舞如卡塔克舞（Kathak）、卡塔卡利舞（Kathakali）、奥迪西舞（Odissi）和曼尼普利舞（Manipuri）等多不同程度地接受了《舞论》的影响。以卡塔卡利舞为例：“从结构上看，它以《舞论》为基础，另外以《手相灯》（Hastalakshnadipika）和《表演镜》（Abhinayadarpana）为补充。它的刚舞和柔舞均以独特的方式进行呈现。《舞论》所规定的三种基本舞蹈形式即纯舞、情味舞和叙事舞，构成了卡塔卡利舞和其他印度舞蹈的基础。”[7]

《舞论》不仅对一些有代表性的印度古典舞产生了程度不一的影响，也对一些重要的传统戏剧产生了不可忽视的影响。“在印度梵语戏剧史上，在喀拉拉邦表演广泛的库迪亚旦剧是一种独特的表演形式，因其保存了几个世纪之久，具有自己的表演方法和规则。尽管大体上遵循《舞论》中描述的抽象的美学原则，库迪亚旦剧的实际表演在戏剧原则和演出方式上具有自己的独特性……库迪亚旦剧是一种典型的表演方式，它有自己的审美观和表演原则，以一种流行印度的戏剧传统的精神为坚实基础，体现了《舞论》所阐释的理论。”[8]这说明，《舞论》对梵语戏剧、地方语言戏剧的历史影响，与其对梵语文艺理论的影响一样，是继承加变异的一种历史辩证法。中国学者毛小雨先

5　江东：《印度舞蹈通论》，上海音乐出版社，2007 年，第 107 页。
6　Enakshi Bhavnani, *The Dance in India*, Bombay: Taraporevala's Treasure House of Books, 1970, pp.58-59.
7　Enakshi Bhavnani, *The Dance in India*, "Preface," Bombay: Taraporevala's Treasure House of Books, 1970, xiii.
8　Sudha Gopalakrishnan, *Kutiyattam: The Heritage Theatre of India*, New Delhi: Niyogi Books, 2011, p.17.

生曾经对该剧进行过实地考察。他在论文中指出：“从（20 世纪）60 年代以来，在印度南方，学者们发现一种按照《舞论》所描述的梵剧表演传统几百年来一直保留着。这一艺术形式就是库提亚坦（即库迪亚旦剧——引者按）。它像未经探明的宝藏，引起学术界的广泛关注。”[9]他还依据实地考察推测道：“我们可以发现在库提亚坦中保存着许多与中国戏曲相似的戏剧因子，这可能是东方戏剧共有的传统。”[10]因此，这里以南印度首次进入世界非物质文化遗产名录的库迪亚旦剧为例，对《舞论》之于印度传统戏剧的历史影响略作说明。

第二节　库迪亚旦剧简介

查询百度所载信息可知，1972 年，联合国教科文组织向全世界倡议保护自然和文化遗产。1997 年，非物质文化遗产的概念即“人类口头与非物质文化遗产代表作”（Masterpieces of the Oral and Intangible Heritage of Humanity）获得国际认可。截至 2005 年，170 多个国家成为《保护世界文化和自然遗产公约》的缔约国，788 处遗产列入《世界遗产名录》，47 个列入非物质遗产名录。截至 2018 年底，中国入选联合国教科文组织的非遗名录项目达 40 个，是目前世界上拥有世界非物质文化遗产数量最多的国家。[11]从人类非物质文化遗产代表作名录看，2001 年首次被联合国教科文组织（UNESCO）列入的包括中国的昆曲和印度的库迪亚旦剧。从该组织颁发给库迪亚旦剧的证书上看，正式收录的时间是 2001 年 5 月 18 日，地点是法国巴黎。证书上的英文关键词是：Kutiyattam，Sanskrit Theatre-India（印度梵语戏剧库迪亚旦）。[12]

这里说说库迪亚旦剧产生的大致时间。这个问题还得联系古代泰米尔民族的桑伽姆时期或桑伽姆文学说起。公元前 5 世纪至公元 2 世纪的 700 年间，是泰米尔语文学史上的第一个时期，称作桑伽姆（Sangam）时期。该词意指团

9　毛小雨：《库提亚坦：古典梵剧的遗响》，《戏曲艺术》，1997 年第 2 期，第 98 页。

10　毛小雨：《库提亚坦：古典梵剧的遗响》，《戏曲艺术》，1997 年第 2 期，第 101 页。

11　参见百度词条“世界非物质文化遗产”：https://baike.baidu.com/item/%E4%B8%96%E7%95%8C%E9%9D%9E%E7%89%A9%E8%B4%A8%E6%96%87%E5%8C%96%E9%81%97%E4%BA%A7/8482213?fr=aladdin。访问该网页词条日期：2019 年 11 月 4 日。

12　Sudha Gopalakrishnan, *Kutiyattam: The Heritage Theatre of India*, New Delhi: Niyogi Books, 2011, p.140. 证书见该页影印图。

体或组织，也指古代泰米尔语诗人学者的文学社团。古代泰米尔人曾经建立过朱罗王国、哲罗王国和潘地亚王国。“相传古代的潘地亚诸王十分重视发展泰米尔语文学，曾经先后建立过三期泰米尔桑伽姆……现在所说的桑伽姆时期一般指的是晚期桑伽姆，而这一时期产生的文学就称作桑伽姆文学。”[13]苏妲指出：“探索库迪亚旦剧的起源，将使我们追溯古代喀拉拉地区舞蹈和戏剧的开端。直到10世纪为止，喀拉拉还是广义上的泰米尔领土的一部分。有关这一时期的信息，可见于桑伽姆时代的文献。学者们关于桑伽姆文学的产生时间众说纷纭，时间大致在公元前200年到公元500年之间……库迪亚旦剧据说有两千年的悠久历史，但其起源和早期时代却蒙上了一层神秘。没有直接证据重建第一个千年中的艺术史，因此只能权作推测。舞蹈似乎早在古代便流行于所有社会阶层。”[14]在漫长的历史发展中，梵语文化对古代泰米尔语文化影响深远，也对马拉雅兰语为载体的古代喀拉拉地区的文化艺术发展产生了重大的影响。“即便是现在，在库迪亚旦剧中，还可辨认出许多纯正的传统表演要素，因为指导这一艺术形式的美学原则，与其说是采自流行传统的艺术实践，不如说是源自《舞论》之类的戏剧著作。喀拉拉舞台上的梵剧改编，也许是这些通晓梵语知识的贵族化婆罗门，在闲适自如中以高度优雅的情趣引进的。”[15]苏妲认为：“库迪亚旦剧作为一种艺术形式，是在喀拉拉统治者族顶（Kulasekhara）时代的公元978年至1036年定型和完善的。族顶在现有形式上引入一些变化，从而改变了库迪亚旦剧的面貌……族顶竭力让库迪亚旦剧的表演涵盖更多的梵语戏剧。他为库迪亚旦剧的表演而创作了两部剧本《妙贤与阿周那》（Subhadradhananjaya）和《陀薄底的秘密》（Tapatis-amvarana）。”[16]国王亲自撰写梵语戏剧脚本，这对库迪亚旦剧的初步成型和发展极为有利。由此可见，库迪亚旦剧的诞生、成型和发展是一个长达千年的漫长过程。

当前，库迪亚旦剧面临着传承发展的一些负面因素。苏妲指出：“体现了库迪亚旦剧等神庙古典剧的形式主义（formalism），其程度远超世俗的民间艺

---

13 季羡林主编：《印度古代文学史》，北京大学出版社，1991年，第141页。

14 Sudha Gopalakrishnan, *Kutiyattam: The Heritage Theatre of India*, New Delhi: Niyogi Books, 2011, p.34.

15 Sudha Gopalakrishnan, *Kutiyattam: The Heritage Theatre of India*, New Delhi: Niyogi Books, 2011, p.39.

16 Sudha Gopalakrishnan, Kutiyattam: The Heritage Theatre of India, New Delhi: Niyogi Books, 2011, p.41.

术形式。许多个世纪以来，由于遵循传统精神，这些戏剧形式严格地保留着结构的紧密。然而，在新的社会秩序下，随着神庙资源的减少，库迪亚旦剧遭受着严重的挫折。”[17]这些不利因素包括封建秩序的崩溃、传统艺术领域引进西式教育、领地的缩小、钱财的锐减、庇佑的乏力，等等。因此，许多传统艺术蜕变为纯粹的祭祀仪式（mere rituals），失去了昔日融艺术表演与宗教祭祀于一体的复合功能。男演员开始替女演员表演女角。缺乏表演机会，未对表演场景进行完善，男演员们演技降低，成为此前老一代优秀演员的影子。“从很早的时候开始，库迪亚旦剧这类古典艺术的欣赏基础，局限于一小众知音和热心者，他们本身则主要依赖于封建恩主的鼓励、支持和赞助。由于其坚守独特性和祭礼性，库迪亚旦剧拒绝变化，顽强地固守传统，或许是最不愿屈服于世界召唤的一种戏剧。”[18]尽管处在如此不利的局面，库迪亚旦剧还在顽强地坚持，这主要表现在一批演员世家努力保存传统演技。尽管如此，我们仍有理由相信，库迪亚旦剧这一列入世界非物质文化遗产名录的印度古典剧，将在印度的土地上继续流传下去。为此，下边再对 20 世纪以来库迪亚旦剧的现代发展作一简介。

作为一种神庙表演的戏剧，库迪亚旦剧和著名的婆罗多舞有着相似的历史背景，后者在历史上是一种神庙舞蹈，由被称为 devadasi（神奴）的舞女进行表演。将时针拨回到 20 世纪初可以发现，库迪亚旦剧和婆罗多舞、卡塔卡利舞等一样，都是在印度民族意识高涨和爱国主义热情迸发的时代条件下，在寻觅和发现“印度身份认同”（Indian identity）的前提下，逐渐进入人们视野的。1927 年，R.D.阿隆达勒（Rukmini Devi Arundale）在泰米尔纳德的金奈（Chennai）建立了旨在保护、传承婆罗多舞的机构“艺术学校”（Kalakshetra）。1930 年，喀拉拉的 V.N.梅侬（Vallathol Narayana Menon）与其朋友 M.拉吉（Mukunda Raja）合作，在当地建立了“喀拉拉艺术学校”（Kerala Kalamandalam），首先向学生教授喀拉拉一带流行的卡塔卡利舞。1965 年，该校设立“库迪亚旦剧校”（Kutiyattam School），扩展至传授库迪亚旦剧的表演。它包括六年制学位课程和一年制附加学位课（post-diploma course），弥吒乌鼓专业学生的学位课程则为四年制，此外还有一年制附加学位课。

---

17 Sudha Gopalakrishnan, *Kutiyattam: The Heritage Theatre of India*, New Delhi: Niyogi Books, 2011, p.63.

18 Sudha Gopalakrishnan, *Kutiyattam: The Heritage Theatre of India*, New Delhi: Niyogi Books, 2011, p.64.

由于卡塔卡利舞和库迪亚旦剧与神庙的复杂联系，也由于资助人和社会的诸多偏见等复杂因素，直到 20 世纪中期，这两种喀拉拉古典文化的杰出代表才迎来现代发展的真正转机。卡塔卡利舞赢得外部人士的认可与青睐在前，库迪亚旦剧在后。到 1990 年为止，喀拉拉邦先后建立了三所培训库迪亚旦剧后备人才的学校，它们是前述的喀拉拉艺术学校、1970 年建立的"古典艺校"（Margi）和 1982 年建立的"ACC 传统学校"（Ammannur Chachu Chakyar Smaraka Gurukulam）。喀拉拉地区的库迪亚旦剧三位大师为 M.M.查卡亚尔（Mani Madhava Chakyar）、P.R.查卡亚尔（Paimkulam Rama Chakyar）、A.M.查卡亚尔（Ammannur Madhava Chakyar）。其中，M.M.查卡亚尔出版了《戏剧如意树》（Natyakalpadrumam），介绍库迪亚旦剧的理论与表演。1980 年，"喀拉拉艺术学校"的库迪亚旦剧 13 位演员在 P.R.查卡亚尔带领下，首次出国演出，开始传播该剧种的国际影响力。1995 年，库迪亚旦剧国际中心（The International Centre for Kutiyattam）建立，旨在向印度全国推广库迪亚旦剧。2001 年，库迪亚旦剧入选联合国教科文组织的"世界非物质文化遗产名录"。2006 年，在印度政府的大力推动下，印度著名的国立艺术学院（Sangeet Natak Akademi）倡议建立了"国立库迪亚旦剧中心"（Kutiyattam Kendram）。该中心的目的是系统地保护和发展库迪亚旦剧，培养欣赏库迪亚旦剧的知音（rasika）和观众，为相关的库迪亚旦戏剧上师（guru）、表演艺术家和学者们交流心得体会或学术交流提供对话平台，资助各种培训项目，保护传统戏剧，鼓励传统戏剧研究，保护库迪亚旦剧男演员和女演员的师徒传承制（Guru-Shisya parampara）得以延续，赞助库迪亚旦剧家族。[19]值得一提的是，在库迪亚旦剧的复兴和保护方面，日本信托计划基金（Japan-Funds-in-Trust scheme）发挥了重要作用，它影响了联合国教科文组织的相关举措。[20]

目前，库迪亚旦剧迎来了一个良好的发展时机或日新转机。该剧开始实行内部改革，增加许多新的表演项目，如改编莎士比亚戏剧《麦克白》和迦梨陀娑戏剧《沙恭达罗》等。这些措施既顺应了时代潮流，扩大了观众面，又为自身的开拓进取、苦练内功创造了契机。[21]

19 Sudha Gopalakrishnan, *Kutiyattam: The Heritage Theatre of India*, New Delhi: Niyogi Books, 2011, p.143.
20 Sudha Gopalakrishnan, *Kutiyattam: The Heritage Theatre of India*, New Delhi: Niyogi Books, 2011, p.142.
21 Sudha Gopalakrishnan, *Kutiyattam: The Heritage Theatre of India*, New Delhi: Niyogi Books, 2011, p.146.

印度学者穆拉里马达万（P. C. Muraleemadhavan）在题为《库迪亚旦剧的叙事技巧》(中指出：“库迪亚旦剧是喀拉拉邦已知最早的梵语戏剧表演形式。它与任何其他地方现存已知的戏剧表演形式都有区别。喀拉拉出现了几种艺术形式，它们可以说非常古老。”[22]这其中最古老的剧种之一便是库图（Kuttu），它又分为 3 种表演形式：合演戏（Kutiyattam）、男人戏（Prabandha Kuttu）和女人戏（Nangyar Kuttu）。其中的合演戏即 Kutiyattam 便是库迪亚旦剧。“作为一种戏剧艺术，库迪亚旦剧并非是每一个人都可容易欣赏的。它适合事先熟悉故事、戏剧内容、演出册子上的表演内容、表演方法和规则亦即熟悉其全部表演规则的观众。由于演员和观众双方需要全面了解库迪亚旦剧的复杂语言，它至今仍只是一种专门属于那些愿意分享其隐秘但却无限的体验的观众的戏剧。”[23]

印度当代学者、卡塔卡利舞表演家苏妲 · 戈帕拉克里希南（Sudha Gopalakrishnan）在其近期著作《印度传统遗产库迪亚旦》中，对库迪亚旦（Kutiyattam）这一流行于南印度喀拉拉邦的传统戏剧进行了系统的介绍。她先对 Kutiyattam 一词作了解说：“库迪亚旦剧是一个内涵丰富的词语，指的是多种艺术形式：除了指男演员（Chakyars）和女演员（Nangiars）同台表演的戏剧库迪亚旦剧外，它还指库图剧（koothu）。库图一词在马拉雅兰语中表示表演，它分为 3 种相关的艺术形式：男人戏、女人戏和库迪亚旦剧。这些戏剧中，女人戏是专门由女演员表演的戏剧，男人戏是专门由男演员表演的戏剧。”[24]苏妲接着继续解释 Kutiyattam 一词的前缀 kuti：“kuti 这一前缀在马拉雅兰语中表示‘联合’或‘一道’，attam 指的是‘表演’。因此，Kutiyattam 指的是‘联合表演’。简而言之，它是几个角色在舞台上一起表演的戏剧……本质上看，库迪亚旦剧是这么一种戏剧：它经常重新阐释角色和剧作家与演员的关系，也经常重新阐释观众与演员的关系。”[25]

上述的话说明，库迪亚旦剧是南印度喀拉拉邦历史上的男女同台表演剧。

---

22 Radhavallabh Tripathi, ed., *Natyasastra and the Indian Dramatic Tradition*, New Delhi: National Mission for Manuscripts, 2012, p.237.

23 Sudha Gopalakrishnan, *Kutiyattam: The Heritage Theatre of India*, New Delhi: Niyogi Books, 2011, p.73.

24 Sudha Gopalakrishnan, *Kutiyattam: The Heritage Theatre of India*, New Delhi: Niyogi Books, 2011, p.18.

25 Sudha Gopalakrishnan, *Kutiyattam: The Heritage Theatre of India*, New Delhi: Niyogi Books, 2011, p.18.

kuti 意为联袂出演或曰男女同台，attam 意为表演。Kutiyattam 意为联合表演或曰男女同台。苏妲指出，作为一个似乎属于“异类”的地方性传统剧，库迪亚旦剧的一些独特性体现在以下几个方面: 首先，它传统上是由男演员（Chakyar）和女演员（Nangiar）表演的一种世袭性职业，而男演员可以得到住在剧场（Koothambalam）的敲打弥吒乌鼓（mizhavu）的职业鼓手（Nambiar）的帮助；它是男演员与女演员同台演出的传统戏剧；它综合吸收了南印度本地的达罗毗荼文化要素与流行全印度的戏剧表演传统，融汇了主角、配角和丑角等基于古典梵剧的复杂精致的表演要素，还包括丑角（vidushaka）操本地方言即马拉雅兰语的语言表演，这使库迪亚旦剧成为融合梵语与马拉雅兰语的综合表演；库迪亚旦剧的创造力超乎剧作家的想象力，它拓展了剧本内容，运用风格化的复杂表演拓宽了戏剧演出的范畴。“一位优秀的观众须得通晓戏剧的表演规则，演员和观众之间存在一种富有想象力的合作关系，以表达戏剧的内涵。演员和观众的互动关系，丰富了 kuti（协作、联合）一词的内涵。”[26]

按照苏妲的说明，库迪亚旦剧在古代只是婆罗门阶层和其他高种姓人士有幸接触的剧种。直到最近一个时期，它还是局限于神庙演出的一门“神圣艺术”（sacred art），这便可以解释它的独特性或不向普通大众敞开的排他性。库迪亚旦剧吸引力有限的另一个主要原因是，其表演方法和演出技巧相当复杂且精细繁琐，只有极少数精通其表演规则与原理的人才可领悟。库迪亚旦剧与《舞论》所描述的演出规则存在明显的差异，使得戏剧爱好者为之困惑。这或许可以解释为何部分学者将其视为偏离传统的“异类”（anomaly），或最多将其视为传统戏剧的地方性改编或变种（regional adaptation or variation）。[27]这还可以苏达自己的进一步说明得到解释：《舞论》为戏剧艺术提供了一种理论框架和极好的模式，但无论如何也不是印度戏剧表演的唯一模式。印度梵剧表演有多种方式、不同的风格和地方性变异（regional variation）。不巧的是，除了早期文献提及以外，没有发现什么直接的证据。“库迪亚旦剧的理论框架大体上遵循婆罗多《舞论》阐述的美学原则。然而，喀拉拉南部存在的库迪亚旦剧的表演方法，具有自己的独特性，特色鲜明，规则特殊，它或许可称为实践《舞论》的地方性改编而非刻意的背离。因其自身契合本地环境和文化，它存

26 Sudha Gopalakrishnan, *Kutiyattam: The Heritage Theatre of India*, New Delhi: Niyogi Books, 2011, p.18.

27 Sudha Gopalakrishnan, *Kutiyattam: The Heritage Theatre of India*, New Delhi: Niyogi Books, 2011, pp.17-18.

在了许多个世纪，特别适合喀拉拉本地观众的欣赏兴趣，其戏剧表演通过内在的强化而经受住了岁月的考验。”[28]

由此可见，库迪亚旦剧是深受《舞论》影响的喀拉拉邦地方传统戏剧，它在漫长的历史岁月中，为了适合本土观众的欣赏情趣，大量吸纳了当地文化要素，从而为自己的长期流传打下了坚实的基础。接下来对库迪亚旦剧接受《舞论》影响并有所变异或超越的情况举例说明。

第三节 《舞论》对库迪亚旦剧的影响

《舞论》第 2、3 章分别叙述剧场建造和相关祭祀仪式（puja）。婆罗多认为，工巧天（visvakarman）设计了三种剧场形制即矩形（长方形）、方形和三角形的剧场："大剧场是为天神们修建的，中等剧场是为国王们而建，小剧场为其他的人（普通百姓）而建。"（II.11）[29]与此不同的是，库迪亚旦剧的演出场所是紧靠神庙或曰附属于神庙的剧场"库堂巴兰"：koothambalam。这是一种顶部呈圆形的剧场，演出的舞台空间有限，观众席清晰可见。这说明，库堂巴兰的外形与《舞论》的规定有差异，但其内部设计是基本上符合《舞论》的某些规定的。"库堂巴兰（库迪亚旦剧场）按照《工巧宝》（*Silparatna*）、《摩耶工巧论》（*Mayamata*）和《教义集萃》（*Tantrasamucchaya*）等古代建筑论著记载的具体规则而建造，是库迪亚旦剧的理想表演空间。神庙群的建筑设计中，将库堂巴兰纳入一个神庙的五个结构之一。"库迪亚旦剧与神庙的紧密联系，是该剧在这一历史时期（指该剧发展的中期阶段）的典型特征。"[30]一个典型的剧场设计说明，它遵循《舞论》的基本规则，同时也融合了当地人的需求和传统。"[31]库迪亚旦剧的剧场大多建造于 14 世纪左右。在库堂巴兰内部，沿着屋顶向下，刻着许多装饰画与浮雕。中间部分描绘的是创世者梵天，身边围绕着 8 位方位护法神。有时候，屋顶和柱廊上雕刻着表现两大史诗故事的场景。地面上的观众席座位不超过 100 个。表演的舞台布局精巧，略微高于观

---

28 Sudha Gopalakrishnan, *Kutiyattam: The Heritage Theatre of India*, New Delhi: Niyogi Books, 2011, p.73.

29 Bharatamuni, *Natyasastra*, Part.1, Vol.1, Varanasi: Chaukhamba Sanskrit Series Office, 2017, p.14.

30 Sudha Gopalakrishnan, *Kutiyattam: The Heritage Theatre of India*, New Delhi: Niyogi Books, 2011, p.45.

31 Sudha Gopalakrishnan, *Kutiyattam: The Heritage Theatre of India*, New Delhi: Niyogi Books, 2011, p.59.

众席，两边有门，供演员和鼓手进入。这些与《舞论》的描述有些相似，但也存在某些差异。这自然是时代发展和表演内容、本地文化氛围等各种因素造成的。

在婆罗多看来，戏剧演出也是向众神献祭膜拜的一种特殊方式。库迪亚旦剧的表演也没有偏离这一传统。“当神庙成为库迪亚旦剧表演的唯一场所时，它自然就吸纳了神性的基本要素，严格遵循神圣仪式（sacred rituals）。戏剧开始被视为一种神圣的活动，剧中男演员的功能开始等同于神庙祭司。神灵们被视为剧中最重要的观众。观看者为婆罗门和其他高种姓印度教徒。剧场大厅、舞台、弥吒乌鼓、灯和演员，总之，所有的一切都蒙上了一层神圣的意味。戏剧表演本身被视为向神灵们献祭的一种方式，剧中的仪式与在神庙内敬拜神灵是非常相似的。”[32]这说明，库迪亚旦剧的仪式表演与《舞论》第 3 章的相关描述是非常吻合的。“依据印度戏剧理论，一部戏剧的体验充满了象征的超俗意义。《舞论》等著作中记载的先于戏剧（natya）且伴随戏剧表演的复杂祈祷和祭祀，旨在表达某种超越客观原则的东西……因其强烈的信仰体系及强调仪式的神圣性，库迪亚旦剧的表演被视为‘视觉祭祀’（visual sacrifice）或曰 chakshushayajna（目视祭祀）。”[33]神庙内的库迪亚旦剧表演分为 3 种：固定的演出部分即阿提扬塔拉库图（atiyantarakkoothu）、取悦观众的卡查库图（kazhchakkoothu）、敬拜神灵的颂神剧表演瓦茨瓦杜库图（vazhivadukoothu）。其中第一种即阿提扬塔库图是正规演出，因为它是神庙的保留节目，每一个男演员的家族都有权在某些特定的神庙表演它。这种舞台演出的严肃正规磨炼和培养了演员们的技巧，库迪亚旦剧因此历经岁月沧桑仍可代代相传。卡查库图是特定场合的特殊表演，旨在取悦国王或庇佑剧团的婆罗门恩主。在第 3 种即颂神剧中，祈福者即演员们期盼心想事成，常见的剧目是《醉鬼传》（Mattavilasa）和《神童传》（*Balacharita*），其中的祭礼和敬拜因素非常浓厚。“祭祀要素充满戏剧表演的所有方面：从舞台装饰、演员化装及其服饰、舞台净化仪式、吟诵献诗（akkitha）、祭礼舞即“恒业”（nityakriya），直到尾声的仪式表演即穆提耶吉塔（mutiyakkitha）。”[34]这种高度仪式化、正规化、程序

32 Sudha Gopalakrishnan, *Kutiyattam: The Heritage Theatre of India*, New Delhi: Niyogi Books, 2011, p.61.

33 Sudha Gopalakrishnan, *Kutiyattam: The Heritage Theatre of India*, New Delhi: Niyogi Books, 2011, pp.118-119.

34 Sudha Gopalakrishnan, *Kutiyattam: The Heritage Theatre of India*, New Delhi: Niyogi Books, 2011, p.61.

化的演出模式，恰恰体现了《舞论》对于梵剧表演的严格规范，也给库迪亚旦剧的存在和流传至今创造了基本的前提。观赏过库迪亚旦剧演出的毛小雨指出：“油灯是照亮传统表演的唯一手段，就放在舞台前部的中央。所有剧场格局是这样的，演员面对神像演出。库提亚坦是宗教和实用功能兼而有之的艺术形式。”[35]

《舞论》论及被后来的10世纪梵语戏剧理论家胜财（Dhananjaya）称作“十色”（dasarupa）的10种戏剧类型：传说剧、创造剧、感伤剧、纷争剧、独白剧、神魔剧、街道剧、笑剧、争斗剧、掠女剧。库迪亚旦剧的表演至少涉及其中的4种：传说剧、创造剧、纷争剧、笑剧。库迪亚旦剧偏爱《摩诃婆罗多》、《罗摩衍那》和《薄伽梵往世书》等古典梵语文学所表达的主题，也多从上述名著中选择表演对象。该剧的表演几乎囊括了所有重要的梵语戏剧家的作品，但迦梨陀娑和薄婆菩提这两位最卓越的梵语戏剧家的作品却是例外。这主要是因为迦梨陀娑等的优美的诗性语言并不特别适合戏剧表演，而库迪亚旦剧欣赏的剧本是多戏剧性、少描述性的容量有限的剧本。库迪亚旦剧最常表演的剧本包括以下的剧本：跋娑（Bhasa）的《负轭氏的誓言》（*Pratijnayaugandharayana*）、《雕像》（*Pratima*）、《灌顶》（*Abhisheka*）、《神童传》（*Balacharita*）、《宰羊》（*Avimaraka*）、《善施》（*Charudatta*）、《迦尔纳出任》（*Karnabhara*）、《使者瓶首》（*Dutaghatotkacha*）、《断股》（*Urubhanga*）、《仲儿》（*Madhyama*），戒日王（Harsha）的《龙喜记》（*Nagananda*），力贤（Saktibhadra）的《奇异顶饰》（*Ascharyachudamani*），青项（Neelakantha）的《妙香》（*Kalyanashugandhika*），薄吒衍那（Bodhayana）的《薄伽梵吒俱吉耶》（*Bhagavadajjukiya*），神勇铠（Mahendravikramavarma）的《醉鬼传》（*Mattavilasa*），等等。[36]苏妲指出：“对话的简洁，语言的开放性，演员可以进行复杂表演的空间（scope），这些应该是跋娑戏剧在库迪亚旦剧中受欢迎的原因，与此相对的是迦梨陀娑戏剧的优美的诗性含蓄。”[37]这说明，库迪亚旦剧只为演员提供容量有限的“前文本”（pre-text），演员们必须发挥想象力，表达文本的丰富内涵。戏剧的表演有赖于“亚文本”（subtext）即戏剧脚本小册子。“库迪亚旦剧也是表演动作

35 毛小雨：《库提亚坦：古典梵剧的遗响》，载《戏曲艺术》，1997年第2期，第99-100页。

36 Sudha Gopalakrishnan, *Kutiyattam: The Heritage Theatre of India*, New Delhi: Niyogi Books, 2011, pp.21-22.

37 Sudha Gopalakrishnan, *Kutiyattam: The Heritage Theatre of India*, New Delhi: Niyogi Books, 2011, p.23.

精细化的艺术，它将表演提升到超乎想象力的一种高度和范畴……库迪亚旦剧所精确表达的诗性含蓄的情境与戏剧性的潜力，揭示了剧本中潜藏的每一层内涵。”[38]这似乎说明，库迪亚旦剧虽然偏爱表演跋娑等人的戏剧，但也追求迦梨陀娑代表的古典梵剧的优美。

任何一种古代戏剧，至少都须人来扮演其中的各种角色，这便是男女演员存在的充分必要条件。婆罗多将演员扮演的男女角色分为3等：“戏中男角与女角全部分为3种：优秀角色、普通角色、下等角色。（XXXIV.2）[39]他对3种男角和3种女角的具体特征作了详细的说明。婆罗多还将丑角分为4类。婆罗多心目中的丑角远非现代人所理解的丑角一词可以涵盖，他们是出身高贵的高种姓，因此称其为插科打诨的“笑角”或许更为恰当。当然，作为配角出现的丑角，也不乏真正的丑角，例如，戏剧中的国舅和浪人等角色，可以视为这类人物，婆罗多称其“具有混合的品质”。（XXXIV.16）[40]

通观婆罗多对男主角与女主角的论述似乎不难发现，他虽平等对待两类主角，但对女主角的相关论述更为丰富。信奉“戏剧法”的婆罗多认为，演员可以跨越性别角色，自由地转换身份，扮演完全不同的一个人物形象。婆罗多提倡和鼓励女扮男装，发挥女性的天然优势。这说明，婆罗多对女演员在戏剧表演、尤其是在艳情味浓烈的戏剧表演中的核心作用是非常清晰且高度重视的。与库迪亚旦剧的男主角一样，该剧的女主角同样重要。她们在剧中扮演着重要的角色。库迪亚旦剧中的男演员和女演员都须吟诵戏剧台词，但在女人戏（Nangiarkoothu）中则由女配角吟诵台词。与晚期往往男扮女装或男演员代演女角的卡塔卡利舞和克里希纳剧（Krishnattam）不同，从很早的时候开始，库迪亚旦剧秉承了《舞论》的思想精华，女演员承担了剧中所有女角的表演。“这是库迪亚旦剧区别于世界上其他表演形式的独特性。它也意味着即便在古时候，女演员（Nangiar）须如男演员（Chakyar）一般精通表演……这有助于女演员社会地位的提升，女人戏作为一种独立艺术形式的地位得以保留。女演员享受着特殊的社会地位，这清晰地表现在她有权敲响寺庙铃声和祈福的事实，这对其他女性而言是禁止的。拥有独立的经济地位和自己对土地的支配

38 Sudha Gopalakrishnan, *Kutiyattam: The Heritage Theatre of India*, New Delhi: Niyogi Books, 2011, p.24.

39 Bharatamuni, *Natyasastra*, Vol.2, Varanasi: Chaukhamba Sanskrit Series Office, 2016, p.186.

40 Bharatamuni, *Natyasastra*, Vol.2, Varanasi: Chaukhamba Sanskrit Series Office, 2016, p.187.

权后，她在那个时代的社会地位并不逊于男演员。”[41]相信这一点是当初的《舞论》作者婆罗多万万也想不到的。

苏妲指出，也许是意识到库迪亚旦剧对演员和观众的知识储备要求过高会导致戏剧表演前景黯淡、自我封闭的危机，剧作家引进了丑角，使其成为舞台上的一个固定角色。“库迪亚旦剧中的丑角与主角的地位同样重要。然而，与主角和所有其他角色不同，丑角有权选择语言。他讲梵语，也说俗语，并用本地的马拉雅兰语阐释梵语词汇的内涵。”[42]这种与时俱进的姿态，使得梵剧这一“阳春白雪”可为操马拉雅兰语的更大范围的观众亦即“下里巴人”所接受。丑角的自由度之大还体现在他可以在插科打诨之余，有权向台下的观众直接说明情况、评点表演或讥笑戏中角色。“尽管丑角的话是以与戏剧的特殊情境相关的形象语言来表达的，他仍有相当的自由，可在演出中抨击国王。”[43]这种相当自由的表演方式，并非可在《舞论》中找到具体的规定。

值得注意的是，《舞论》在论述戏剧仪式表演时提及的重要角色即戏班主人或曰舞台监督（sutradhara），仍然活跃在库迪亚旦剧的舞台表演中。[44]这说明该剧对于传统规范的保存，的确是做出了历史的贡献。

婆罗多的戏剧表演论包括面部神态表演、眼神表演、手势和步伐表演等。库迪亚旦剧在这方面也很好地继承了经典。《舞论》对各种眼神和手势的论述，均已化为库迪亚旦剧的“艺术血液”与“舞蹈细胞”。苏妲指出：“库迪亚旦剧演员倾心于面部表情的艺术达到了超乎想象的地步。其动作经过了精心的设计，可以感染观众的感情。风格化的眼神表演（netrabhinaya）具有重要的内涵。眼睛在库迪亚旦剧的表演中也许是最重要的因素，因为其动作和表现力是如此优美，如此有穿透力和涵盖度，它们可以通过情感描述所有情境和行为。”[45]就各种舞蹈手势语而言，库迪亚旦剧中也有大量的运用。“库迪亚旦剧有一套复杂的手势语，可以表达任何的句子含义……库迪亚旦剧的手势语

---

41 Sudha Gopalakrishnan, *Kutiyattam: The Heritage Theatre of India*, New Delhi: Niyogi Books, 2011, p.51.

42 Sudha Gopalakrishnan, *Kutiyattam: The Heritage Theatre of India*, New Delhi: Niyogi Books, 2011, p.45.

43 Sudha Gopalakrishnan, *Kutiyattam: The Heritage Theatre of India*, New Delhi: Niyogi Books, 2011, p.47.

44 Sudha Gopalakrishnan, *Kutiyattam: The Heritage Theatre of India*, New Delhi: Niyogi Books, 2011, pp.35- 37.

45 Sudha Gopalakrishnan, *Kutiyattam: The Heritage Theatre of India*, New Delhi: Niyogi Books, 2011, p.26.

大体上以名叫《手相灯》的著作为基础，卡塔卡利舞等喀拉拉的其他艺术形式也采用之。”[46]婆罗多论述的旗帜式和三旗式等 24 种和其他双手式，都为库迪亚旦剧演员们所采用。“同样，这些基本手势（hastamudra）的每一式都可表示大量的语言，从而构成库迪亚旦剧的复杂语汇（vocabulary）。马拉雅兰语 attam 大致表示舞蹈或演出。在库迪亚旦剧中，有一些特殊的舞蹈图形象征复杂的戏剧模拟要素。”[47]

婆罗多论述戏剧表演（abhinaya）时，将其分为 4 类：“戏剧表演被分为 4 类：形体表演（angika）、语言表演（vacika）、妆饰表演（aharya）和真情表演（sattvika）。”（VIII.8-9）[48]婆罗多把戏剧表演明确地划分为身体、语言、服饰与化妆、情感为基础的几种类型。妆饰表演也可按其梵语词汇 aharyabhinaya 的意思译为“外部表演”。“也就是说，语言、形体和真情属于或产生于人体，而妆饰属于人体之外。”[49]库迪亚旦剧自然也关注语言表演、形体（身体）表演和情感表演，同时也高度重视包括道具、服饰和化装的妆饰表演。这种重视或艺术继承是以契合时代地域的变异为基础的。这种情况从前边所述可见端倪。一方面是对《舞论》等经典论著原理的自觉的艺术继承：“事实上，许多民间和古典风格的表演都称‘直接’发端于《舞论》之类经典著作的规范……因此，主要面向神庙的神奴舞（Dasiyattam）获得了一个新名字‘婆罗多舞’，包括库契普迪舞、奥迪西舞和其他本地风格的整个表演风格，都称其衍生自《舞论》。”[50]另一方面是对前人经典规范的艺术变异或辩证扬弃、历史超越，这以库迪亚旦剧为典型个案：“尽管《舞论》中蕴含的美学原理，为库迪亚旦剧的表演提供了基础，它的实际演出却有不同的一些特征，这些特征并非只依赖《舞论》的模式。库迪亚旦剧的艺术表演有赖于语言与非语言因素，如手势、身体动作、面部表情、风格化的语言或台词吟诵，旨在为情味激发提供充足的空间。那么，究竟何为库迪亚旦剧和《舞论》模式的差异？……库迪亚旦剧的表演规则具有自己的独特性，它不完全遵从《舞论》的规则……

---

46 Sudha Gopalakrishnan, *Kutiyattam: The Heritage Theatre of India*, New Delhi: Niyogi Books, 2011, p.93.
47 Sudha Gopalakrishnan, *Kutiyattam: The Heritage Theatre of India*, New Delhi: Niyogi Books, 2011, p.94.
48 Bharatamuni, *Natyasastra*, Vol.1, Part.1, Varanasi: Chaukhamba Sanskrit Series Office, 2017, pp.115-116.
49 黄宝生：《印度古典诗学》，北京：北京大学出版社，2000 年，第 145 页。
50 Sudha Gopalakrishnan, *Kutiyattam: The Heritage Theatre of India*, New Delhi: Niyogi Books, 2011, p.78.

这两者方法的差异，可见于妆饰、语言、形体和真情等 4 种表演方式。”[51]苏妲指出，库迪亚旦剧的形体表演并不盲从《舞论》，而是采取自有特色的表演方式。“库迪亚旦剧的形体表演或许可从 3 个关键的要素来考察：手势规则、身体动作和面部表情……相对而言，库迪亚旦剧的手势显然具有更多的象征性特质，有时类似于密教手印（tantric mudras）。库迪亚旦剧的身体动作大致可分 3 类：坐姿表演（irunnattam）、慢速表演（patinnattam）和适度的即兴表演（ilakiyattam）……库迪亚旦剧的步伐表演（chari）和行姿表演（gati）与《舞论》提到的那些并不吻合。”[52]

库迪亚旦剧的服饰、化装与舞台布景，都遵循与《舞论》所载区别极大的一种模式。其中的原因是：“《舞论》版的妆饰类表演表达的是物质时间（corporeal time）、有形空间与戏剧所描述的人物等级。与此相反，库迪亚旦剧的舞台背景有一种仪式和象征的内涵，以柔嫩的椰子叶和嫩芽等饰物点缀舞台……库迪亚旦剧的妆饰旨在确证典型的梵剧的‘超现实’环境，与人类相处的神灵、恶魔与天国居民等非凡人物住在这一环境中……库迪亚旦剧的服饰并非只供个别角色所用，而是这些角色所代表的共同特征。”[53]顺着这一逻辑思维，苏妲还指出：“不同于《舞论》描述的表演方式，（库迪亚旦剧的）服饰和化装并不取决于人物的外在特征，而是由戏中具有表演潜力的人物重要性所决定。”[54]

婆罗多强调戏剧表演与舞蹈表演、音乐表演的三位一体，这一点在库迪亚旦剧中也有体现。该剧不仅重视演员的面部表情、眼神、步伐和手势表演等，也重视音乐元素的运用。库迪亚旦剧运用源自《舞论》音阶论和调式论的 21 种拉格（曲调或旋律框架），它还运用达鲁瓦节奏（dhruvatala）等 10 种节奏类型（tala）。[55]库迪亚旦剧也大量运用鼓等膜鸣乐器和螺号等气鸣乐器、铙钹等体鸣乐器，而维那琴的运用似乎较少。相关的乐器名有：弥吒乌鼓（mizhavu）、

51 Sudha Gopalakrishnan, *Kutiyattam: The Heritage Theatre of India*, New Delhi: Niyogi Books, 2011, pp.78-79.

52 Sudha Gopalakrishnan, *Kutiyattam: The Heritage Theatre of India*, New Delhi: Niyogi Books, 2011, p.106.

53 Sudha Gopalakrishnan, *Kutiyattam: The Heritage Theatre of India*, New Delhi: Niyogi Books, 2011, p.80.

54 Sudha Gopalakrishnan, *Kutiyattam: The Heritage Theatre of India*, New Delhi: Niyogi Books, 2011, p.84.

55 Sudha Gopalakrishnan, *Kutiyattam: The Heritage Theatre of India*, New Delhi: Niyogi Books, 2011, pp.89-90.

打击乐库茨塔兰（kuzhitalam）、伊达卡鼓（idakka）、提米拉鼓（timila）、气鸣乐器库扎尔（kuzhal）、螺号（sankhu）。[56]从实际运用看，鼓手（Nambiar）在所有乐手中的地位似乎最为重要。他的台词吟诵（akkitta）是序幕的仪式表演的重要组成部分。他的音乐性吟诵与不同的拉格和节奏型相结合。“鼓手的作用不只局限于乐队的一员，有时还充当指挥演出的戏班主人。”[57]这种作用似乎不见于《舞论》的记载。

味论是《舞论》的核心理论和全书的亮点之一，库迪亚旦剧也高度重视戏剧表演中 9 种情味的激发。[58]

综上所述，《舞论》对库迪亚旦剧的历史影响是显而易见的，但后者对婆罗多理论原则的接受并非是一成不变的全盘照搬，而是结合时代发展和本土风情的一种变异性接纳。

需要说明的是，就印度传统艺术而言，迄今为止，婆罗多舞、卡塔克舞、卡塔卡利舞、奥迪西舞等古典舞蹈与穆丹迦鼓（Mrdanga）、塔布拉鼓（Tabla）等乐器先后引入中国的表演舞台，但库迪亚旦剧在国内表演舞台上似乎尚未出现。这说明中印文化交流尚待新的突破。近年来，泰戈尔戏剧在中国大陆不断上演，而作为世界非物质文化遗产的库迪亚旦剧，除了毛小雨等极少数学者外，国内学界很少有人关注，跨文化的舞台表演更是无从说起、无人问津。这种状况亟待改变。或许，库迪亚旦剧等印度传统戏剧引入中国舞台，昆曲、京剧、川剧、越剧或黄梅戏等中国传统戏曲引入印度舞台，不失为未来中印人文交流的一大亮点或新的友谊“视窗”。

56 Sudha Gopalakrishnan, *Kutiyattam: The Heritage Theatre of India*, New Delhi: Niyogi Books, 2011, p.80.

57 Sudha Gopalakrishnan, *Kutiyattam: The Heritage Theatre of India*, New Delhi: Niyogi Books, 2011, p.104.

58 Sudha Gopalakrishnan, *Kutiyattam: The Heritage Theatre of India*, New Delhi: Niyogi Books, 2011, pp.91-92.

梵语乐舞艺术论

第九章　婆罗多《舞论》的音乐论

印度古代梵语文艺理论家婆罗多的《舞论》涉及基本乐理、节奏体系、音乐体裁和乐器分类等各个方面的论述。婆罗多的微分音理论是印度古典音乐理论的基石。婆罗多论述的乐音、音阶、调式、装饰音等充满了印度色彩。其节奏论是一个复杂的话语体系，其音乐作品论重视传统的“神乐”，其乐器四分法值得关注。

按照当代学者的看法，音乐的基本理论包括乐音、音名、音组、音律、节奏、节拍、调式、和弦、装饰音、旋律等。有学者指出：“基本乐理应包括些什么内容呢？我认为应包括：乐音体系、记谱法、节奏节拍、音程、和弦、调及调的五度循环、调式、调式中的音程及和弦、调式变音及半音音阶、转调、移调、各种常用音乐术语以及关于旋律的基础知识等。”[1]按照这样的标准观察，印度古典梵语文艺理论名著《舞论》（*Natyasastra*）中的音乐论与其存在一些明显的差异，如无和弦与记谱法等，但婆罗多（Bharata）的论述与当代学者心目中的乐理范畴仍有相当的近似之处，如二者均论及乐音体系、节奏体系、调式等。陈自明先生在介绍印度古典音乐的最新著作中涉及印度音乐的基本理论范畴、旋律的基础即拉格、节奏和节拍、装饰音体系、乐器体系、音乐体裁等。[2]张伯瑜先生以声音、微分音列、基本音阶、调式结构、旋律形态、节拍节奏等范畴为例，对印度古典音乐理论进行概述。[3]这些内容不同程度地

1　李重光：《基本乐理》，长沙：湖南文艺出版社，2015 年，第 2 页。

2　陈自明：《印度音乐文化》，北京：中央音乐学院出版社，2018 年，第 62-183 页。

3　张伯瑜：《印度音乐的基本理论》，载《黄钟》（武汉音乐学院学报），2002 年第 1 期，第 34-44 页。

与婆罗多的《舞论》相关。《舞论》第 28 至 33 章等六章聚焦音乐，分别论述基本乐理、弦乐弹奏规则、气鸣乐器规则、节奏与节拍体系、歌曲与音乐体裁、四类乐器等。本章尝试对婆罗多的音乐论进行较为全面的分析。

第一节　基本乐理

《舞论》的六章音乐论部分涉及各个基本主题或曰音乐范畴如微分音、乐音、音阶、调式等，它们涉及音乐理论的各个基本要素。下边以几个关键的基本范畴为例，对婆罗多音乐论话语体系的基本内容进行简介。

首先是 sruti（微分音）。一般认为，印度古典音乐理论的两大核心支柱是音译为“塔拉”的 tala（节奏圈、节奏体系）和音译为“拉格”的 raga（旋律框架、曲调模式），其他的理论范畴皆由此衍生。其实，这种思想不能算错，但却忽视了一个重要的理论前提：二者均离不开高度哲学化的关键词 sruti（微分音）。

有学者指出，印度人把音乐中最小的音程单位即微分音程称作“斯鲁提”即 sruti。如按一个八度为 1200 音分计算，将它除以 22，则每一个斯鲁提为 54.5 音分，这便是每一个微分音的音分值。“斯鲁提的理论虽为人们普遍接受，持异议者为少数，但即使是承认存在 22 斯鲁提的音乐家也认为用人声连续唱出 22 个斯鲁提音是不可能的，因为相邻两个斯鲁提之间的音程过于窄小，只有经过特殊训练的专家才能用人的听觉加以分辨……总之，印度的 22 斯鲁提音律问题至今仍众说纷纭，还没有得出一致的结论。”[4]

关于被许多中国学者称为“斯鲁提”或“什鲁提”、“什鲁蒂”、“斯如梯”微分音或曰微分音程、微音程，印度学者的解释是，它是一种用来度量音高的最小单位。它不是一种科学理论与方法指导下的度量单位，而是依据古代婆罗门仙人（学者）的耳朵感知所人为设定或臆想的一种测量单位，带有原始的、浓厚的经验主义色彩。[5]

婆罗多并未专门提出微分音的概念并予以定义和阐释，而是在解说基本乐理的一些关键要素或重要范畴时，顺带提出微分音概念的。尽管如此，后来的印度古代乐舞论者对此所论甚多。例如，多提罗指出：“人的胸中有 21 种

4　陈自明：《印度音乐文化》，北京：中央音乐学院出版社，2018 年，第 62 页。

5　Bimalakanta Roychaudhuri, *The Dictionary of Hindustani Classical Music*, Delhi: Motilal Banarasidass Publishers, 2017, p.114.

声音（dhvani），均为低音；其喉咙发出的 21 种为中音，其头部发出的 21 种为高音。这些音由低到高地发出，而维那琴则由高到低地发出它们。因其可以听闻，这些特殊的声音叫做微分音。”（8-9）[6]摩腾迦的《俗乐广论》指出：“微分音是表现音调的原因。可以通过推理、比量和现量认识微分音。”（I.43）[7]《乐舞渊海》对微分音的解释是：“在实际运用中，声音有三类：心中发出的低音、颈部发出的中音，头部发出的高音，它们的音高依次增倍。声音被分为 22 级，因其可以听闻，遂被称为微分音。”（I.3.7-8）[8]

这些关于微分音的论述或判断，究其实，是印度古代宗教哲学观念与语言学思想的微妙结合的产物。换一个角度看，sruti 按照本义可译为“所闻”、“经典”、“名称”、“声音”等，其动词词根为 sru。婆罗多将此词视为其音乐论大厦的核心支柱和稳固基石，显然是借鉴了前人和同时代学者的思想精华。他的这一姿态，也可见于后来的梵语诗学家欢增所创立的诗学韵论（dhvani）。欢增正是在继承语言学家关于声音的论述基础上推陈出新，创立了自己别开生面但又有迹可循的崭新理论。婆罗多的 sruti 和欢增的 dhvani，都有一个本体论意义上的哲学范畴：类似于中国哲学基本范畴之一“道”的 sabdabrahman（词梵或音梵）。“常声”（sphota）在某种程度上可以视为其近义词。婆罗多之后的摩腾迦、神弓天等古典音乐理论家多以 nadabrahman（音梵或声梵）一词言说自己的思想概念。

微分音理论是一种既处现代科学范畴之外、又扎根古代科学逻辑土壤的话语体系。明白这一点，须对印度古代文化场域中的科学概念有一种深层的感悟。

再看看婆罗多的乐音或音调的概念。

婆罗多的音名数为 7 个，这比欧洲中世纪确定 7 个音名要早了很久。他说：“具六（sadja）、神仙（rsabha）、持地（gandhara）、中令（madhyama）、第五（pancama）、明意（dhaivata）、近闻（nisada），这些是 7 种音调。”（XXVIII.21）[9]这里的七种音调就是七个音名。它们与西方的七个音名在数量

6 Dattila, Dattilam, New Delhi: Indira Gandhi National Centre for the Arts, 1988, p.2.

7 Matanga, *Brhaddesi*, Vol.1, New Delhi: Indira Gandhi International Centre for the Arts, 1992, p.22.

8 Sarngadeva, *Sangitaratnakara*, Varanasi: Chaukhamba Surbharati Prakashan, 2011, pp.32-33.

9 Bharatamuni, *Natyasastra*, Vol.2, Varanasi: Chaukhamba Sanskrit Series Office, 2016, p.3.

上对等。

印度学者指出，《梨俱吠陀》的一句话暗含玄机，因为其中出现了 saptadhatu（七要素）一词。（X.32.4）[10]他将其理解为婆罗多七音调的象征。[11]《那罗陀示教》认为："prathama（第一）、dvitiya（第二）、trtiya（第三）、caturtha（第四）、mandra（低声）、krusta（尖声）、atisvarya（高声），这些是唱诵吠陀者所运用的音调。"（I.1.12）[12]它还指出："笛子发出的第一个吠陀调是中令，第二调是持地，第三调是神仙，第四调是具六，第五调是明意，第六调是近闻，第七调是第五。"（I.5.1-2）[13]印度学者依据《那罗陀示教》指出，吟诵吠陀的音调有七个：prathama（第一）、dvitiya（第二）、trtiya（第三）、caturtha（第四）、mandra（低声）、atisvarya（高声）、krusta（尖声）。在《娑摩吠陀》将源自《梨俱吠陀》的诗句音乐化的过程中，这些音调逐渐演变为相应的婆罗多七调：中令（对应于第一）、持地（对应于第二）、神仙（对应于第三）、具六（对应于第四）、明意（对应于低声）、近闻（对应于高声）、第五（对应于尖声）。[14]这说明，婆罗多七调的历史形成是一个漫长的过程。这个问题非常复杂，值得学界进一步探索。

婆罗多还对各个音调如何结合味的运用作了规定："音调中的中令和第五用于表现艳情味和滑稽味，具六和神仙用于表现英勇味、暴戾味和奇异味，持地和近闻用于表现悲悯味，明意用于表现厌恶味和恐惧味。"（XXIX.16）[15]

婆罗多所论的每个乐音的音程是以微分音来计算的，一个音调包含了不止一个即 1 个至 4 个微分音，因此出现了印度古代学者和现代学者确定每个音调位置的观点分歧："印度学者认为在确定音的位置方面，古代学者和现代学者的看法是不同的，前者认为每个音的位置都在最后一个斯鲁提上。后者认为每个音的位置都在第一个斯鲁提上……在印度的乐谱中，同一音的高低可通过在音的上方或下方加一横杠或加一点来表示，如……Sa 的低八度音为 Sa

10 *Rgveda Samhita*, Delhi: Chaukhamba Sanskrit Pratishthan, 2014, p.653.

11 Swami Satya Prakash Sarasvati and Satyakam Vidyalankar, ed. & tr., *Samaveda Samhita, Vol.1*, "Introduction," New Delhi: Veda Pratishthana, 1995, p.105.

12 Narada, *Naradiyasiksa*, Varanasi: Chowkhamba Vidya Bhawan, Reprint, 2013, p.27.

13 Narada, *Naradiyasiksa*, Varanasi: Chowkhamba Vidya Bhawan, Reprint, 2013, p.31.

14 Swami Satya Prakash Sarasvati and Satyakam Vidyalankar, ed. & tr., *Samaveda Samhita, Vol.1*, "Introduction," New Delhi: Veda Pratishthana, 1995, pp.112-116.

15 Bharatamuni, *Natyasastra*, Vol.2, Varanasi: Chaukhamba Sanskrit Series Office, 2016, p.22.

或 Ṣa。”[16]这种看法的差异可以表格的形式呈现如下：

古代	Sa4	Re7	Ga9	Ma13	Pa17	Dha20	Ni22
现代	Sa1	Re5	Ga8	Ma10	Pa14	Dha18	Ni21

后来的梵语音乐理论家对婆罗多的 7 个音调（音名）进行了新的诠释，他们为其增补了发音部位、颜色、保护神和适用的味等诸多具体内容或运用情境。例如，《俗乐广论》、《乐舞渊海》、《乐舞奥义精粹》和《乐舞那罗延》等便是如此。

中国学界一般认为，印度古典音乐理论的七调通过苏祇婆的引荐而影响了中国古典音乐理论，促进了隋唐燕乐的蓬勃发展。20 世纪以来，围绕苏祇婆五旦七调论而展开的长期论争，对最终解开中印古代艺术交流的一个谜团是有益的。[17]关于苏祇婆七调源出印度音乐理论一说，以《隋书》相关记载为典型。令人困惑的是，从读音看，苏祇婆的龟兹琵琶七调与《舞论》提及的七种音调契合者只有般赡即第五，余者与具六、神仙等六种音调的读音并不契合。笔者认为，解开或部分地解开上述谜团，必须整合音乐、历史、语言、宗教等各个学科的理论资源与文献基础。

再看看音阶的概念。音阶在英文中一般称为 Scale。“音阶是指调式中的音从主音到主音按高低次序排列起来而言。”[18]具体而言，由低到高排列的音阶叫上行音阶，由高到低排列的音阶是下行音阶。

音阶的梵文为 grāma。《北印度古典音乐词典》的相关解释是：在其范畴中可以发现变化音阶、基本变化音阶、不完全音阶、声调、装饰音、调式等，叫作音阶。在现代运用中，地区性音阶也称为音阶，即低音区音阶、中音区音阶和高音区音阶。[19]这种解释综合了婆罗多以后的各家理论，是对《舞论》音阶论的超越和概括。

婆罗多在《舞论》中指出：“有两种音阶：具六音阶（sadjagrama）和中令音阶（madhyamagrama），其中各有 22 个微分音。”（XXVIII.24）[20]缪天瑞

16 陈自明：《印度音乐文化》，北京：中央音乐学院出版社，2018 年，第 65 页。后边的表格见该页。

17 参阅陈应时：《西域七调起源之争》，载《音乐艺术》，2013 年第 3 期。

18 李重光：《基本乐理》，长沙：湖南文艺出版社，2015 年，第 12 页。

19 Bimalakanta Roychaudhuri, *The Dictionary of Hindustani Classical Music*, Delhi: Motilal Banarasidass Publishers, 2017, p.44.

20 Bharatamuni, *Natyasastra*, Vol.2, Varanasi: Chaukhamba Sanskrit Series Office, 2016, p.4.

先生指出："古代印度用二十二平均律，构成七声音阶。"[21]由此可见，所谓的"二十二平均律"其实是指均属于七声音阶的具六音阶和中令音阶拥有的22个微分音，这22个微分音构成了一个八度音阶。后来的音乐理论家还对22个微分音逐一命名。各种音调也依次与某种数量的微分音相联系。

有的论者还提到第三种基本音阶（陈自明称其为"原始音阶"）即持地音阶。公元1世纪的《那罗陀示教》指出："具六音阶、中令音阶、持地音阶，这是三种音阶。那罗陀认为，具六音阶源自地界，中令音阶源自空界，而持地音阶源自天界。"（I.2.5-6）[22]多提罗并不认可持地音阶在人间的存在："存在具六和中令两个基本音阶。有人提到持地音阶，但它在世间难寻。"（11）[23]

论述了基本音阶（原始音阶）后，婆罗多接着介绍变化音阶（murchana）。他说："两个基本音阶共计14个变化音阶。"（XXVIII.29）[24]婆罗多认为，依照顺序进行组合，可以构成以七声音阶或曰完全音阶为基础的14种变化音阶。实际上，所谓的变化音阶不可完全按照现代乐理来"强制阐释"，它只是几个乐音或音名（唱名）按照一定的次序，有规律地进行排列组合而成。正因如此，将其视为古代印度风格的转调或升降调似乎不太为过。由于印度古代的基本音阶或曰原始音阶以微分音而非半音、全音为理论前提，因此这种特殊方式的转调或升降调不可与今日之现代转调相提并论或等而观之。在此意义上，这种实质上近似于转调行为或升降调风格的变化音阶，也可视为音阶组合、音阶模式或调式模式。

再看看婆罗多的调式（Jāti）。现代意义上或曰建立在西方乐理基础上的调和调式是不同的概念。中国学者指出，调指基本音级所构成的音列的音高位置。由7个基本音级所构成的是C调。一个调的7个音，但却可以构成各种各样的旋律和调式。一个调式，可以产生于任一种调。[25]多个音按照一定的关系结合在一起，构成一个体系，并以某一个音为中心，这个体系叫调式。调式中最稳定的音是主音。调式与音阶有区别。一首歌曲，可称某种调式，但不能说是某种音阶。调式所具有的特性就是调性。[26]如以上述的调式概念理解印度

21 缪天瑞：《律学》，上海：万叶书店，1953年，第56页。

22 Narada, *Naradiyasiksa*, Varanasi: Chowkhamba Vidya Bhawan, Reprint, 2013, p.28.

23 Dattila, *Dattilam*, New Delhi: Indira Gandhi National Centre for the Arts, 1988, p.4.

24 Bharatamuni, *Natyasastra*, Vol.2, Varanasi: Chaukhamba Sanskrit Series Office, 2016, p.5.

25 李重光：《基本乐理》，长沙：湖南文艺出版社，2015年，第121、131页。

26 李重光：《基本乐理》，长沙：湖南文艺出版社，2015年，第127页。

古典音乐理论的调式，显然要注意其运用的比例和尺度，因为后者的民族特性决定了不可简单地套用西方调式理论对其进行阐释。

关于婆罗多的调式，《北印度古典音乐词典》的解释是：根据音乐经典著作的说法，调式之所以称为 Jati（该词原义为“出生”、“起源”、“种类”等），是因为它在音乐论中表示的调式源自具六音阶和中令音阶。[27]这说明，印度现代音乐中的拉格（旋律框架）概念，须回到《舞论》的调式体系中寻觅其理论起源。

婆罗多并未定义和阐释调式的概念，但他对调式表现出的某些特征或主要内容作了归纳说明。婆罗多认为调式的 10 个基本特征为首音、基音、高音、低音、尾音、次尾音、弱化、强化、六声音阶调式、五声音阶调式。根据前述当代学者对调式的定义即一般不超过 7 个的音按一定关系组合成一个体系且以一个主音为中心，婆罗多的调式概念可以成立。

婆罗多提到 18 种调式，它们分为两类。其中，源自具六音阶的调式为 7 种，源自中令音阶的调式为 11 种。婆罗多将这 18 种调式再分为两类：自然调式和变化调式，后者是各种调式结合而成。自然调式有 7 种，而变化调式有 11 种。婆罗多还对 11 种变化调式或曰混合调式的构成作了说明，例如，具六中令式来自具六式和中令式，而微妙具六式来自具六式和持地式。

婆罗多认为，各种调式应该结合各自的舞蹈基本动作和表演姿势，在歌词演唱中加以运用。它们运用于各种情味的表演。例如：“北方具六式和具六中令式运用在艳情味和滑稽味中，因为它们的中令和第五很突出。”（XXIX.1）[28]

再看看婆罗多的装饰音（alankara）概念。印度古典音乐理论的装饰音与西方现代音乐理论意义上的装饰音分属不同的话语体系，不可简单地相提并论。前者建立在印度古典音乐表演的随性、自由发挥的基础上，后者是一种严格规范前提下的产物。

陈自明指出，在印度音乐中，装饰音十分重要，可以说是印度音乐的灵魂所系。北印度音乐的装饰可分为两类，一是 alankara，即一组音组成的装饰乐句，二是 gamaka，即对个别音或几个音的装饰。前者分为 4 个类别，后者在北印度分为不同的类型。“在印度音乐中，这些装饰音给人以很美的感觉，而

27 Bimalakanta Roychaudhuri, *The Dictionary of Hindustani Classical Music*, Delhi: Motilal Banarasidass Publishers, 2017, pp.48-49.

28 Bharatamuni, *Natyasastra*, Vol.2, Varanasi: Chaukhamba Sanskrit Series Office, 2016, p.21.

且几乎有无穷的变化，有人认为有 15 种甚至 21 种，但实际应用最多，也为人们所熟知的有 7 种。”[29]

婆罗多在《舞论》第 19 章讲述语言或台词吟诵的规则时，便已涉及装饰音的运用。《舞论》第 29 章论述装饰音的规则时，秉承了声调与装饰音相结合的指导方针，先介绍 4 种声调（varna）或曰语调：“装饰音以声调为基础，声调分为升调（aroha）、降调（avaroha）、平调（sthayin）和混合调（sancarin，抖调）等 4 种。音调升级叫做升调，音调降级叫做降调，音调相同且平稳叫做平调，各种音调的融合叫做混合调。这 4 种声调各有特色，源自人的声音，它们与性质不同的 3 种音域相关。典型的歌词如以两种声调进行美化，这些声调就会产生味。这是在歌曲中运用的 4 种声调。请听我如实讲述以声调为基础的装饰音。”（XXIX.17-22）[30]

婆罗多的装饰音包括升高（prasannadi）、降低（prasannanta）等 33 种（但其具体论述了 37 种）。这些装饰音按四种声调或语调进行区分，有 7 种平调装饰音，13 种混合调装饰音，13 种升调装饰音，其余为降调装饰音。根据婆罗多的解释可知，装饰音多用于传统的经典神乐表演或宗教性颂诗的吟诵中，用于普通人等的歌唱表演较少。婆罗多的装饰音大体上可称为戏剧表演语境下的一种“声调装饰音”或曰“语调装饰音”：Varnalankara。

第二节　节奏体系

印度学者指出：“拉格（raga）和节奏（tala）的概念是印度对音乐世界的主要贡献。”[31]张伯瑜指出，在印度古典音乐中，有两个最重要的因素，一是“拉格”，二是“达拉”或塔拉。如果把拉格理解为旋律的话，达拉就是节奏。[32]拉格即旋律框架是在婆罗多的调式基础上发展而来的。表示节奏体系的达拉或曰塔拉的作用不容忽视。“塔拉是印度古典音乐的节奏体系，西方的节奏或节拍的概念却都不能够与之对应。由于塔拉有一个最基本的特点——不

29 陈自明：《印度音乐文化》，北京：中央音乐学院出版社，2018 年，第 99-101 页。

30 Bharatamuni, *Natyasastra*, Vol.2, Varanasi: Chaukhamba Sanskrit Series Office, 2016, pp.22-23.

31 Indian Council for Cultural Relations, *Music East and West*, New Delhi: Indian Council for Cultural Relations, 1966, p.32.

32 张伯瑜：“印度音乐的基本理论”，载《黄钟》（武汉音乐学院学报），2002 年第 1 期，第 42 页。

断的循环，因此可以把其称之为‘节奏圈’。也就是说，在塔拉中，一组节奏单位按照一种循环方式排列，并且自身反复……同样，音乐的节拍交替更迭，从而构成了‘塔拉’，每一次敲击都将在有规律的间隔周期中出现。”[33]正因节奏体系如此重要，《舞论》第 31 章专门论述节奏体系。

中国学者对节奏和节拍的解说是：“节奏在音乐中的含义有广义和狭义两种。狭义讲，节奏就是用强弱组织起来的音的长短关系……在实际音乐作品中，节拍与节奏永远同时并存。也就是说节拍与节奏是不可分的。节奏中必然有节拍，节拍中也必然有节奏。”[34]速度也是音乐节奏的重要因素。“印度音乐中的节奏节拍体系发展到很高水平，且十分复杂。它是一种周期性的循环圈，最少的一个节拍周期为三拍，最多的可达到 128 拍，总共有 100 多种，但常用的约为 15 至 20 种左右……在实践中人们常以手的动作来表示节拍。”[35]

婆罗多的 tala（节奏）是一个复杂的话语体系，它包含节拍、单位拍、节拍表现法、音速和变速等重要概念或因素。按照荷兰学者的说法，印度古典音乐理论中的 tala 至少包含 13 个含义：特殊的手势或左手拍打，运用手、手指和手臂的整体手势，打击乐器，音乐的节奏韵律（如二拍、四拍等），节奏类型（奇数型、偶数型或混合型），时间，节奏，音速，等等。[36]节拍动作、节拍计数、时间测量等构成了印度音乐文化的“节奏表达的核心”。[37]

《舞论》第 31 章开头部分对节奏的概念进行解释：“以节拍和时间为度量单位，叫做节奏。”（XXXI.6）[38]关于节奏的具体衡量标准，婆罗多认为：“5 个瞬间组成 1 个单位拍（matra）。伽罗来自于单位拍的组合。5 个瞬间也被视为唱歌时两个伽罗的时间单位，因此，音速根据节拍的时间长短而定。”（XXXI.2-3）[39]

---

33 庄静：《轮回中的韵律：北印度塔布拉鼓探微》，北京：中国文联出版社，2014 年，第 46 页。

34 李重光：《基本乐理》，长沙：湖南文艺出版社，2015 年，第 49 页。

35 陈自明：《印度音乐文化》，北京：中央音乐学院出版社，2018 年，第 92 页。

36 Narinder Mohkamsing, *A Study of Rhythmic Organisation in Ancient Indian Music*, Leiden: Universiteit Leiden, 2003, p.85.

37 Narinder Mohkamsing, *A Study of Rhythmic Organisation in Ancient Indian Music*, Leiden: Universiteit Leiden, 2003, p.212.

38 Bharatamuni, *Natyasastra*, Vol.2, Varanasi: Chaukhamba Sanskrit Series Office, 2016, p.40.

39 Bharatamuni, *Natyasastra*, Vol.2, Varanasi: Chaukhamba Sanskrit Series Office, 2016, p.40.

关于节奏的重要因素即音速（laya），婆罗多将其一分为三：快速（druta）、中速（madhya）和慢速（vilambita）。他将音速快慢视为歌曲演唱和器乐演奏的灵魂。除了论述音乐速度外，他也论及变化速度即 3 种变速风格（yati）。他说："变速有均匀式（sama）、流水式（srotogata）和牛尾式（gopuccha）3 种。"（XXXI.489）[40]《乐舞那罗延》对 yati 的解释是："变速是对音速发展的控制。它有均匀式、流水式和牛尾式等 3 种。"（I.590）[41]极具民族特色的变速概念的提出，是《舞论》对世界古代音乐理论史的一种独特贡献。

变速或变速风格的概念的提出，其实主要是指器乐演奏而言的，但也在某种程度上与印度古代歌曲演唱、器乐演奏的同步协调密切相关。在现代乐理著作中，变化速度的概念虽有提出，但几乎很少有人论证。可见，婆罗多的变速概念具有某种音乐人类学的价值。

婆罗多强调音乐表演者遵循节奏体系的相关规则。他说："节拍规则至多如此。表演者应该遵循变速、器乐伴奏和音速的相关规则，思考如何演唱歌曲。依照节奏的规则演唱歌曲时，也应遵循器乐演奏的相关规则。"（XXXI.501-502）[42]他还写道："应该努力表演节奏，因为戏剧表演立足于节奏……不懂节奏，就不能成为歌手或乐器演奏者，因为变速、器乐伴奏（风格）和音速是节奏的要素。"（XXXI.480-486）[43]

关于乐段（vastu）、节拍单元（padabhaga）等节奏要素，婆罗多均有不同程度的涉及。因此，tala 一词译为"节奏"、"节奏圈"，不足以涵盖其真实含义，如译为"节奏体系"较为合适。

婆罗多将所有的节奏首先一分为二："节奏分两种：偶数型（caturasra）和奇数型（tryasra）。它们两者的起源相同。"（XXXI.7）[44]偶数型和奇数型节奏的概念，在一般的音乐理论著作中所论不多，但却是婆罗多节奏论的核心与基础。稍后，婆罗多还提出第 3 种节奏类型即混合型节奏。

荷兰学者指出，在婆罗多提到的旃遮达卜吒节奏、迦薄卜吒节奏、五手型

40 Bharatamuni, *Natyasastra*, Vol.2, Varanasi: Chaukhamba Sanskrit Series Office, 2016, p.86.

41 Purosottama Misra, *Sangitanarayana*, Vol.1, New Delhi: Indiara Gandhi National Centre for the Arts, 2009, p.321.

42 Bharatamuni, *Natyasastra*, Vol.2, Varanasi: Chaukhamba Sanskrit Series Office, p.87.

43 Bharatamuni, *Natyasastra*, Vol.2, Varanasi: Chaukhamba Sanskrit Series Office, pp.85-86.

44 Bharatamuni, *Natyasastra*, Vol.2, Varanasi: Chaukhamba Sanskrit Series Office, p.40.

节奏、亲缘型节奏、通达型节奏等 5 种节奏体系中，后两种很少运用。“不过，婆罗多对这些节奏型的演变的解释含混不清，容易引起误解。”[45]混合型节奏这一说法有问题。它们也是奇数型节奏演变而成的，不可能单成一类。《俗乐广论》或许是以混合型节奏指称其为第三类节奏型的首创者，这是一种混淆。事实上，从婆罗多本人有时将混合型视为单独一类、有时则将其视为奇数型节奏这一点看，《舞论》提及的混合型节奏是“明显的文字窜入案例”。[46]也就是说，后人对《舞论》第 31 章内容的增补或篡改达到了非常严重的地步，如果再加上现代学者对该章的校勘编订存在诸多缺憾，要准确理解该章内容，非得以更加理想的校勘本为基础不可。这却是短期内难以企及的目标。

婆罗多的节奏论并非以节奏论节奏，而是结合各种歌曲或乐曲讨论节奏的具体功用与实践范围。节拍乐（asarita）和吉祥歌（vardhamana）是婆罗多结合节奏体系论述歌曲演唱的重要概念和理论基础。他讲述了吉祥歌和节拍乐的类型、风格和组成要素等。

婆罗多论述的节奏既包含了器乐节奏，也包含了声乐即歌曲的节拍表达，这与后来的古典音乐论者大多集中笔力探索鼓乐的节奏表达存在明显的区别。婆罗多常常密切结合各种传统歌曲等探讨各种节奏表达或节奏因素的呈现，与此不无关联。

婆罗多的节奏体系在印度以各种变异的方式存活下来。例如，喀拉拉地区的神庙仪式上，运用不同的节奏模式。有的节奏只用于向特定的神灵献祭的具体场合，有的则用于向多个神灵献祭的不同场合。[47]

第三节　音乐体裁等

婆罗多在《舞论》第 32 章中，专门讨论以歌曲为主的各种音乐体裁或声乐作品，也涉及歌曲或器乐的音律、歌词的比喻、歌手的必备素质等相关的音乐理论。

婆罗多的音乐体裁或声乐作品论，以达鲁瓦歌（dhruva，或译“剧乐”、

45 Narinder Mohkamsing, *A Study of Rhythmic Organisation in Ancient Indian Music*, Leiden: Universiteit Leiden, 2003, p.144.

46 Narinder Mohkamsing, *A Study of Rhythmic Organisation in Ancient Indian Music*, Leiden: Universiteit Leiden, 2003, p.160.

47 Leela Omchery, Deepti Omchery Bhalla, eds., *Studies in Indian Music and Allied Arts*, Vol.3, Delhi: Sundeep Prakashan, 1990, p.221.

“声乐”、“歌曲”）为基础。达鲁瓦歌包含了《梨俱吠陀》以来的各种“神乐”即传统歌曲，并有各种完备的音乐要素如歌词、音调、音速和装饰音体系等。达鲁瓦歌可以视为“神乐”、古典音乐、古典歌曲、经典音乐或古典戏剧音乐的代名词。

婆罗多结合神乐即传统的经典音乐，对达鲁瓦歌的音节、音调、节奏、音速、音律等进行论述。

印度学者撰写的《北印度音乐词典》没有就婆罗多音乐论的重要关键词 dhruva 一词进行专题解说，实在是一大遗憾。实际上，北印度后来出现的代表性音乐体裁“德鲁帕德”（Dhrupada）承袭了达鲁瓦歌的基本特质，但似乎以颂神为核心。

婆罗多的音乐作品体裁论，在很大程度上是一种声乐即歌曲体裁论，专门论述器乐作品分类的内容似乎少见。他大致运用以下四种标准，对各种传统歌曲和当时流行的声乐作品进行分类：结合节奏表达法，大致综合、套用戏剧情节五阶段说（开始、努力、希望、肯定、成功）和戏剧情节五关节说（开头、展现、胎藏、停顿、结束）而制定的歌曲（达鲁瓦歌）18 要素说；依据戏剧表演的时间顺序设定的五种情境；依据戏剧主题和味的表达而设定的各种情境；依据音律或诗律的差异。

婆罗多在《舞论》第 31 章论述节奏的各种要素时，已经介绍了一些音乐作品体裁。他以乐段的类别、不同节奏和节拍为基础，介绍了节拍乐（节拍歌）和吉祥歌。他联系乐节的具体运用等介绍了七种歌曲（gita）。婆罗多介绍七种传统的歌曲时，还按照乐句多寡和歌曲内涵差异，先后将其分为不同的种类。

婆罗多对七种传统歌曲的介绍，涉及到一个非常重要的乐理基础，这便是 18 种歌曲要素或歌曲分支。它们也可在某种程度上视为达鲁瓦歌的 18 种基本要素。

除了前述歌曲七分法，婆罗多对歌曲还有两种五分法。第一种五分法是：上场歌、艳情歌、迂回歌、蜿蜒曲折歌、变速歌。他以各种歌曲要素或曰分支对其进行解说。

婆罗多的第二种歌曲五分法，是以戏剧表演的时间顺序为基础，同时也大量涉及音律（诗律）的运用。这五种歌曲是：上场歌、填补歌、安抚歌、变速歌、下场歌（退场歌）。关于这五种戏剧歌曲的演唱情境，婆罗多结合一天的时间分段等作了说明。婆罗多建立在五分法基础上的歌曲运用，大量涉及音律、音速等节奏要素。

婆罗多依据戏剧主题和味的表达等内容，论述了六种歌曲，这也可视为歌曲的六分法。他说："智者应该在熟悉与下述因素相关的规则后演唱：主题、地点、时间、节令、戏中人物、暗示的情味。端倪歌、崇高歌、随喜歌、缓步歌、艳情歌、迂回歌……因为音速、器乐、变速、音步、声调和音节伴随着歌曲的演唱过程，它们被称为上场歌的六种表现手段。"（XXXII.383-392）[48]

婆罗多在介绍六种歌曲的运用规则时，将其与前述五分法中的某些歌曲联系起来。这似乎说明，他的六分法与前述的两种五分法，存在着某些重要概念的外延相互交叉亦即逻辑不清晰的弊端。这或许是《舞论》各种版本在发展、成型过程中须付的"代价"："对该章结尾处论述的原理突然出现认识上的变化，这从语言学观点看定然令人生疑，因为人们怀疑这是文字窜入或混用……这令人怀疑正在论述的整段文字逻辑，它很可能是后人所为。"[49]这里的话用来解释六分法和五分法的逻辑混乱，似乎并无不妥。

综上所述，无论是结合节奏表达法，综合套用戏剧情节论的歌曲分类法，还是其依据戏剧表演的时间流程或戏剧主题、味的表达等内容进行分类，或依据音律或诗律差异进行分类，婆罗多都较好地把握了戏剧音乐亦即传统音乐（经典音乐）的基本特性：戏剧性、音乐性。

婆罗多在《舞论》第 32 章不仅介绍了达鲁瓦歌的概念和各种戏剧音乐的分类，还论及歌曲演唱的理论基础、歌词创作的特殊原理、歌手必备素质等重要内容。这些内容不仅构成了婆罗多的戏剧音乐论的重要基础，也为后来的乐舞论者或音乐理论家奠定了坚实的思想基础。

婆罗多首先强调歌曲、尤其是戏剧音乐的音律的重要性，并强调歌曲与器乐、舞蹈三者的协调统一。这是他基于戏剧表演的特殊语境所做出的正确判断。他说："歌曲的基础是歌词，它不能缺少音律……歌声在前，器乐在后，舞蹈相随。歌声与器乐、肢体（舞蹈）的配合，叫做表演。"（XXXII.432-435）[50]稍后，婆罗多还写道："音调完全，声调齐备，器乐多姿多彩，三种音域美妙，

48 Bharatamuni, *Natyasastra*, Vol.2, Varanasi: Chaukhamba Sanskrit Series Office, 2016, pp.131-132.

49 Narinder Mohkamsing, *A Study of Rhythmic Organisation in Ancient Indian Music*, Leiden: Universiteit Leiden, 2003, p.198.

50 Bharatamuni, *Natyasastra*, Vol.2, Varanasi: Chaukhamba Sanskrit Series Office, 2016, p.136.

还有三种变速风格和三种节拍，令人喜悦，和谐，优雅，甜美，有装饰音，易于表演，这是歌曲。首先应重视歌曲，因为歌曲被称作戏剧的基础。只有歌曲的演唱与器乐的演奏完美，戏剧表演才不会失败。”（XXXII.492-494）[51]

婆罗多在《舞论》第 29 章论及歌曲演唱的四种风格（giti）。这些歌曲演唱风格与传统歌曲相关，与戏剧音乐即达鲁瓦歌无缘。不过，在《舞论》第 33 章中，婆罗多将这四种歌曲演唱风格与三种器乐弹奏风格挂钩，并规定其运用于戏剧音乐。看似前后矛盾，实则体现了他不守成规的一面，同时也说明他对歌曲、器乐同台竞技以呈现最佳艺术效果的目标是明确的。

为了达到理想的艺术表演效果，婆罗多不仅重视戏剧表演和舞蹈表演中的戏剧法运用，还重视利用修罗塞纳语和摩揭陀语等俗语演唱歌曲中的戏剧法。

婆罗多不仅重视对歌曲本体和歌词或词曲作者的论述，也对歌曲演唱者即男女歌手、器乐演奏者的各种素养给予高度关注。婆罗多指出，一般而言，女性天生适合唱歌，男性天生适合吟诵，因为女子的声音天生甜美，男子的声音天生雄浑有力。男子可以指导女子唱歌、表演器乐和涉及不同角色的台词吟诵。婆罗多对歌声的六种优点即“歌德”（guna）与五种缺陷即“歌病”（dosa）作了总结，前者是：响亮、浑厚、圆润、柔和、合适、三个音域优美出色；后者是：畸形、失衡、齿音、刺耳、鼻音。

第四节　乐器起源和四类乐器

婆罗多的戏剧起源论和舞蹈起源论均为艺术神授论。与此相应，其音乐起源论没有例外。检视《舞论》的六章（第 28 至 33 章）音乐论，他的音乐神授观主要体现在其乐鼓神创说上。

婆罗多在《舞论》第 33 章专论鼓乐演奏相关规范。他写道：“善元（Svati）和那罗陀（Narada）仙人已经分别说明了神乐、器乐的特征和功能、乐器演奏的诸多优点。接下来我遵循善元仙人的说法，简略说明鼓乐的起源和出现。在雨季某日的休息间隙，善元仙人去湖边取水。当他走到湖边时，因陀罗安排一场瓢泼大雨，想把整个世界变为一片汪洋。瓢泼大雨挟强劲风势倾盆而下，落在湖上，在莲叶上激起清响。仙人猛然间听到了暴雨声，非常惊奇，遂陷入沉思。莲叶上发出的声音有高有低，深沉柔和，令人愉快，仙人认真思索后，回

51 Bharatamuni, *Natyasastra*, Vol.2, Varanasi: Chaukhamba Sanskrit Series Office, 2016, p.142.

到了自己的隐居处。回去后，善元与工巧天一道，创造了穆丹迦鼓（mrdanga），并创造了细腰鼓（panava）和瓶鼓（dardura）等膜鸣乐器。见到天鼓（dundubhi）后，善元还创造了穆罗遮鼓（muraja）、牛尾鼓（alingya）、麦粒鼓（urdhvaka）和安吉迦鼓（ankika）等。善元眼光敏锐，精于此道，他以皮革等包裹着穆丹迦鼓、细腰鼓和瓶鼓，还以绳索将其系好。他还用木和铁创造了锵恰鼓(jhanjha)和小鼓（pataha）等乐器，并以皮革包裹之。”（XXXIII.3-13）[52]这里虽然没有明确点出神灵创造乐鼓，但众神之主因陀罗安排一场瓢泼大雨，以启迪善元这位天神在人间的代言人设法创造乐鼓，这在很大程度上仍是鼓乐神创的一种象征和暗示。

稍后，婆罗多还以巧妙的方式，为这些乐器一一规定了保护神。例如，金刚时（vajreksana）、商古迦尔纳（sankukarna）和摩诃盖罗摩尼（mahagramani）是穆罗遮鼓的保护神。电舌云声音洪亮，遂赐予伐摩鼓为音调；源自帝释象的雨云，被赐予麦粒鼓；闪电云被赐予牛尾鼓；青莲云被赐名为南方鼓（daksina）；杜鹃云被赐为伐摩迦鼓；欢喜云被赐为麦粒鼓；女神云被赐为安吉迦鼓；黄褐云被赐为牛尾鼓。婆罗多为每一种乐鼓安排了一位保护神，这同样是其音乐神授论的曲折反映。

17 世纪出现的梵语乐舞论著《乐舞那罗延》（Sangitanarayana）指出：“弦鸣乐器归天神，气鸣乐器归乐神，膜鸣乐器归药叉，体鸣乐器归凡人。”（II. 137）[53]这种思想隐含着乐器间高低级差的观念，同时又涉及印度古典音乐理论最流行的乐器四分法。这又得归功于《舞论》。

印度的乐器种类繁多，是世界上乐器最丰富的国度之一。“印度乐器品种丰富，主要分为弦鸣乐器、革鸣乐器、体鸣乐器和气鸣乐器四类。其中七弦乐器维那琴、西塔尔琴、双面手鼓等都很有特色，也都具有丰富的表现力。”[54]远在吠陀时期，便有关于各种乐器的记载。据不完全统计，现在的印度拥有 100 多种膜鸣乐器（革鸣乐器），如加上其他的弦鸣乐器、气鸣乐器和体鸣乐器，数量至少有 500 多种。人称印度是“弦乐器之国”。印度古代自《舞论》作者婆罗多始，主要根据每种乐器振动、发声的原理进行分类。印度古老的

52 Bharatamuni, *Natyasastra*, Vol.2, Varanasi: Chaukhamba Sanskrit Series Office, 2016, pp.146-147.

53 Purosottama Misra, *Sangitanarayana*, Vol.1, New Delhi: Indiara Gandhi National Centre for the Arts, 2009, p.401.

54 刘建、朱明忠、葛维钧：《印度文明》，北京：中国社会科学出版社，2004 年，第 306 页。

乐器分类法自有道理，现代印度的乐器分类参照古代乐器分类法进行。[55]这说明，婆罗多是印度古代乐器分类法的鼻祖。现代各国流行的乐器四分法，如追根溯源，还得回到两千年前出现的古典梵语文艺理论巨著《舞论》。换句话说，《舞论》的乐器四分法早就产生了广泛的世界影响，这是毋容置疑的历史事实。

婆罗多对于古代乐器的分类，出现在《舞论》第28章的开头："弦鸣乐器（tata）、膜鸣乐器（avanaddha）、体鸣乐器（ghana）和气鸣乐器（susira），这些是各具特色的四类乐器（atodya）。弦鸣乐器就是带有弓弦的（tantrigata）乐器，膜鸣乐器（avanaddha）指鼓（pauskara），体鸣乐器指铙钹（tala），而气鸣乐器指笛子（vamsa）。"（XXVIII.1-2）[56]他认为，根据这些乐器的运用，可把戏剧表演分为三类：以弦乐为主的戏剧表演、以鼓乐为主的戏剧表演、几种乐器全面运用的戏剧表演。

婆罗多指出："弦乐队（kutapa）中出现歌手（gayana）、助手（parigraha）、九弦琴手（vaipancika）、维那琴手（vainika）和笛手（vamsavadaka）。智者将穆丹迦鼓手（mrdangika）、细腰鼓手（panavika）和瓶鼓手（dardurika）总称为鼓乐队。"（XXVIII.4-5）[57]由此可见，弦乐队的艺术表演包含歌手演唱的声乐和维那琴、九弦琴、笛子等弹奏或吹奏的器乐，鼓乐队则包括了穆丹迦鼓、细腰鼓和瓶鼓。

C.拉京德拉指出："不用说，在婆罗多的戏剧论中，器乐与声乐至少是同样重要的。并没有多少人意识到，流行全世界的乐器分类法源自印度，正是在婆罗多的《舞论》中，我们发现它首次涉及乐器分类。"[58]根据前边的介绍可知，这段话中的判断基本上是正确的。

婆罗多之后出现的乐舞论著如《乐舞渊海》（Sangitaratnakara）、《乐舞奥义精粹》（Sangitopanisat-saroddhara）和《乐舞那罗延》等也论及乐器，有的甚至论及更多的或新的乐器，但其重要的知识来源之一是《舞论》。后来的乐器四分法、五分法，出发点仍是婆罗多的四分法。正因如此，婆罗多的乐器论才显

55 陈自明：《印度音乐文化》，北京：中央音乐学院出版社，2018年，第103页。

56 Bharatamuni, *Natyasastra*, Vol.2, Varanasi: Chaukhamba Sanskrit Series Office, 2016, p.1.

57 Bharatamuni, *Natyasastra*, Vol.2, Varanasi: Chaukhamba Sanskrit Series Office, 2016, p.1.

58 C. Rajendran, ed., *Living Tradition of Natyasastra*, New Delhi: New Bharatiya Book Corporation, 2002, p.59.

示出永恒的青春活力与艺术魅力。

婆罗多对四类乐器中的弦鸣乐器、气鸣乐器和膜鸣乐器的演奏规则，分别给予详略不一的介绍，其中对各种鼓乐演奏的详细描述令人叹为观止。

公元 4 世纪至 5 世纪的长寿师子（Amarasimha）编著的《长寿字库》（Amarakosa）提到了一些重要的乐器，其中涉及各种琴（维那琴）。例如："维那是琴（vallaki）即九弦琴（vipanci），它也是七根弦弹奏的一种七弦琴（parivadini）。弦鸣乐器指维那琴等乐器。穆罗遮鼓等是膜鸣乐器，笛子等是气鸣乐器，乾司耶多罗等是体鸣乐器。这四类乐器是用以演奏的乐器名称……使维那琴等发音的是琴拨。维那琴杆为柔嫩的枝条制成，其琴颈为迦古跋树制成，琴身为柯蓝跋迦树制成，以线绳扎紧。"（I.7.3-8）[59]

一般认为，vina（维那琴或维那）几乎成了印度古代弦鸣乐器的代名词，它可以表示所有的弦乐器。这和中国古代琵琶的情况有点类似。"古代所谓琵琶，与现在所谓琵琶很不相同。现在琵琶这一名称，只适用于一个一定的弹弦乐器；古代琵琶这一名称，在从秦、汉直至隋、唐一段期间，曾适用于很多弹弦乐器——长柄的、短柄的，圆形的、梨形的，木面的、皮面的，弦数多一些的、弦数少一些的，都叫做琵琶。所以，我们甚至可以说，琵琶在古代仿佛是一个概括的乐器种类的名称似的。"[60]古代印度人习惯以 vina 一词指称印度所有的弹拨乐器和弓弦乐器。印度学者指出："通常人们对维那琴的认识是如此混乱和错误，以致于我们在关于文艺女神的画中看见，其双手拿着西塔尔琴甚或弹布拉琴，这些琴被当作古典意味的维那琴。"[61]有感于此，他对维那琴的起源、形制、演变等进行了思考。他的结论是："古代的维那琴是以右手的手指进行弹拨的，其他可大致归入维那琴的乐器是用琴弓弹拨的，改良版维那琴应该在琴杆下连着两个葫芦。"[62]

著名学者库马拉斯瓦米（Ananda K. Coomaraswamy）曾经在《美国东方学会学报》（Journal of the American Society）（1930 年第 50 卷）上发表论文《维那琴的构成》指出，古代的维那琴是没有琴杆的竖琴，中空，琴身覆盖着敞开

59 *Amarakosa of Amarasimha*, Jaipur: Jagdish Sanskrit Pustakalaya, 2005, pp.58-60.

60 杨荫浏：《中国古代音乐史稿》（上册），北京：人民音乐出版社，2019 年，第 129 页。

61 Leela Omchery, Deepti Omchery Bhalla, eds., *Studies in Indian Music and Allied Arts*, Vol.1, Delhi: Sundeep Prakashan, 1990, p.9.

62 Leela Omchery, Deepti Omchery Bhalla, eds., *Studies in Indian Music and Allied Arts*, Vol.1, Delhi: Sundeep Prakashan, 1990, p.9.

的皮革，背面更为宽阔。男、女都可运用这种维那琴，它既可独奏，也可为歌唱伴奏。笈多时期后，这种古老的维那琴完全失去了市场，现代缅甸的绍恩琴（Saun）类似于它。

印度的维那琴等乐器对中国古代音乐术语的产生似乎有过影响。日本学者荻原云来编纂的《梵和大辞典》对 vina 即维那琴的解释是："琴，琵琶，范弦，箜篌，琴瑟"。[63]这似乎说明，它与中国音乐有着不解之缘。1955 年，杨荫浏先生在文章中指出："中国南北朝时期由西域传入而成为隋唐以后有名的弹弦乐器之一的曲项琵琶，可能与印度早期的音乐有着源流关系。我们知道，在公元第 2 世纪初期大月氏贵霜王第三代迦腻色伽王（与公元 123 年登位）的时候，印度已有类似的曲项琵琶的琵琶，见于其阿玛拉洼其画像中。这一乐器在中国开始渐渐传播是第 5 世纪。"[64]由此可知，印度古代维那琴与中国古代音乐的历史关系理应成为中国与印度的音乐研究者所关注的重点。[65]

婆罗多时期的维那琴大致可以归入弹拨乐器，但其中也不乏某些弓弦乐器。这就不难理解婆罗多在论及各种弦鸣乐器时提到琴拨。换句话说，婆罗多在《舞论》第 28 章、29 章中论述的维那琴包含了前述的两类。这一点无可置疑，因为《舞论》第 29 章的话可以证明这一点："有七根弦的是七弦琴（citra），九弦琴（vipanci）有九根弦。九弦琴运用琴拨，而七弦琴只用手指弹拨。行家们由此熟悉与许多弹法相关的九弦琴。"（XXIX.120-121）[66]该书还指出："在木质乐器中，九弦琴和七弦琴是主要乐器，龟琴（kacchapi）和妙音琴（ghosaka）是次要乐器。"（XXXIII.15）[67]这就不难理解，婆罗多在论及弦鸣乐器时为何只介绍前两种"主要乐器"。

值得注意的是，婆罗多所论的两种维那琴的琴弦数量，在后来的音乐发展中似乎发生了变化。例如，14 世纪的《乐舞奥义精粹》指出："单弦琴（ekatantri）等维那琴可按其弦的数量多寡进行命名。凡人和天神的弦乐器至多可达 21 根

63 （日）荻原云来编纂：《梵和大辞典》（下），台北：新文丰出版公司影印，2003 年，第 1261 页。

64 杨荫浏：《中、印两国在音乐文化上的关系》，《人民音乐》，1955 年第 7 期，第 16 页。

65 尹锡南：《梵语名著〈舞论〉的音乐论略议》，《南亚研究季刊》，2021 年第 1 期，第 123 页。

66 Bharatamuni, *Natyasastra*, Vol.2, Varanasi: Chaukhamba Sanskrit Series Office, 2016, pp.32-33.

67 Bharatamuni, *Natyasastra*, Vol.2, Varanasi: Chaukhamba Sanskrit Series Office, 2016, p.147.

弦。最佳的弦乐器有 1 根、2 根、3 根、7 根或 21 根弦。其余的弦乐器则属平庸。在所有弦乐器中，单弦琴占有重要的位置。即使看一眼或摸一下单弦琴，也能赎清杀婆罗门的罪孽。单弦琴的琴杆是湿婆，弦为波哩婆提，中腹为梵天，其凹陷为毗湿奴，节点为语言女神（brahmi），绳线则为广财子（vasuki）。精通乐器的人应在弦乐器上表现音调、基本音阶、变化音阶、节奏、引子（alapti，前奏）和微分音，并演奏各种旋律。维那琴的琴杆上有七个标记，它们是弹出七个音调之处，经常练习弹奏维那琴，就会奏出特别纯洁的乐音。”（IV.10-15）[68]

婆罗多先对弦鸣乐器的各类弹拨风格或指法、弹法（dhatu）进行介绍。他先详细介绍七弦琴即手指弹拨的维那琴的各种弹法，这似乎说明，这类维那琴在古代印度更加流行。婆罗多认为，维那琴的弹拨风格即指法风格包括宏大式（vistara）、表演式（karana）、间歇式（abiddha）和暗示式（vyanjana，或译“渲染式”、“烘托式”）等四类。其中，暗示式风格的弹法最为复杂。婆罗多认为四类弹拨风格与弹拨乐器的三类主要变速风格相关：变化式（citra）、流动式（vrtti）、灵活式（daksina）。[69]器乐、节奏、速度、变速风格等，在这些弹拨风格中体现出的不同特征。

婆罗多认为，各种弹拨风格（dhatu）的弹拨，突出了所有的弹奏或演奏方式。这些风格的融合，产生了崇高式（udatta）、优美式（lalita）、弹拨式（ribhita）、紧密式（ghana）等四种弹奏方式。“崇高式与宏大式的风格有关，或与其他许多事物相关。优美式源自暗示式风格，因其姿势欢快优美而得名。弹拨式指的是间歇式风格，表现为弹拨动作很多。紧密式指的是表演式风格，因多长、短音而得名。”（XXIX.106-107）[70]

婆罗多将乐手在维那琴上以各种指法弹出的乐音分为三种：纯乐音（tattva）、伴奏音（anugata）、间断音（ogha）。叙述了手指弹拨维那琴的各种方法后，婆罗多接着讲述与九弦琴（vipanci）相关的六种弹法：映像式（rupa）、并列式（krtapratikrta）、分流式（pratibheda）、余波式（rupasesa）、洪流式（ogha）、单弦式（pratisuska）。这也是用琴拨或琴弓弹拨维那琴的各种方法。关于九弦

68 尹锡南译：《印度古典文艺理论选译》（下），成都：巴蜀书社，2017 年，第 754 页。
69 Arun Kumar Sen, *Indian Concept of Rhythm*, Delhi: Kanishka Publishers, 1994, pp.124-125.
70 Bharatamuni, *Natyasastra*, Vol.2, Varanasi: Chaukhamba Sanskrit Series Office, 2016, p.31.

琴弹拨规则的叙述，与七弦琴相比，显然是简略得多。这或许与当时的九弦琴不及七弦琴流行相关。

婆罗多指出："在气鸣乐器中，竹笛具有主要乐器的特征，而螺号（sankha）和荼吉尼（dakini）是次要乐器。"（XXXIII.17）[71]因此，他对气鸣乐器的介绍主要是围绕竹笛而展开的。这便是《舞论》第 30 章的全部 13 颂，它也是该书 36 章中最短的一章。其内容如下："智者们知道，所谓的气鸣乐器（笛子）由竹子做成，其音调和音节的相关规则与维那琴相同。笛子的音调为 2、3、4 个微分音，它们分别来自（手指在笛孔上的）震动、半张、大张。维那琴的音调变为另一调，笛子的音调变化同样如此。笛子可吹出 2、3、4 个微分音的音调，继续吹，还会产生其他几个音调。运用手指在笛子上吹出的音调有 2、3、4 个微分音，它们决定了音调的特性。请听我讲述这一点。手指完全离开笛孔，吹出 4 个微分音；手指在笛孔上震动，吹出 3 个微分音；手指部分松开笛孔，吹出两个微分音。这些都是中令音阶的音调。此外，具六音阶的音调如此产生：手指完全松开笛孔，吹出具六、中令和第五；手指在笛孔震动，吹出明意和神仙；手指部分松开笛孔，吹出持地和近闻。近闻和持地分别与具六、中令结合，其微分音的特性交相辉映，发生变化，形成转化音（svarasadharana）和微妙音（kakali）。应以维那琴和人的歌喉美化笛音。歌手应在笛声伴奏下演唱。歌喉、琴声和笛音的完美协调备受称道。笛子的声音平稳，柔和，不刺耳，有音调和装饰音，符合规则，这样的笛音欢快优美、甜蜜动人。这些便是吹笛者应该熟悉的笛音规则。"（XXX.1-13）[72]

与后来的音乐实践和音乐理论共同发展了《舞论》的弦鸣乐器、膜鸣乐器和体鸣乐器相似，后来的乐舞论著也发展了婆罗多的笛子吹奏规则。

第五节　鼓乐演奏论和体鸣乐器论的"缺席"

印度古代的乐鼓种类非常丰富。例如，在印度学者研究印度民间乐器的一部英语著作中，关于民间乐鼓种类的介绍竟然占全书总体篇幅的三分之一。[73]

71 Bharatamuni, *Natyasastra*, Vol.2, Varanasi: Chaukhamba Sanskrit Series Office, 2016, p.147.

72 Bharatamuni, *Natyasastra*, Vol.2, Varanasi: Chaukhamba Sanskrit Series Office, 2016, pp.38-39.

73 Dilip Bhattacharya, *Musical Instruments of Tribal India*, New Delhi: Manas Publications, 1999, pp.89-170.

鼓是古代印度文艺活动必不可少的一种乐器，有时也是国事活动时的重要乐器之一。

鼓乐也是古代印度文化经典和学术著作常常提及的一种音乐。例如，印度古代著名的词典《长寿字库》就曾提到穆罗遮鼓、穆丹迦鼓、牛尾鼓、麦粒鼓等一些鼓的名称（I.7.5-8）[74]《舞论》指出："见到天鼓后，善元还创造了大穆丹迦鼓、牛尾鼓、麦粒鼓和安吉迦鼓等……在膜鸣乐器中，穆丹迦鼓、瓶鼓和细腰鼓是主要乐器，而锵恰鼓和小鼓等是次要乐器。"（XXXIII.11-16）[75]因此，他在介绍各种鼓乐表演规则时，主要是围绕这三种鼓，特别是穆丹迦鼓进行的。

在《舞论》第 28 章中，婆罗多以几种乐器为序展开其音乐论述。他将歌手、助手、九弦琴手、维那琴手和吹笛者称为弦乐队，将穆丹迦鼓手、细腰鼓手和瓶鼓手称为鼓乐队。（XXVIII.4-5）[76]由此可见，弦乐队和鼓乐队是当时戏剧音乐的主要表演者。婆罗多高度重视鼓乐在戏剧中的地位，因此以《舞论》第 33 章专门介绍各种乐鼓及其表演规则。

关于各种鼓的形制，婆罗多写道："鼓（mrdanga）有三种形态：柯子树形（haritaki）、麦粒状、牛尾状。这些是鼓的形状。安吉迦鼓形如柯子树，麦粒鼓形如大麦，牛尾鼓形如牛尾……智者认为瓶鼓应酷似瓶子，面上直径 12 指，鼓体四周有凸出的边缘。"（XXXIII.242-250）[77]由此可见，婆罗多提及的三种主要的鼓中，mrdanga 既可视为一种鼓即穆丹迦鼓，也可视为所有鼓的总称。这与 vina 既是一种特殊的弦鸣乐器、又代表弦鸣乐器整体的现象相得益彰。这种一个概念既为总概念、也为子概念的情况，在《舞论》中屡见不鲜。

婆罗多认为，自己没有穷尽所有的乐鼓名称，因此在说明三种鼓的演奏规则时指出："我将说明膜鸣乐器，它们产生规则的声调，并有种种演奏法（karana）和调式。优秀的再生族啊！那些以皮革覆盖的便是乐器，如三种膜鸣乐器便是此种乐器。这些乐器又可分为百种之多，而我只说明三种膜鸣乐器的特征，因为它们比其余乐器的功能更多，后者的音调不清晰，敲击方法不正

74 *Amarakosa of Amarasimha*, Jaipur: Jagdish Sanskrit Pustakalaya, 2005, pp.58-60.

75 Bharatamuni, *Natyasastra*, Vol.2, Varanasi: Chaukhamba Sanskrit Series Office, 2016, p.147.

76 Bharatamuni, *Natyasastra*, Vol.2, Varanasi: Chaukhamba Sanskrit Series Office, 2016, p.1.

77 Bharatamuni, *Natyasastra*, Vol.2, Varanasi: Chaukhamba Sanskrit Series Office, 2016, pp.179-180.

规，没有清晰的音节，没有必要的音调风格。”（XXXIII.23-26）[78]

婆罗多高度重视鼓乐演奏在戏剧表演中的重要地位，将其视为戏剧表演成功的基础所在。他说：“鼓声响亮，清晰可辨，普闻广布却又可操控，紧贴手掌，包含三种鼓乐风格，充满悦耳的音调，这是穆丹迦鼓演奏的精妙之处。首先应该关注鼓乐演奏，因为它可称作戏剧表演的基础。鼓乐演奏和歌曲演唱一帆风顺，戏剧表演就不会失败。”（XXXIII.300-301）[79]因此，他十分详细地论叙述了鼓乐演奏的各种规范动作。

婆罗多所谓的膜鸣乐器即鼓乐演奏规则，是以他介绍的 15 种特征为红线而展开的。他说：“膜鸣乐器具有如下种种方面的特征：16 个音节（aksara）、四种风格（marga）、三种涂鼓法（vilepana）、六种指法（karana）、三种变速风格（yati）、三种音速（laya）、三种击鼓方式（gati）、三种手相（pracara）、三种合成音（yoga）、三种合奏风格（pani）、五种手型（paniprahata）、三种手姿（prahara）、三种调试音（marajana）、18 种鼓调式（jati）、20 种击鼓法（prakara）。”（XXXIII.37-39）[80]

除了上述 15 种所谓的鼓乐特征即演奏规则外，婆罗多还提到鼓乐演奏的三种方式：领先式（ativadita）、随顺式（anuvadya）和同步式（samavadita）。他说：“在戏剧演出前演奏鼓乐为领先式。随着戏剧表演而演奏穆丹迦鼓，这是随顺式。穆丹迦鼓的演奏与戏剧表演同时进行，这是同步式。”（XXXIII.56-57）[81]婆罗多还介绍了剪刀式（kartari）、自然式（samahasta）等五种鼓手势（upahasta）的特征。他还指出了鼓乐演奏的八种协调关系。上述情况说明，婆罗多的鼓乐演奏规则突破了他自己设定的 15 种特征。当然，也不排除婆罗多之后的理论家或注疏者将其文字随意添加在《舞论》中的可能。

某种程度上可以将前述 15 种鼓乐演奏规则视为广义上的穆丹迦鼓表演的一般特征，这从婆罗多将细腰鼓和瓶鼓的演奏规则分开论述可见一斑。他还对瓶鼓、细腰鼓和穆丹迦鼓的联合表演规则做了细致的说明。

婆罗多强调鼓乐演奏须与各种戏剧情味的表达相结合。他在介绍各种鼓

78 Bharatamuni, *Natyasastra*, Vol.2, Varanasi: Chaukhamba Sanskrit Series Office, 2016, p.148.

79 Bharatamuni, *Natyasastra*, Vol.2, Varanasi: Chaukhamba Sanskrit Series Office, 2016, p.185.

80 Bharatamuni, *Natyasastra*, Vol.2, Varanasi: Chaukhamba Sanskrit Series Office, 2016, p.149.

81 Bharatamuni, *Natyasastra*, Vol.2, Varanasi: Chaukhamba Sanskrit Series Office, 2016, p.154.

乐的演奏规则时，也对鼓乐队如何为戏剧表演中的歌唱、舞蹈伴奏做了细致的说明。婆罗多认为，鼓乐演奏应为戏剧表演服务。例如："当舞者将细腰鼓等乐器拿来后，应按照仪轨表演镶灾仪式。在十色（十种戏剧）表演中，应奏响四只细腰鼓。在十色的其他情境表演中，应奏响相同数量的鼓乐。穆丹迦鼓、细腰鼓和瓶鼓应在传奇剧、创造剧、街道剧、独白剧和争斗剧的演出中伴奏。智者应该了解乐鼓表演的这些特点。"（XXXIII.281-284）[82]

婆罗多重视鼓乐演奏与歌曲演唱的完美配合。例如："演唱下场歌和变速歌时，应以三种音速演奏鼓乐。演唱安抚歌时，应快速击鼓……鼓手应该这样击鼓，以表现戏中人物的诸种步姿行状。"（XXXIII.176-179）[83]再如，在演唱安抚歌和变速歌时，应演奏鼓乐，以表现戏中人物的举止行为。没有鼓乐伴奏时，应演唱歌曲。婆罗多也重视鼓乐演奏与舞蹈表演的协调一致

婆罗多还介绍了鼓乐队和弦乐队、歌手等的联袂演出或曰团队合作流程。他的叙述围绕《舞论》第 5 章的序幕表演而展开。他指出，鼓乐结束，女演员进入舞台，演奏穆丹迦鼓的行家应以手指轻敲鼓面，演奏鼓乐，为刚舞表演伴奏。鼓乐临近尾声，双手以双击式击鼓。应以各种指法演奏鼓乐，以配合柔舞和各种组合舞。

婆罗多还介绍了鼓手的素质问题。他认为："以合适的鼓调式、风格、击鼓法和指法，演奏各种各样的音节，这是优秀的鼓手。"（XXXIII.233）[84]他还说："鼓手应努力钻研音乐节奏、节拍、音调的相关知识。智者说，不了解音乐节奏、节拍和经论的鼓手，只是一个'敲皮者'（carmaghataka）而已。鼓手应根据表演规则演奏鼓乐。"（XXXIII.240）[85]在婆罗多看来，精通歌唱、器乐、节奏、音速、演奏，手法灵巧，喜欢技艺，全神贯注，心思敏捷，身体强壮，熟悉各种伴奏风格与演奏成功的秘诀，有成就感，这便是一位优秀鼓手应具备的基本素质。

婆罗多还介绍了乐鼓制作的流程，并介绍了泥土或麦粉涂鼓的方法。这位后世了解、借鉴古代乐器制作的方法提供了重要的历史文献。

---

82 Bharatamuni, *Natyasastra*, Vol.2, Varanasi: Chaukhamba Sanskrit Series Office, 2016, p.183.
83 Bharatamuni, *Natyasastra*, Vol.2, Varanasi: Chaukhamba Sanskrit Series Office, 2016, p.168
84 Bharatamuni, *Natyasastra*, Vol.2, Varanasi: Chaukhamba Sanskrit Series Office, 2016, p.177.
85 Bharatamuni, *Natyasastra*, Vol.2, Varanasi: Chaukhamba Sanskrit Series Office, 2016, p.179.

令人惊诧的是，婆罗多对体鸣乐器的演奏规则，只是在介绍节奏体系和节拍模式的第 31 章简略提及，并无实质性阐释。这似乎成了《舞论》的“斯芬克斯之谜”。这或许说明体鸣乐器在婆罗多时代的戏剧表演中并不常见。这里借鉴荷兰学者的最新研究成果，对此现象作一简要说明。

婆罗多在《舞论》的第 30 章结尾处写道：“这些便是吹笛者应该熟悉的笛音规则。接下来我将讲述各种体鸣乐器。”（XXX.13）[86]但是，接下来的《舞论》第 31 章标题是 Talavidhana，按照逻辑，应译为“体鸣乐器规则”，但其主要内容却是节奏体系论。耐人寻味的是，该章开头似乎在不经意间“剑走偏锋”，涉及名为“多罗”（tala）的体鸣乐器：“多罗是所谓的体鸣乐器，它涉及无声拍（kala）、有声拍（pata）和音速（laya）的运用。”（XXXI.1）[87]换句话说，婆罗多在本该介绍体鸣乐器的一章里，似乎“南辕北辙”地介绍与节奏体系相关的规则。“与对体鸣乐器的缄默不语相对应，《舞论》只重视节奏体系，这是与手、手臂和手指有关的节奏体系。”[88]这似乎说明体鸣乐器在婆罗多时代地位并不太高或并不常见。联系《舞论》对体鸣乐器的欲言又止、点到为止，《乐舞那罗延》认为体鸣乐器“归凡人”的这一说法，似乎不能完全用来解释婆罗多很少直接论及体鸣乐器的根本原因。

在对《舞论》和《舞论注》（Abhinavabharati）的各种抄本、编订本以及其他相关的梵语乐舞论著进行仔细审读、深入思考的基础上，荷兰学者摩诃康欣（Narinder Mohkamsing）对这一问题作了深入的探讨。他指出，即便是《舞论》第 31 章的标题都有问题，因为 tāla 一词暗示该章既讨论体鸣乐器和同名的节奏体系，因此经不住推敲。“仔细审视《舞论》第 31 章含混不清、不具包容性的标题及其邻近的结尾（即上一章最后一句），暗示这一章原本打算讨论体鸣乐器及其分类，但由于难以理解的因素，标题和结尾处的 ghana 一词被 tala 所取代，内容显然是讨论节奏体系。”[89]摩诃康欣提出一个问题：“这里需要提出的问题是：在《舞论》中，作为体鸣乐器的一个重要部分，为何没有完全

86 Bharatamuni, *Natyasastra*, Vol.2, Varanasi: Chaukhamba Sanskrit Series Office, 2016, p.39.

87 Bharatamuni, *Natyasastra*, Vol.2, Varanasi: Chaukhamba Sanskrit Series Office, 2016, p.40.

88 Narinder Mohkamsing, *A Study of Rhythmic Organisation in Ancient Indian Music*, Leiden: Universiteit Leiden, 2003, p.40.

89 Narinder Mohkamsing, *A Study of Rhythmic Organisation in Ancient Indian Music*, Leiden: Universiteit Leiden, 2003, p.121.

排除但却忽视对它的论述？……正如我在接下来的段落中尝试证明的那样，我的观点是：在这些地方提到的 ghana 和 tala 是可疑的，它很有可能是（后人）插入文本的，以迎合晚期乐器四分法的编纂和整体性……此外，正如后文要讨论的那样，《舞论》第 31 章开头似乎想论及体鸣乐器，但却惜墨如金，尽管其部分内容可疑涵盖体鸣乐器。”[90]“这些地方”指《舞论》提及 ghana 和 tala 的四处文字。摩诃康欣还就《舞论》第 31 章开头 ghana 即被 tala 取代的事实说：“在这些内部证据的基础上，我将在下边说明一种观点……ghana 被 tala 所取代，这可能是（文字）窜入（interpolation），很有可能是节奏理论和表演实践飞速发展所刺激的结果。”[91]新护为了替婆罗多打圆场，曾将鼓乐中的 dardura 等曲解为体鸣乐器。摩诃康欣注意到这一点，但不予认可。他认为，四类乐器中，只有鼓为代表的膜鸣乐器（革鸣乐器）出现最早，《梨俱吠陀》中出现了 dundubhi（天鼓）的字样。与之相比，打击乐器或曰体鸣乐器出现较晚，至少没有多少直接证据证明远古时期的印度出现了铙钹等乐器。印度两大史诗中首次提及体鸣乐器，但铙钹等的出现在基督纪元前后即公元 1 世纪左右。这一时期，印度的冶炼技术无法把铜这种金属制造为乐器。因此，从乐器出现的顺序看，膜鸣乐器出现最早，鼓乐贯穿了整个印度文明史。击鼓者在雕像上出现的时间大约是公元前 5 世纪，比雕像中出现铙钹手早了数个世纪。铙钹等体鸣乐器在公元 1 世纪出现，这一时期印度的金属铜的质量有了提高，可以制造铙钹等，但这距离《舞论》的早期撰写晚了很多时间。这可以解释为何《舞论》在提到舞台表演时，对体鸣乐器的具体运用缄默不语。“在此背景下，《舞论》中提到 ghana 和 tala 并不非常令人信服，因此可视为‘可疑文字’。”[92]摩诃康欣的结论是：从《舞论》第 30 章结尾和第 31 章开头可知，后者应论述体鸣乐器，但其实际内容却是节奏体系论。“晚期出现的一种乐器（体鸣乐器），公然勉强成为《舞论》第 31 章的重要主题（参见第 30 章最后一句》），明显是文字窜入的结果，其动机是为了说明刚出现的体鸣乐器（ghana）或其亚类是主要的打击乐器（percussion instrument），这类乐器也称 tala，此时已经占据了节奏论的核心。后《舞论》时期，将介绍体鸣乐器作为第 31 章主

90 Narinder Mohkamsing, *A Study of Rhythmic Organisation in Ancient Indian Music*, Leiden: Universiteit Leiden, 2003, pp.108-109.

91 Narinder Mohkamsing, *A Study of Rhythmic Organisation in Ancient Indian Music*, Leiden: Universiteit Leiden, 2003, p.119.

92 Narinder Mohkamsing, *A Study of Rhythmic Organisation in Ancient Indian Music*, Leiden: Universiteit Leiden, 2003, p.115.

题的思想或许已经出现，因为此时人们已经意识到，体鸣乐器是音乐演奏中表达节奏和速度的最合适的打击乐器。”[93]

摩诃康欣的上述思考是解开体鸣乐器论为何在《舞论》第 31 章基本“缺席”的重要线索，也是解开前述“斯芬克斯之谜”的一个尝试。他的论述可谓弥补了《舞论》研究的一大空白。[94]

《舞论》的音乐理论对后世梵语乐舞论者产生了极其深远的影响。[95]例如：“摩腾迦创作的《俗乐广论》模仿了婆罗多的叙述风格，其内容以仙人之间一问一答的对话方式展开，其叙述文体是占布（Campu），散文部分是对经文的解释或补充。”[96]当然也应看到，这种历史影响与后世学者的主动创新是彼此呼应的，它的学理背景是戏剧、音乐与舞蹈等艺术随着时代发展而不断发生变化。

婆罗多的乐器四分法对于后来的乐舞论者影响深刻。例如，婆罗多以后最著名的古典梵语乐舞论者角天在《乐舞渊海》中指出，器乐可分 4 类：“弦鸣乐器、气鸣乐器、膜鸣乐器、体鸣乐器，这是 4 类乐器。前边两类以微分音和音调等为基础。膜鸣乐器和体鸣乐器的乐音令人愉悦。弦乐器是弦鸣乐器，有孔的乐器是气鸣乐器，表面绑缚着皮革发声的是膜鸣乐器，形体结实且敲击发声的是体鸣乐器。”（VI.3-6）[97]

一些论者在此基础上增加了人的歌声即声乐，从而将乐音增为 5 种，但这并未动摇婆罗多乐器四分法的基础。例如，那罗陀等人便是这方面的例子。那罗达的《乐舞蜜》大约成书于 7 至 11 世纪。因为相关文献缺乏，关于那罗达的生平事迹，后世学者无从得知。该书将乐音分为 5 类：以手指拨弄维那琴产生的乐声（弦鸣乐器）、利用风在乐器上发出乐声（气鸣乐器）、鼓声等皮革产生的乐声（膜鸣乐器）、铙钹等金属器乐发出的乐声（体鸣乐器）、人的喉咙发出的乐声（歌声）。这种印度古代的乐音五分法或曰乐器五分法值得注意。此后，一些乐舞论著遵从这种五分法。

93 Narinder Mohkamsing, *A Study of Rhythmic Organisation in Ancient Indian Music*, Leiden: Universiteit Leiden, 2003, p.123.

94 尹锡南：《舞论研究》（下），成都：巴蜀书社，2021 年，第 643 页。

95 尹锡南：《舞论研究》（下），成都：巴蜀书社，2021 年，第 715-722 页。

96 Prem Lata Sharma, ed., *Matanga and His Work Brhaddesi: Proceedings of the Seminar at Hampi, 1995*, New Delhi: Sangget Natak Akademi, First Edition, 2001, p.138.

97 Sarngadeva, *Sangitaratnakara*, Varanasi: Chaukhamba Surbharati Prakashan, 2011, pp.479-480.

16 世纪的《味月光》和 17 世纪的《乐舞那罗延》均遵循婆罗多《舞论》，将音乐分为声乐（歌曲）和器乐且分别叙述，《乐舞顶饰宝》则将二者并而论之：“弦鸣乐器、膜鸣乐器、体鸣乐器、气鸣乐器和歌声，这些被称为五种乐音（sabda）。弦鸣乐器来自天启圣音，膜鸣乐器来自鼓的演奏，体鸣乐器来自铙钹等，而气鸣乐器来自气息的吹动。后边提到的歌声是第五种乐音。”（1-3）[98]

值得注意的是，《乐舞渊海》不仅遵从婆罗多的乐器四分法，还介绍了另一种特殊的乐器四分法：“独奏乐器（suskam）、为歌曲伴奏的乐器（gitanugam）、为舞蹈伴奏的乐器（nrttanugam）、同时为歌曲和舞蹈伴奏的乐器（dvayanugam），智者视其为 4 类乐器，其中的独奏乐器据说是不为歌曲、舞蹈伴奏的一类，而其他三者名副其实。”（VI.16-17）[99]关于这种比较独特的乐器分类法，陈自明先生指出：“这种分类缘起于一种重要的观点，即印度古典音乐中所采用的各种乐器很多是用于伴奏的。当然，其中也有用来独奏的。”[100]

婆罗多提到的乐鼓，在后来的乐舞论著中屡见不鲜，但有的种类不见记载。例如，14 世纪的《乐舞奥义精粹》提到了《舞论》中的穆丹迦鼓、穆罗遮鼓等，同时提到了后者没有记载的那达鼓（naddha）、巨鼓（mahavadya）、双面鼓（dvimukha）、击海鼓（patasagara）、荼迦鼓、喧音鼓（nihsvana）、三纹鼓（trivali）、杜匿耶鼓（turya）等，它还提出传统鼓（marga）、地方鼓（desi，或曰“流行鼓”、“普通鼓”）的新概念。这表明婆罗多时期的乐器到了后来产生了一些变化，一些鼓退出了历史舞台，另一些新鼓应运而生，这是所谓的“地方鼓”。当代印度、特别是北印度最常见且为中国的印度音乐爱好者所熟悉的塔布拉鼓（Tabla）便是典型的一例。

以上便是婆罗多器乐论的简单介绍。由于存在《舞论》和《舞论注》各种抄本文献的严重毁损和编校工作的难以尽意等因素，婆罗多器乐论乃至整个音乐论的很多内容或谜题，有待印度与世界音乐研究界、梵学界联合攻关，继续探索。

---

98 Kavicakravarti Jagadekamalla, *Sangitacudamani*, Baroda: Oriental Institute, 1958, pp.69-70.

99 Sarngadeva, *Sangitaratnakara*, Varanasi: Chaukhamba Surbharati Prakashan, 2011, p.481.

100 陈自明：《印度音乐文化》，北京：中央音乐学院出版社，2018 年，第 103 页。

第十章 “舞蹈”的范畴研究

与印度古代音乐理论拥有音乐（sangita）、拉格（raga）和节奏模式（tala）等诸多范畴相似，印度古代舞蹈理论也具有许多重要的范畴。例如，舞蹈（nāṭya，nṛtta，nartana，nṛtya）、刚舞（tandava）、柔舞（lasya）、形体表演（āṅgika）、手势（hasta，kara，mudrā）等理论范畴便是如此。从历史发展的语境看，印度古代舞蹈论颇具代表性的重要范畴和概念值得思考和分析。在最早涉及舞蹈论的婆罗多《舞论》中，表示“舞蹈”的梵文词是该书第 4 章出现的 nṛtta，但该书第 1 章出现的 nāṭya 也在某种程度上担负起表示“舞蹈”的“重任”。印度古代舞蹈概念的内涵、舞蹈类型等十分复杂，不易区分。本章以下述主题为线索，对舞蹈这一重要的理论范畴进行简析：舞蹈的概念辨析、舞蹈的分类、舞蹈的宗教起源与二重功能、舞蹈与音乐戏剧的关系等。

第一节 舞蹈概念辨析

历史地看，表示“舞蹈”的梵文词先后出现了至少如下四个：nāṭya、nṛtta、nṛtya、nartana。前二者同时出现在《舞论》中，第三个梵文词最早出现在 10 世纪的胜财《十色》中，而第四个概念即 nartana 最早出现在公元 5 世纪左右成书的《长寿字库》（*Amarakośa*）中，16 世纪的般多利迦 · 韦陀罗《乐舞论》等后来出现的一些乐舞论著沿袭了这一概念。相对而言，nṛtya 的出现似乎最晚。印裔加拿大学者 M.鲍斯认为：“nartana（舞蹈）可分为 nāṭya、nṛtya、nṛtta，而最后一个即 nṛtta 又分为三类：复杂舞、滑稽舞、简易舞。”[1]M.鲍斯

1 Mandakranta Bose, *Movement and Mimesis*, New Delhi: D. K. Printworld, 2007, p.84.

还在另一本书中指出："在某些著作中，nartana 是另一个表示舞蹈的术语。《长寿字库》将它视为纯舞和戏剧的同义词。中世纪时期，几个术语以相当令人困惑的方式出现。"[2]鲍斯认为印度中世纪时学者们在表示舞蹈的术语运用上存在相当混乱的情况，这是正确的判断。

这里先重点说一下前三个概念即 nṛtta 与 nṛtya、nāṭya，而这种解说似乎须以对它们的区别、辨异为前提。

在将 nṛtta（nritta）和 nṛtya（nritya）视为性质有别的两种舞蹈、将 nāṭya（natya）视为戏剧或戏剧表演这一点上，中国学者和印度学者的观点是基本相同的。围绕这三个关键词，婆罗多以后的印度理论家纷纷发表自己的看法，有的观点带有创意，而有的观点容易产生歧义，由此导致学界认识混乱，从而影响人们对婆罗多《舞论》原文的准确理解。因此，很有必要对有关上述三个关键词的一些主要观点进行介绍，并对三个关键词的内涵进行分析和辨异。[3]

第 1 种观点来自公元 5 世纪左右出现的《长寿字库》。该书将 nṛtya 和 nāṭya 均视为舞蹈，并以 nartana 一词统摄之。"舞蹈（nartana）包括刚舞（tāṇḍava）、纯舞（naṭana）、叙事舞（nāṭya）、柔舞（lāsya）和情味舞（nṛtya）。"[4]应该说，这种五分法并无科学的依据，反而混淆了舞蹈复杂而深邃的内涵。

第 2 种观点以公元 10 世纪左右的胜财所著《十色》为代表。他在戏剧表演而非舞蹈艺表演的语境下论述舞蹈，因而将 nāṭya 视为戏剧表演，将 nṛtya 和 nṛtta 视为性质不同的两种舞蹈表演。这是古代印度相当有代表性的一种观点，它影响了后来的一些艺术理论家对戏剧和舞蹈艺术的看法。M.鲍斯认为："nṛtya（情味舞）这一概念首先出现于《十色》，而 uprūpaka（次色）这一术语首次见于《文镜》。"[5]14 世纪的梵语诗学家毗首那特在《文镜》中写道："所有这些指创造剧等等'色'和那底迦等等'次色'。"（VI.6 注疏）[6]根据黄宝生先生的翻译，胜财写于 10 世纪的《十色》第 1 章的一段话是："此

2 Mandakranta Bose, *The Dance Vocabulary of Classical India*, Delhi: Sri Satguru Publications, 1995, p.12.

3 这里的分析，主要参考尹锡南：《舞论研究》（上），成都：巴蜀书社，2021 年，第 441-453 页。

4 *Amarakośa of Amarasimha*, Jaipur: Jagdish Sanskrit Pustakalaya, 2005, p.61.

5 Mandakranta Bose, *The Dance Vocabulary of Classical India*, Delhi: Sri Satguru Publications, 1995, p.155.脚注 2。

6 黄宝生译：《梵语诗学论著汇编》（下册），北京：昆仑出版社，2008 年，第 931 页。

外，模拟以情为基础。舞蹈以时间和节奏为基础。前者是表演句义的方式，后者是通俗方式。这两者又分别分为刚柔两种，通过刚舞和柔舞的形式辅助传说剧等等。”（I.12-15）[7]这段话中的“模拟”即指情味舞或曰“情舞”，而“舞蹈”即为“纯舞”。

依据印度学者编订的《十色》另一种梵文底本及其英译，可以将胜财的原文和达尼迦（Dhanika）的《十色注》（*Daśarūpakāvaloka*）的相应部分翻译如下（达尼迦的姓名加上括号，表示括号后的话为其注疏即《十色注》）：

十色以味为基础，情味舞（nṛtya）则以情为基础。

（达尼迦）戏剧（nāṭya）和情味舞的功能不一致。以味为基础的戏剧和以情为基础的情味舞不同，二者的表现对象有异。nṛtya 的词根是 nṛt（舞蹈），表示肢体挥舞的意思，nṛtya 主要指形体表演，即在世人面前表演。因此，室利迦底多（śrīgadita）等次色不同于情味舞，因为它们是传说剧等的决定因素。传说剧等表现味。戏剧不表现词义（padārtha），戏剧语言及其含义、情味、情态和不定情等一道，成为味的来源。戏剧表演（abhinaya）本质上表现句义（vākyārtha），因此称为味的基础。nāṭya 的词根是 naṭ，后者是轻快移动（avaspanda）之意，因此它主要表示行动（calana）的意思，包含许多真情（sāttvika）。这样，表演戏剧的人叫作 naṭa（演员）。[8]情味舞与纯舞（nṛtta）不同，尽管二者都有肢体的舞动，但情味舞本质上是模仿（anukāra）。因此，戏剧本质上表演句义，情味舞本质上表现词义。[9]顺便解说一下纯舞。

纯舞以节奏（tāla）和音速（laya）为基础。

（达尼迦）节奏指旃遮卜吒（cañcupuṭa）等节奏模式，音速指快速等。纯舞没有特定的情境表演（abhinaya），肢体舞动契合音乐节拍（mātrā）即可。接下来解释（情味舞和纯舞）两者。

上述第一种（情味舞）表现词义，也称为古典舞（mārga），另一种（纯舞）

7 黄宝生译：《梵语诗学论著汇编》（上册），北京：昆仑出版社，2008 年，第 442 页。

8 译者接着解说道，表演 nṛtya 的人就是 nartaka（舞者、舞蹈演员）。参见该书第 12 页。

9 这句话即“因此，戏剧本质上表演句义，情味舞本质上表现词义”的大意是，戏剧表现完整的一段情节或一个故事，情味舞并未如此，它只是模仿某个对象而已。句义指一段情节或一个故事，词义大约是指某个概念或具体的对象。

是地方舞（deśī，通俗舞）。

（达尼迦）本质上表现词义的古典舞称为情味舞，流行舞称为纯舞。（I.12-14 及注疏）[10]

胜财和达尼迦的观点在当代印度学者中较为流行，或者说几乎已经成为当代印度舞蹈艺术家和舞蹈研究者的共识。

第 3 种观点来自 14 世纪耆那教学者甘露瓶（Vācanācārya Sudhākalaśa）所著《乐舞奥义精粹》（*Saṅgītopaniṣat-sāroddhāra*）。他以 nṛtya 一词指称和统摄舞蹈表演，并将纯舞（nṛtta）、情味舞（nṛtya）、叙事舞（nāṭya）、戏剧（nāṭaka）并列。他说："因此，我从舞蹈（nṛtya）的起源开始讲述，舞蹈愉悦五根（indriya），使人忘记痛苦，常怀喜乐……人们认为，纯舞（nṛtta）由男子表演，情味舞（nṛtya）由女子表演，而叙事舞（nāṭya）、戏剧（nāṭaka）则由男女表演。"（V.2，8）[11]

第 4 种观点是将含义有区别的 nṛtta（nritta）和 nṛtya（nrtitya）混为一体。印度学者 S.科塔莉便是如此。她在介绍婆罗多《舞论》的几十种手势时，以 nritya 而非 nritta 为标题，但在叙述时却使用 nritta 一词："不过，称为 nritta hasta 的手势表演的运用，目的是创造美和装饰，而表演性的 nritta 即为纯舞。因此，nritta hasta 不表达任何含义。"[12]

第 5 种观点是将 nṛtta 视为纯舞，将 nṛtya 视为包含 4 种表演方式（形体、语言、真情和妆饰表演）的 abhinaya，表面上看，这是一种前所未有的理论创新，实则是对婆罗多意义上的 abhinaya 和后人提出的 nṛtya 的一种刻意引申或"强制阐释"，某种意义上近似于曲解或误解，尽管这并非作者的本意和初衷。例如，瓦赞嫣指出："印度舞蹈有两个独特的方面 nṛtta（纯舞）和 abhinaya（表演）或曰 nṛtya（模仿性动作）。nṛtya 即情味舞部分以为之伴奏的音乐和节奏为生命，而 abhinaya 即表演部分依赖于叙事主题的表达或歌唱的抒情性文学作品（表演舞蹈家称其为文学）。婆罗多确实原创了舞蹈的这种表演成分，将其视为戏剧（nāṭya）不可或缺的部分。"[13]由此可见，她似乎将 nāṭya、nṛtya

---

10 Dhanañjaya, *Daśarūpaka with the DaśarūpāvalokaCommentary by Dhanika*, Chapter 1, tr. by Jagadguru, Varanasi: Chowkhamba Sanskrit Series Office, 1969, pp.11-13.

11 Vācanācārya Sudhākalaśa, *Saṅgītopaniṣat-sāroddhāra*, New Delhi: Indira Gandhi National Centre for the Arts, 1998, p.138.

12 Sunil Kothari, ed., *Bharata Natya*, Bombay: Marg Publications, 2000, p.78.

13 Kapila Vatsyayan, *Classical Indian Dance in Literature and the Arts*, New Delhi: Sangeet NatakAkademi, 1968, p.19.

和 abhinaya 三者视为可以变通使用的近义词。

第 6 种观点是一方面将 nāṭya 视为戏剧表演，将 nṛtya 和 nṛtta 看作舞蹈表演，另一方面又把 nṛtta、nṛtya 和 nāṭya 三者同时视为舞蹈表演。这是一种非常有代表性的看法，也更容易使人不明就里、难以区分。瓦赞嫣仍是这一观点的代言人。例如，她在 1968 年出版的书中表达了这一看法。[14]她重复了将 nṛtya 和 abhinaya 等而视之的做法。

第 7 种观点来自帕德玛，她在现代审美语境下，通过自己长期的舞蹈艺术研究和表演实践，深化、拓展了婆罗多舞蹈论的相关概念。她认为：“nṛtta 是一种舞蹈艺术，整个身躯为此作为表演动作的工具。它不只是自然界到现实生活的普通的身体动作，还是具有内在审美价值的动作。它是一种通过优美的表达而必然从主观和客观上令人喜悦的动作……不过，婆罗多的 nṛtta 既是表演性的，也是非表演性的。它是演员和舞者都须掌握的一门艺术。”[15]在她看来，婆罗多的 nṛtta 是一个无所不包的宽泛概念。“婆罗多的 nṛtta 的另一个有趣的因素是，它适合两性（表演）。同样一套 108 种基本动作是为男女舞者而设计的。柔舞和刚舞没有各自独有的动作。事实上，在《舞论》中，刚舞只是用作 nṛtta 的代名词而已。这种刚舞是两性通用的。”[16]她还认为，与坦焦尔神庙和孔巴科纳神庙相比，奇丹巴兰神庙所雕刻的 108 式刚舞基本动作，更适合以新护的《舞论注》来解释。[17]

帕德玛还将 nṛtta 与表示刚舞基本动作的 karaṇa 联系起来进行论述，甚至将 nṛtta 与 nāṭya 等而视之。帕德玛将 karaṇa 视为 nṛttakaraṇa（纯舞动作或舞蹈基本动作）或将 nṛtta 与 karaṇa 等而视之，因而产生了一种理论上的焦虑：“如果真是如此，就有相当的逻辑质疑基本动作激发心理效应的能力。如果说 nṛtta 被视为纯粹的身体表演，最重要的一点是必须审视身体和心理的关联。”[18]她作了极富创意的引申：“注意到这一点是有趣的：句义表演的古老的印度技

14 Kapila Vatsyayan, *Classical Indian Dance in Literature and the Arts*, New Delhi: Sangeet NatakAkademi, 1968, pp.29-30.

15 Padma Subrahmanyam, *Bharata's Art: Then & Now*, Bombay: Bhulabhai Memorial Institute & Madras: Nrithyodaya, 1979, pp.27-28.

16 Padma Subrahmanyam, *Bharata's Art: Then & Now*, Bombay: Bhulabhai Memorial Institute & Madras: Nrithyodaya, 1979, p.36.

17 Padma Subrahmanyam, *Bharata's Art: Then & Now*, Bombay: Bhulabhai Memorial Institute & Madras: Nrithyodaya, 1979, p.68.

18 Padma Subrahmanyam, *Karanas: Common Dance Codes of India and Indonesia, Vol.2: A Dancer's Perspective*, Chennai: Nrithyodaya, 2003, p.292.

巧，正是西方古典芭蕾舞的安身立命之本……芭蕾舞以身体表演（Āṅgika Abhinaya）为基础。既然它完全是一种纯舞（nṛtta），我们能将其描述为缺情、甚而乏味吗？在每一个身体部位的动作中，都可见到心理因子的舞动。极其令人惊讶的是，这种西方芭蕾舞的概念，和婆罗多的纯舞概念如此相近。既然芭蕾舞触发味（rasa），我们就必须接受 nṛtta 和 nāṭya 没有区别的事实。语言在哪儿失效，乐舞就在哪儿成功。”[19]

从上面引述的各种观点看，印度文艺理论家对于 nṛtta、nṛtya、nāṭya 三个概念的历史理解，恰好说明了印度古代文艺理论发展的一个非常重要的侧面，也揭示了传统和经典从知识精英阶层向普通大众传播过程中的一些特殊规律。

在这个意义上，M.鲍斯对叙事舞（nāṭya）、纯舞（nṛtta）和情味舞（nṛtya）。的一些看法，很有价值。她说："nṛtta（纯舞）和 nṛtya（情味舞）是理论家们用来表示两种不同的舞蹈类型的术语。nṛtta 不表达任何含义，它包含身体优美但却高度程式化的动作，只是一种赏心悦目的动作表演。nṛtya 采取纯舞的形式，但增添了戏剧的意味。按照晚期某些理论家的看法，这两种舞蹈的差异，也是古典舞与流行舞（通俗舞）的差异。人们熟悉这两个术语，显然是吠陀文献等运用过这些词语，但婆罗多显然没有用过 nṛtya。人们在其中发现的两颂诗，显然是（后人的文字）窜入。可以说，婆罗多关注的是舞蹈形式，因此讨论的是 nṛtta（纯舞）而非 nṛtta（情味舞）。”[20]这些话存在的关键问题是，婆罗多从未运用过 nṛtya 一词。nṛtya 和 nṛtta 被文艺理论家视为两种不同性质的舞蹈形式，nṛtya 具有 nṛtta 的形式，但却加入了戏剧表演的因素。至于将这二者视为古典舞蹈和通俗舞蹈或流行舞蹈的观点，实属后来的理论家（如胜财）的创意和发挥。奥迪西舞表演艺术家 M.拉乌特（Madhumita Raut）这样辨析古典舞（margi）与地方（desi）的区别："古典舞包含乐音与舞蹈，它源自经论，完全具有神圣的身份。据说湿婆大神曾经表演过它。地方舞在普通人中更为流行，它有吸引普通人的娱乐性因素。它主要是在国王面前进行表演。”[21]

---

19 Padma Subrahmanyam, *Karanas: Common Dance Codes of India and Indonesia, Vol.2: A Dancer's Perspective*, Chennai: Nrithyodaya, 2003, p.298.

20 Mandakranta Bose, *The Dance Vocabulary of Classical India*, Delhi: Sri Satguru Publications, 1995, p.11.

21 Madhumita Raut, *Odissi: What, Why & How, Evolution, Revival & Technique*, Delhi: B.R. Rhythms, 2007, p.67.

如此一来，前述诸家观点之所以存在分歧与差异，似乎有了较为令人信服的说明。nṛtya 和 nṛtta 之所以被胜财分别叫做古典舞、地方舞（流行舞、民间舞或通俗舞），似乎与前者多与戏剧表演的手段如表情达意等相结合有关，因为戏剧表演是一种综合程度高、难度大的艺术，与戏剧手段“沾亲带故”的 nṛtya 称之为经典舞，似乎不难理解。到了后来，这种古典（经典）与通俗（流行）的二分法还会以新的形式出现，这种新的二分法既出人意料，又在情理之中。

但是，一个令人困惑的问题依然存在：为何后来的文艺理论家如喜主等将婆罗多《舞论》中确指戏剧表演的 nāṭya 一词归为舞蹈表演?

通过前面的介绍可知，婆罗多提及 nṛtta 即纯舞，但他的舞蹈分类体系没有涉及这一概念。这似乎可以用来解释一个困惑：喜主《表演镜》的三分法在《舞论》中未见踪影，尽管他明确提出婆罗多的大名：“婆罗多牟尼（仙人）等认为，与 4 类（表演）相联系的舞蹈（naṭana）有 3 种：叙事舞（nāṭya）、纯舞（nṛtta）和情味舞（nṛtya）。”（11）[22]这说明，喜主是“假传圣旨”而已。《乐舞奥义精粹》认为：“人们认为，纯舞由男子表演，情味舞由女子表演，而叙事舞（nāṭya）、戏剧（nāṭaka）则由男女（共同）表演。”（V.8）[23]这可视为纯舞、情味舞和叙事舞的差异的一种解说。

关于 nṛtta、nṛtya、nāṭya 的区别，鲍斯指出，直到 13 世纪，nṛtya 才被用来专指舞蹈艺术，从而与表示戏剧艺术的 nāṭya 分离。第一部以 nṛtya 专指舞蹈的论著是这一世纪出现的《乐舞渊海》。从这时起，乐舞论著开始将 nṛtta 视为 abstract dancing（抽象舞），将 nṛtya 视为 mimetic dancing（模仿舞、表演舞）。到 14 世纪时，舞蹈和戏剧这对姊妹艺术成为各自独立的艺术门类，舞蹈不再是一种 minor drama（次色）。这时用来称呼次要戏剧的词语是 uparūpaka（次色）。此后的文艺理论家均仿效《乐舞渊海》将 nṛtya 视为 mimetic dance（表演舞）或一般意义上的舞蹈，以 uparūpaka 代指戏剧。有的理论家将 nāṭya 归于 6 种舞蹈之一。[24]这似乎说明，以前作为“次色”出现的、富含歌舞成分的 uparūpaka，经过岁月的洗礼，位置开始扶正，草根性逆袭而为正统，以前

22 Nandikeśvara, *Abhinayadarpaṇa*, Calcutta: Firma K.L. Mukhopadhyay, 1957, p.82.
23 Vācanācārya Sudhākalaśa, *Saṅgītopaniṣat-sāroddhāra*, New Delhi: Indira Gandhi National Centre for the Arts, 1998, p.138.
24 Mandakranta Bose, *Movement and Mimesis*, New Delhi: D. K. Printworld, 2007, pp.169-170.

作为正统而经典的象征的 nāṭya，反而成为下嫁民间的“皇家公主”。“nṛtya 一开始被视为戏剧表演的一部分，后来它脱离了戏剧领域，尽管它保留了表演（mimetic）的特征，但不再运用语言，演化为一种舞蹈形式。”[25]如不结合 13 世纪以后印度各个方言区文学、艺术发展格局的巨大变迁，理解 nāṭya 的命运变化自然是十分困难的。

由此可见，婆罗多的 nāṭya 在漫长的历史发展过程中，在许多梵语文艺理论家、特别是在古典舞蹈理论家那儿，逐渐失去了表示戏剧的传统意义，进而演化为表现传奇故事的、带有浓厚戏剧表演色彩的舞蹈艺术。正是在此意义上，笔者尝试将其译为“叙事舞”而非其他学者所认可的“剧舞”，因为前者更能直观而形象地揭示作为舞蹈表演的 nāṭya 的语言性和故事性两个特点。当然，也有人认为，作为叙事舞的 nāṭya 重在呈现各种味，而 nṛtya 主要表现情，因此，将 nāṭya 和 nṛtya 分别译为“味舞”和“情舞”似乎更为保险和省事。但是，考虑到结合戏剧表演因素（哑剧）的 nṛtya 本身也有表现情和味即表达感情色彩的功能，而 nāṭya 的主要目的在于语言叙事，因此，笔者仍坚持将 nāṭya 译为“叙事舞”，将 nṛtya 译为“情味舞”。当然，在某些合适的地方将 nāṭya 译为“戏剧”也未尝不可。

结合 13 世纪的《乐舞渊海》等梵语乐舞论著的相关叙述，我们对 nṛtta、nāṭya 和 nṛtya 三个关键术语的含义演变或许看得更为清楚。

《乐舞渊海》对舞蹈的分类，分明可见婆罗多《舞论》和喜主《表演镜》的深刻影响。《乐舞渊海》指出：“世上再也没有什么比它（戏剧或舞蹈）更值得看和听了。那些事业有成、实现纯洁心愿的人，可随时欣赏它。可在满月之时表演戏剧和情味舞。如果希望一切行动吉祥如意，应在这样一些场合表演纯舞：国王灌顶、节日、远行、国王远征、婚嫁、与友人相聚、走进新城或新居、儿子诞生。我们现在详细地说明戏剧表演艺术中的叙事舞、纯舞和情味舞等三者。nāṭya 这个词首先关乎味（rasa），它是表现味的一种方法。”（VII.13-17）[26]该书关于纯舞的分类值得注意。它先将其分为刚舞和柔舞两种，再将其分为复杂舞、滑稽舞和简易舞三类。

由此可见，从婆罗多开始的 nṛtta（纯舞）和 nāṭya（戏剧）概念，经过公

25 Mandakranta Bose, *Movement and Mimesis*, New Delhi: D. K. Printworld, 2007, p.172.

26 （古印度）宾伽罗等撰，尹锡南译：《印度古典文艺理论选译》（上），成都：巴蜀书社，2017 年，第 696 页。

元 5 世纪（至 10 世纪）的舞蹈理论家喜主《表演镜》的重新阐发，再经过 10 世纪戏剧理论家胜财的再度解说，到了 13 世纪的《乐舞渊海》，其内涵开始定型，其结果就是舞蹈三分法：纯舞、情味舞、叙事舞。这种新的舞蹈理论格局形成的历史与文化背景是：一方面是古典戏剧或舞蹈早已定型，另一方面是民间的舞蹈理论与戏剧（次色）理论开始“话语软着陆”，它们逐渐远离婆罗门或梵语文化而向各个方言区、方言文艺理论语境，向民间层面而非婆罗门知识分子文化圈转移。

瓦赞嫣的话可以证明这一点：“关于古典（mārga）和通俗（deśī）的探讨，有过长期而复杂多维的历史认知，这种思考限定在印度艺术范畴内。《乐舞那罗延》提供了这么一种观点或一幅图景。”[27]17 世纪的《乐舞那罗延》的相关描述证明《表演镜》和《乐舞渊海》出现后的舞蹈三分法已深入人心：“舞蹈包括叙事舞、情味舞和纯舞三种。叙事舞的定义是：本质上包括世间种种情境，有肢体的舞动，智者称其为叙事舞……以节奏、节拍和音速为基础，有优美的形体动作，智者称其为情味舞……只有肢体动作，完全缺乏表演（abhinaya），精通纯舞的行家依据前述形体动作称其为纯舞。这三者都可以分为古典舞、地方舞（通俗舞）两类。”（III.3-7）[28]由此可见，nṛtta、nṛtya 和 nāṭya 的内涵至少在 14 世纪左右完成了经典化与通俗化（即地方化）的分野，这是历史与现实的二分法，也是艺术理论与舞蹈实践的辩证法。

综上所述，联系 nartana 梳理印度古典梵语文艺理论的三个关键词 nṛtta、nṛtya 和 nāṭya，就是对印度古典梵语文艺发展演变、对印度中世纪以来各个方言区文学与艺术发展历史轨迹的一次梳理。在此基础上，印度古代舞蹈理论中的舞蹈概念得以逐渐清晰。由此可见，印度学者的下述判断是有据可依的：“nāṭya 和 nartana 是源自 naṭ（imitate 即模仿）和 nṛt（舞蹈）这两个不同词根的词语。两个词分别指的是戏剧、舞蹈。舞蹈并不一定是戏剧的固有特征（organic feature），但从很早时候起就添加为一种修饰成分。这两种艺术因此起源不同，各自的发展也是独立的。将两门艺术结合起来归功于婆罗多牟尼，他是梵天指导下的第一位戏剧学徒，是艺术的最早传播者。”[29]

27 Puroṣottama Miśra, *Saṅgītanārāyaṇa*, Vol.1, “Foreword,” New Delhi: Indira Gandhi National Centre for the Arts, 2009, x.

28 Puroṣottama Miśra, *Saṅgītanārāyaṇa*, Vol.2, New Delhi: Indira Gandhi National Centre for the Arts, 2009, pp.402-405.

29 K. Vasudeva Sastry, ed., *Bharatārṇava of Nandikeśvara*, “Introduction” , Thanjavur: Sarasvati Mahal Library and Research Centre, 2016, i.

第二节　舞蹈的分类

印度古代的舞蹈类型论较为丰富，先后出现了二分法、三分法甚至五分法、六分法，其中又以二分法和三分法最为普遍和知名。

历史地看，舞蹈的分类亦即舞蹈的二分法首先出现在婆罗多的《舞论》第4章，这便是刚舞和柔舞的二分法。

关于刚舞的起源，婆罗多在《舞论》中写道："摧毁了达刹的祭祀后，黄昏时刻，大自在天（湿婆）合着音乐的节奏与速度，跳起各种组合动作（组合舞）。以南迪和贤首为首的随从们，目睹了湿婆所跳的各种象征舞及其特征后，为其每一式进行命名。"（IV.256-257）[30]所谓的刚舞自然可视为湿婆所创。

柔舞的起源与刚舞不同，因为后者为男神神婆所创，前者为其配偶雪山女神所创。关于柔舞的起源，《舞论》第4章写道："一般而言，刚舞的表演与赞颂神灵有关，而柔舞的表演则产生艳情味。"（IV.273）[31]这里的"赞颂神灵"自然是指赞美湿婆大神而言。关于刚舞与柔舞表演的情境差异，婆罗多指出："如果戏中某一幕赞美大神（湿婆），应表演具有阳刚气质的、大自在天（湿婆）创造的组合动作舞（aṅgahāra）。（戏中演唱）有关男女爱情的歌曲，应表演女神（波哩婆提）创造的优美柔舞。"（IV.320-321）[32]从这些规定来看，刚舞实与男性刚健有力的豪放风格相关，而柔舞则与女性温柔甜美的婉约风格相关。

湿婆表演的刚舞与其配偶波哩婆提表演的柔舞相辅相成、相得益彰，似乎可视为印度宗教观念中雌雄同体的特殊呈现。从另一个角度看，刚舞与柔舞体现了人类艺术活动刚柔相济的原则，也似乎在某种程度上印证了中国古代阴阳调和的思想。

13世纪的《乐舞渊海》指出："纯舞分为刚舞与柔舞两种。刚舞是荡督向（婆罗多）传授的一种动感强烈的舞蹈，它的表演一般伴随吉祥歌（vardhamāna）、节拍乐（āsārita）和达鲁瓦歌（dhruvā）等音乐。刚舞的表演主要由各种基本动作和组合动作构成。柔舞是身体的柔美动作，旨在唤起情爱（makara-

30 Bharatamuni, *Nāṭyaśāstra*, Part.1, Vol.1, Varanasi: Chaukhamba Sanskrit Series Office, 2017, p.53.

31 Bharatamuni, *Nāṭyaśāstra*, Part.1, Vol.1, Varanasi: Chaukhamba Sanskrit Series Office, 2017, p.54.

32 Bharatamuni, *Nāṭyaśāstra*, Part.1, Vol.1, Varanasi: Chaukhamba Sanskrit Series Office, 2017, p.58.

dhvaja)。”（VII.30-32）[33]14 世纪成书的《乐舞奥义精粹》指出：“柔舞被视为发端于女神（śakti），因为高利女神（波哩婆提）亲身体验过它的表演；而变化多端、动作刚劲的刚舞则由楼陀罗（湿婆）自己的身体创造。”（V.10）[34]《毗湿奴法上往世书》指出：“舞蹈分为柔舞（sukumāra）与刚舞（viddha）两类，刚舞主要由男子表演，柔舞主要是女子表演。国王啊！群舞（piṇḍī）具有天神的标志和形状。”（III.20.54-55）[35]由此可见，《舞论》提出的刚舞与柔舞概念内涵丰富，且蕴含极为深刻的宗教哲理，对后世乐舞论者影响深远。

《舞论》的刚舞、柔舞二分法在后来有了新的发展。例如，14 世纪的东印度乐舞论者苏般迦罗的舞蹈分类法便是如此。

苏般迦罗对舞蹈的定义和分类是这样叙述的：“因各地的情趣（deśaruci）而知名，以节奏、音速（māna）和味为基础，包含优美的形体动作（aṅgavikṣepa），智者称其为舞蹈。刚舞和柔舞为两类舞蹈。男性舞（pumnṛtya）是所谓的刚舞，女性舞（strīnṛtya）叫柔舞。激情舞（peraṇi）和多色舞（bahurūpa）是两种刚舞。肢体动作很多，但没有表演（abhinaya），世人称其为地方舞中的激情舞；脸上涂满色彩（mukhāvalī），劈砍刺杀动作多，源自海神，力度强劲，这是刚舞中的多色舞。艳情舞（churita）和青春舞（yauvata）叫作两种柔舞。舞台上的一幕（aṅka）中，有男主角、女主角充满情味的拥抱和接吻，这是艳情舞；演员在舞台上的舞蹈温柔甜蜜而优美迷人，宛如诱人的咒术（vidyābha），这是柔舞中的青春舞。器乐以歌曲为基础，音速以器乐为基础，节奏源自音速，舞蹈因此进行。”[36]

苏般迦罗的舞蹈分类对于 17 世纪的普罗娑达摩·密湿罗等产生了影响。密湿罗指出：“刚舞分为两种：激情舞（preraṇī）和多色舞（bahurūpa）。‘两种’的意思是，刚舞包括激情刚舞（preraṇītāṇḍava）和多色刚舞（bahurūpatāṇḍava）。激情舞的意思是：没有表演，只有大量的身体动作，这是与地方性表演相关的激情舞。结合（歌曲要素中的）吉称、歌曲、器乐和鼓点（pāṭa）表演，伴随舞台监督对古老传说（purāvṛttaka）的吟诵，这叫多色舞。智者说它产生奇异，运

33 Śārṅgadeva, *Saṅgītaratnākara*, Varanasi: Chaukhamba Surbharati Prakashan, 2011, p.630.

34 VācanācāryaSudhākalaśa, *Saṅgītopaniṣat-sāroddhāra*, New Delhi: Indira Gandhi National Centre for the Arts, 1998, p.138.

35 *Viṣṇudharmottarapurāṇa*, Delhi: Nag Publishers, 2009, p.316.

36 Śubhaṅkara, *Saṅgītadāmodara*, Calcutta: Sanskrit College, 1960. pp.69-70.

用多种语言，激发英勇味和艳情味。”（III.21-26）[37]他还指出：“柔舞是柔美的形体表演（sukumārāṅga），激发情爱，它也分为两种：闪亮舞（sphurita）、青春舞（yauvata）。闪亮柔舞（sphuritalāsya）、青春柔舞（yauvatalāsya）是柔舞的两个分支。闪亮舞是：表演中情味丰富，有拥抱和接吻，男女主角翩翩起舞，这是闪亮舞……有些人允许表演拥抱和接吻，但这不对，因为舞台上不能出现拥抱等动作。”（III.27-28）[38]密湿罗接着解释青春舞：“女演员的舞蹈温柔甜蜜而优美迷人，宛如诱人的咒术（vidyā），这是青春舞。智者们说过吒厘等其他一些柔舞支，因为它们并非完全用于表演，我此处不拟赘述。”（III.29-30）[39]

由此可见，密湿罗对苏般迦罗关于两类刚舞即激情舞（peraṇi）和多色舞（bahurūpa）、两类柔舞艳情舞（churita）和青春舞（yauvata）的相关描述，基本上是赞赏的。

在刚舞和柔舞二分法之后，出现的是另一种性质不同的舞蹈二分法：古典舞（传统舞或曰经典舞）和地方舞（通俗舞或曰民间舞、流行舞）。如果说前一种舞蹈二分法强调的是舞者的性别或舞蹈内容差异、赞美对象的不同等诸多因素，后一种舞蹈二分法聚焦的是古代与当代的时间维度，关注的本质或基础是当代艺术表演实践对舞蹈理论的冲击，也是舞蹈理论家们对舞蹈论当前困境进行思考、回应的一种自然方式。

M.鲍斯指出，角天的《乐舞渊海》在印度古代舞蹈艺术理论史上有六大贡献值得肯定，其中之一便是顺应舞蹈艺术发展的时代潮流，详细描述地方舞（deśī）或曰当代流行的民间舞，并将其与源自《舞论》等经典的古典舞（mārga）相区别。[40]在梵语诗学中，梵文词 mārga 在公元 7 世纪檀丁的《诗镜》中充当“风格”的概念，但在古典梵语乐舞论著中，它“摇身一变”，成为古典舞蹈或古典音乐的代名词，而本义为“地方”或“国家”的梵文词 deśī 充当了 mārga 的对立面即地方性音乐（方言音乐）亦即民间音乐、流行音乐或通俗音乐的概念，也自然可以视为地方性舞蹈（方言音乐）亦即民间舞蹈、流行舞蹈

37 Puroṣottama Miśra, *Saṅgītanārāyaṇa*, Vol.2, New Delhi: Indiara Gandhi National Centre for the Arts, 2009, pp.410-414.

38 Puroṣottama Miśra, *Saṅgītanārāyaṇa*, Vol.2, New Delhi: Indiara Gandhi National Centre for the Arts, 2009, pp.414-416.

39 Puroṣottama Miśra, *Saṅgītanārāyaṇa*, Vol.2, New Delhi: Indiara Gandhi National Centre for the Arts, 2009, pp.416-418.

40 Mandakranta Bose, *Speaking of Dance*, New Delhi: D.K. Printworld, 2019, p.38.

或通俗舞蹈的概念。

实际上，在《乐舞渊海》的舞蹈论一章中，角天不仅秉承 7 世纪摩腾迦《俗乐广论》而提出了 deśī 的概念，还提出了 mārga 的概念。他在书中酝酿古典舞和地方舞的二元对立思想似乎有一个过程。

至角天始，古典舞与地方舞的二分法深入人心。瓦赞嫣指出：“关于经典（mārga）和通俗（deśī）的探讨，有过长期而复杂多维的历史认知，这种思考限定在印度艺术范畴内。《乐舞那罗延》提供了这么一种观点或一幅图景。”[41] 17 世纪的《乐舞那罗延》指出：“（纯舞等）三者可以分为古典舞、地方舞两类。”（III.7）[42]

大约生活于 13 世纪下半叶的翼天（Pārśvadeva）的《乐舞教义精粹》（*Saṅgītasamayasāra*）是一部很独特的著作，其作者是古吉拉特的一位耆那教天衣派（digambara sect）教徒。它专门论及地方性乐舞、特别是地方性音乐，而非关注婆罗多意义上的传统乐舞。他在第 1 章指出：“乐舞（saṅgīta）有传统的（mārga）、地方的（deśī）两种。”（I.6）[43]关于地方性乐舞，他指出：“何谓地方音乐？女人、儿童、牧人和国王们在自己的国家（svadeśa）自由吟唱的歌，就是地方音乐（deśī）。每一个地方（deśa）的国王和人民按照自己的趣味表演的歌曲、器乐和舞蹈，就是地方乐舞（deśī）。”（II.1-2）[44]翼天在书中无论论及音乐还是舞蹈，虽然也涉及传统的乐舞论，但其重点还是地方音乐或地方舞蹈，这是 13 世纪左右印度艺术理论开始转向雅俗共存的一种真实写照，也是角天首倡的古典舞、地方舞二分法产生影响的历史见证之一。

阇耶塞纳帕提（*Jāyasenāpati*）的梵语舞蹈理论著作是写于 1253 至 1254 年间的《舞蹈瓔珞》（*Nṛttaratnāvalī*）。这部著作分八章，分别论述传统的古典舞蹈、地方舞蹈。“前者（传统舞蹈论）遵循婆罗多，后者（地方舞蹈论）遵循月主，但也吸纳了后来（的学者）对舞蹈论的完善。它写于 1254 年。”[45]

41 Puroṣottama Miśra, *Saṅgītanārāyaṇa*, Vol.1, ed. and tr. by Mandakranta Bose, “Foreword,” New Delhi: Indira Gandhi National Centre for the Arts, 2009, x.

42 Puroṣottama Miśra, *Saṅgītanārāyaṇa*, Vol.2, ed. and tr. by Mandakranta Bose, New Delhi: Indira Gandhi National Centre for the Arts, 2009, p.405.

43 M.Vijay Lakshmi, *An Analytical Study of Saṅgītasamayasāra of śrī Pārśvadeva*, New Delhi: Raj Publications, 2011, p.14.

44 M.Vijay Lakshmi, *An Analytical Study of Saṅgītasamayasāra of śrī Pārśvadeva*, New Delhi: Raj Publications, 2011, p.36.

45 M. Krishnamachariar and M. Srinivasachariar, *History of Classical Sanskrit Literature*, Delhi: Motilal Banarsidass Publishers, 2016, p.855.

14 世纪至 18 世纪，印度古代舞蹈论、乐舞论以古典与地方（通俗）的二元对立论述舞蹈或音乐已经成为一种惯例。例如，16 世纪的般多利迦·韦陀罗在介绍地方舞的方面，比角天走得更远，这或许是因为他身处的时代更适合地方舞的生存、发展。他介绍的地方舞种类空前繁多，很好地体现了舞蹈理论跟随时代潮流发展而不断完善、变化的健康趋势。

舞蹈的第三种二分法即规则舞和自由舞出现得更晚，它似乎最早见于 16 世纪般多利迦·韦陀罗的《乐舞论》。

韦陀罗不仅遵从古典舞和地方舞的二分法，还以规则舞、自由舞的概念取代了角天意义上的舞蹈二分法。他说："舞台上表演两种舞蹈：规则舞（bandhaka）、自由舞（anibandhaka）。遵守行姿（gati）等规则（niyama）的舞蹈，是规则舞（bandhakanṛtta），没有表演规则的是自由舞。规则舞（的名称）依次为：序幕舞（mukhacālī）、乌鲁波舞（urupa）、茶婆多舞（dhuvāda）、毕荼罗迦舞（biḍulāga）、乐音舞（śabdacāli）、各种音名歌（śabdaprabandha）、配乐舞（svaramaṇṭha）等、歌舞（gītāprabandha）、各种金都舞（cindu）、各种达卢舞（dharu）、一些德鲁瓦帕德舞（dhruvapada）。这些是规则舞的名称。"（IV.2.423-426）[46]

韦陀罗的规则舞其实是印度中世纪意义上的古典舞亦即传统舞蹈，它和婆罗多、摩腾迦乃至角天意义上的古典舞存在某些细微但却明显的差异。这是因为，韦陀罗将序幕舞（mukhcālī）、乌鲁波舞（urupa）、茶婆多舞（dhuvāda）、毕荼罗迦舞（biḍulāga）、乐音舞（śabdacāli）、配乐舞（svaramaṇṭha）、歌舞（gītāprabandha）、金都舞（cindu）、达卢舞（dharu）、德鲁瓦帕德舞（dhruvapada）均视为遵循表演规范的规则舞，而其中流行于南印度泰米尔语地区的金都舞、流行于泰卢固语地区的达卢舞（dharu）以及以梵语或中央邦语言的文学为基础创作而成的德鲁瓦帕德舞（dhruvapada）并不属于严格的传统舞，而属于典型的基于地方语言、地方表演风格而成型的地方舞。韦陀罗将其视为遵循表演规则的"规则舞"而非 mārga（古典舞），或许是有意地避开雅俗共存、雅俗转换过程中的某种尴尬或隐忧。

韦陀罗接着讲述各种自由舞（anibandha）的表演规则。从其介绍看，他将那摩婆离舞（nāmāvali）、耶提舞（yati）等源自各个地域的地方舞（deśī）视为

46 Puṇḍarīka Viṭṭhala, *Nartananirṇaya*, Vol.3, New Delhi: Indira Gandhi National Centre for the Arts, 1998, pp.116.

自由舞。韦陀罗还把波斯风格的舞蹈即遮迦底舞（jakkaḍī）视为自由舞进行介绍，这种舞蹈以波斯语创作而成，有别于印度本土的传统舞或地方舞。它深受外国人（yavana）即波斯人的喜爱。（IV.2.660-664）[47]韦陀罗对规则舞和自由舞的相关描述说明，16 世纪以来的印度舞蹈理论在刚舞、柔舞二分法和古典舞与地方舞二分法的基础上，开拓了一片观察舞蹈表演艺术的新空间。

印度古代舞蹈理论著作的舞蹈三分法源自出现在《舞论》之后的喜主《表演镜》。喜主假托婆罗多的名义说：“婆罗多牟尼（仙人）等认为，与四类（表演）相联系的舞蹈（naṭana）有 3 种：叙事舞、纯舞和情味舞。叙事舞和情味舞可以在特殊的节日进行表演。为求幸福快乐，一切行动吉祥如意，应在这样一些场合表演纯舞：国王灌顶、节日、远行、国王远征、婚嫁、与友人相聚、走进新城或新居、儿子诞生。表演令人肃然起敬的传奇故事，便是叙事舞；不表现情（bhāva）的表演，称为纯舞；暗示情和味等的表演，叫作情味舞。情味舞常在王宫中表演。”（11-16）[48]这里虽然点出了“婆罗多”的大名，但实际上婆罗多并未提出上述舞蹈三分法。

角天与喜主一样，也认可舞蹈三分法：“舞蹈据说有三种：叙事舞（nāṭya）、纯舞（nṛtta）和情味舞（nṛtya）。”（VII.3）[49]角天的相关阐述是：“身体各个部位的表演就是情味舞，两种有名的戏剧论（nṛtyavedin）[50]如此解说古典情味舞（mārganṛtya）一词。肢体动作与所有的（情味）表演无关，只是增添形体动作的种类而已，精通舞蹈者称其为纯舞……纯舞分为三种：复杂式（viṣama）、滑稽式（vikaṭa）和简易式（laghu）。复杂式指直线旋转等动作，滑稽式指穿着古怪的服装进行表演，简易式指表演转动式（añcita）等少量的基本动作。叙事舞是按照婆罗多等的教诲，充满情味地表现传奇剧中的语句含义。叙事舞专门用于传奇剧。”（VII.28-36）[51]这里对纯舞（舞蹈）的两种三分法值得注意：一为复杂舞、滑稽舞和简易舞，一为叙事舞、情味舞和纯舞。

17 世纪的《乐舞那罗延》的相关描述证明《表演镜》和《乐舞渊海》的

---

47 Puṇḍarīka Viṭṭhala, *Nartananirṇaya*, Vol.3, New Delhi: Indira Gandhi National Centre for the Arts, 1998, pp..

48 Nandikeśvara, *Abhinayadarpaṇa*, Calcutta: Firma K.L. Mukhopadhyay, 1957, pp.82-83.

49 Śārṅgadeva, *Saṅgītaratnākara*, Varanasi: Chaukhamba Surbharati Prakashan, 2011, p.624.

50 “两种有名的戏剧论”具体所指不详，或许是指《舞论》与《表演镜》。

51 Śārṅgadeva, *Saṅgītaratnākara*, Varanasi: Chaukhamba Surbharati Prakashan, 2011, pp.629-630.

舞蹈三分法已深入人心。《乐舞那罗延》指出："舞蹈包括叙事舞、情味舞和纯舞三种。叙事舞的定义是：本质上包括世间种种情境，有肢体的舞动，智者称其为叙事舞……以节奏、节拍和音速为基础，有优美的形体动作，智者称其为情味舞……只有肢体动作，完全缺乏表演（abhinaya），精通纯舞的行家依据前述形体动作称其为纯舞。这三者都可以分为古典舞、地方舞两类。"（III.3-7）[52]

角天的第二种舞蹈三分法（复杂舞、滑稽舞和简易舞）对于后世舞蹈论者也有影响。例如，《乐舞那罗延》依据《乐舞渊海》的相关描述便是证明。

喜主、角天等人的舞蹈三分法明显区别于沙罗达多那耶在《情光》第 2 章所持的舞蹈五分法，因为后者将刚舞、柔舞和纯舞等五者视为地位相等的母概念。《情光》第 2 章中提出了全部源自湿婆表演的 5 种舞蹈，这也是一种古代印度的舞蹈五分法：刚舞、柔舞、叙事舞（nāṭya）、纯舞（nṛtta）、乐舞（nartana）。（II.55）[53]沙罗达多那耶还这样阐述自己对刚舞的定义和分类："在歌曲演唱的时候，表演强劲有力的（uddhata）基本动作和组合动作，运用刚烈风格（ārabhaṭī），这是刚舞。刚舞有热烈舞（caṇḍa）、高度热烈舞（uccaṇḍa）、极度热烈舞（pracaṇḍa）三类，其他的人说刚舞也可分为纤柔舞（anuddhata）、强力舞（uddhata）、崇高舞（atyuddhata）三类。"（II.56-57）[54]

月主的《心喜》将舞蹈分为 6 种，这是舞蹈六分法："叙事舞（nāṭya）、柔舞（lāsya）、刚舞（tāṇḍava）、简易舞（lāghava）、复杂舞（viṣama）、滑稽舞（vikaṭa），这是舞者指出的 6 种舞蹈。有纯舞表演（abhinayanṛtya），妆饰、语言、真情和形体产生味，这叫叙事舞。无台词吟诵（pādapāṭha），无刚舞基本动作（karaṇa）的表演，形体动作优美，这叫柔舞。舞蹈展现崇高（udāra），抛却优美，主要由男演员表演，这是刚舞。没有多变的句词吟诵和各种屈体动作（bhaṅgi），只有万字式和转动式（añcita）等（少量基本动作）为装饰，令人心中快乐，这是简易舞。复杂舞指旋转（bhramaṇa）、托举（utkṣepa）、抛掷（vikṣepa）和抖动（kampa）等动作。面目、手足、腹部和眼睛怪异（vikṛta），舞姿畸形（virūpa），这叫滑稽舞。"（IV.18.959-966）[55]

---

52 Puroṣottama Miśra, *Saṅgītanārāyaṇa*, Vol.2, New Delhi: Indira Gandhi National Centre for the Arts, 2009, pp.402-405.

53 Śāradātanaya, *Bhāvaprakāśa*, Varanasi: Chaukhamba Surbharati Prakashan, 2008, p.65.

54 Śāradātanaya, *Bhāvaprakāśa*, Varanasi: Chaukhamba Surbharati Prakashan, 2008, p.65.

55 Someśvara, *Mānasollāsa*, Vol.3, Baroda: Oriental Research Intitute, 1961, p.120.

18 世纪的奥利萨学者摩诃首罗 · 摩诃钵多罗的《表演月光》某种程度上可以视为晚期梵语乐舞论对此前的舞蹈类型说的归纳和总结。自《舞论》出现以来，刚舞和柔舞的概念为后来所有的梵语乐舞论、舞蹈论者所继承，摩诃钵多罗自然也不例外。他的舞蹈类型论以奥迪西舞的前身即乌达罗舞（奥达罗舞）的具体分类为基础，带有浓厚的东印度地方色彩。

《表演月光》认可刚舞和柔舞二分法，并依据苏般迦罗（Śubhaṅkara）的《乐舞腰带》（*Saṅgītadāmodara*）和普罗娑达摩 · 密湿罗（Puroṣottama Miśra）的《乐舞那罗延》（*Saṅgītanārāyaṇa*）等奥利萨地区前辈学者的相关分类进行阐释。《表演月光》同样把刚舞分为激情舞和多色舞两类、把柔舞分闪亮舞（sphurita）即艳情舞、青春舞（yauvata）两类。[56]摩诃钵多罗继承了密湿罗等前人的柔舞二分法（闪亮舞或曰艳情舞与青春舞），但以 yugma（双人舞）一词取代了 sphurita（闪亮舞）。摩诃钵多罗继而将“双人舞”再分为两类：往世舞（purāṇika）和传奇舞（ākhyāyikā）。在介绍 23 种刚舞基本动作的基础上，《表演月光》还提出可以归于刚舞一类的少男舞（baṭunṛtya）（III.23，III.296）[57]概念，它又叫作 ugranṛtya（强力舞或曰最胜舞）。[58]

《表演月光》还提及一类雅俗共存、古今兼容的民间舞蹈，这便是 21 种所谓的村野舞（grāmyanṛtya）。这是摩诃钵多罗在综合刚舞与柔舞、古典舞与地方舞这两类舞蹈二分法基础上所指出的一类舞蹈，它涵盖且颠覆了刚舞与柔舞、古典舞与地方舞（民间舞）的概念。他既描述婆罗多意义上的古典舞和地方舞，也根据自己的理解区别古典舞和非古典舞。他将二者定名为 baddha（规则舞）、abaddha（自由舞）。摩诃钵多罗以两个新概念替换了古典舞和非古典舞的概念，达到了将遵循传统规则的地方舞蹈正统化、经典化的目的。他在理论上延续了 16 世纪般多利迦 · 韦陀罗的规则舞、自由舞分类思维，并在 18 世纪中后期完成了这一思维和视角的近代转换。

最后再提一下特殊的舞蹈类型即“柔舞支”（lasyanga）。《舞论》第 20 和 31 章先后提到 12 种“柔舞支”或曰柔舞的概念。柔舞支大约相当于一种特殊的独白剧。但是，这一判断仍不妨碍我们将其视为一种特殊类型的柔舞。关于

56 Puroṣottama Miśra, *Saṅgītanārāyaṇa*, Vol.2, New Delhi: Indiara Gandhi National Centre for the Arts, 2009, pp.414-416.

57 Maya Das, ed., *Abhinaya-candrikā and Odissi Dance*, Vol.1, Delhi: Eastern Book Linkers, 2001, pp.77, 98.

58 Maya Das, ed., *Abhinaya-candrikā and Odissi Dance*, Vol.2, Delhi: Eastern Book Linkers, 2001, pp.15-16.

婆罗多的柔舞概念，M.鲍斯指出：“《舞论》作为证据以两种重要的方式，清楚地说明了柔舞的意思。首先，最初表演的柔舞既非纯舞，也非独白剧。相反，它是一种兼具二者特性的艺术形式，是联结舞蹈、戏剧的完全独立的艺术。其次，柔舞并不必然是女演员的保留艺术，尽管它可以表现女性情感。”[59]这说明柔舞支是柔舞在发展过程中的自然衍生，因此，将柔舞支视为晚期的柔舞似不为过。

第三节 舞蹈的宗教与美学思考

印度古代舞蹈既是印度宗教文化的产物，也是印度古代艺术美学成长发育的基础或土壤之一，对于它的深入思考，也可以放在宗教学、艺术美学的语境下进行。下边从宗教与艺术美学维度出发，联系舞蹈的宗教起源、舞蹈的神圣功能与世俗功能、舞蹈与音乐戏剧的关系等主题，对印度古代的舞蹈进行简略思考。

论者指出：“研究亚洲舞蹈必先经研究印度舞蹈。理由之一是舞蹈的发生与原始的崇拜仪式密不可分。”[60]另一位学者说：“在印度舞蹈中，宗教的影响可谓无处不在。这种宗教性使印度舞蹈呈现出一种独有的魅力，并因此在整个东方舞蹈中具有重要的地位。”[61]的确如此，印度舞蹈蕴含的宗教属性使得它成为古代文明世界独具特色的一朵“奇葩”，印度古代舞蹈理论也因此具有特别浓郁的宗教色彩。

叶朗先生指出：“不是在美感的所有层次上都有神圣性，而只是在美感的最高层次即宇宙这个层次上，也就是在对宇宙无限整体（张世英说的‘万物一体’的境界）的美的感受这个层次上，美感具有神圣性。这个层次的美感，是与宇宙神交，是一种庄严感、神秘感和神圣感，是一种谦卑感和敬畏感，是一种灵魂的狂喜。这是深层的美感，最高的美感。在美感的这个最高层次上，美感与宗教感有某种相通之处。在这个问题上，中世纪基督教美学和爱因斯坦等科学大师给了我们重要的启示。”[62]他还说：“审美愉悦是一种非常微妙的复合的情感体验……审美愉悦是由于超越自我、回到万物一体的人生家园而在

59 Mandakranta Bose, *Movement and Mimesis*, New Delhi: D. K. Printworld, 2007, p.153.

60 于平：《舞蹈文化与审美》，北京：中国人民大学出版社，2005 年，第 171 页。

61 闫桢桢：《东方舞蹈审美论》，北京：社会科学文献出版社，2015 年，第 41 页。

62 叶朗：《美学原理》，北京：北京大学出版社，2022 年，第 136 页。

心灵深处产生的满足感和幸福感，是人在物我交融的境域中和整个宇宙的共鸣、颤动。”[63]这种将审美体验、美感与宗教感联系起来思考美学的方式，不仅对我们观察和思考梵语诗学家欢增和新护等人的主观味论以及鲁波·高斯瓦明等人围绕毗湿奴大神而阐发的虔诚味论具有非常有益的理论指导意义，对我们思考婆罗多、喜主和角天等人的舞蹈起源说也有某种或明或暗的方法论启示。

关于舞蹈的起源，有的学者指出，它包括模仿说、游戏说、劳动说、图腾说、巫术说、宗教说和性爱说等。“通观整个人类舞蹈发生与发展的历程可以发现，舞蹈的起源绝不仅是任何一种单一的原因，而是多种‘内在根据’和‘外在条件’合一并互动的结果。其中的‘内在根据’至少还应包括‘身心合一’的物质基础、‘手舞足蹈’的自娱意识和‘传情达意’的交流需要这三项人类的重要属性。”[64]《舞论》的舞蹈起源论与戏剧起源论一样，均带有强烈的宗教神话色彩，可称其为舞蹈神授说。

关于“戏剧吠陀”或曰“第五吠陀”的诞生过程，婆罗多的叙述是：因陀罗为首的众天神要求梵天创造一种适合所有种姓的“第五吠陀”。梵天遂创造了以四吠陀和六吠陀支为来源的“戏剧吠陀”。他让婆罗多及其一百个儿子学习戏剧吠陀，然后传播至凡间俗世。与梵天创造戏剧并传授给婆罗多为首的众婆罗门的情节相对应，“舞王”湿婆神创造了舞蹈并命侍从传授给婆罗多。《舞论》的核心叙事人亦即该书的托名作者婆罗多，跟随梵天与众神到达湿婆的居处即群山环抱的喜马拉雅山顶。梵天向湿婆致敬后，邀请他观赏婆罗多等演出的《焚三城记》等争斗剧和神魔剧。看完戏剧表演的湿婆对梵天说：“大慧啊，你所创造的这种戏剧有助于名誉、吉祥财富、功德和智慧的增长。黄昏时分，我在舞蹈中想起，舞蹈因为各种基本动作和组合动作的点缀而优美迷人。你可在序幕表演中合理地运用它们。在演唱吉祥歌、节拍乐、戏外歌和启幕歌时，你可用舞蹈恰如其分地表现主题。你的序幕是单纯的表演，一旦加入各种舞蹈动作，就是所谓的复合表演。”（IV.12-15）[65]听到这里，梵天等遂请教湿婆如何表演舞蹈中的组合动作。婆罗多的叙述是：“湿婆叫来荡督（Taṇḍu），对他说：‘你为婆罗多解说组合动作如何表演吧！’因此，灵魂高

63 叶朗：《美学原理》，北京：北京大学出版社，2022 年，第 146 页。
64 欧建平：《外国舞蹈史及作品鉴赏》，北京：高等教育出版社，2015 年，第 9 页。
65 Bharatamuni, *Nāṭyaśāstra*, Part.1, Vol.1, Varanasi: Chaukhamba Sanskrit Series Office, 2017, p.24.

尚的荡督为我解说了组合动作。（现在）我将（为你们）讲述各种基本动作和组合动作。”（IV.17-18）[66]

在舞蹈起源问题上，《舞论》第 4 章提出了湿婆创造舞蹈说，这与戏剧的梵天创造说相对应。婆罗多的舞蹈起源论对其他梵语舞蹈论著产生了深刻的影响，例如《表演镜》开头写道："很久以前，四面神（梵天）向婆罗多赠予戏剧吠陀。然后，婆罗多与天国乐师、众天女一道，在湿婆面前表演叙事舞（nāṭya）、纯舞（nṛtta）和情味舞（nṛtya）。接着，诃罗（湿婆）回忆起自己曾经有过的崇高表演（舞蹈），遂命自己的侍从荡督向婆罗多传授（刚舞）。在此之前，出于（对婆罗多的）喜爱，他还让波哩婆提为婆罗多传授柔舞。从荡督处通晓刚舞后，牟尼（婆罗多）向凡人们进行解说。波哩婆提曾向波那的女儿乌莎传授柔舞，乌莎将柔舞传给了多门城的牧女，牧女将之传给修罗塞纳一带的女子，后者将之传给其他地方的女子。（舞蹈）从此就以相互传授的方式在世间流传，并在人间扎根立足。”（2-6）[67]《乐舞渊海》第七章开头承袭了上述内容。（VII.4-8）[68]

当然，也有少数著作的舞蹈起源论与《舞论》略有出入，但其神人相授、口耳相传的宗旨未变，如 14 世纪的《乐舞奥义精粹》这样写道："应因陀罗的请求，梵天首先将舞蹈知识传授给极裕仙人，极裕仙人是知识的化身。正确地学会舞蹈后，极裕仙人将之传给了自己的 100 个儿子，然后令其在梵天面前进行表演。在创造之主（梵天）的命令下，仙人与儿子们一道出发，在因陀罗面前表演舞蹈。应因陀罗的要求，仙人让儿子们将融汇柔舞与刚舞的舞蹈传授给兰芭（Rambhā）、优哩婆湿（Urvaśī）和迈纳迦（Menakā，即沙恭达罗之母——引者按）等天女……正如通过极裕仙人的儿子们被引入天国，舞蹈也通过他们被引入尘世，来到虔诚的信徒和国王的后妃等各类人群中。因此，技艺娴熟的演员们在尘世中表演各种形式的舞蹈，高利女神也将柔舞传授给波那的女儿乌莎。乐师毗首婆薮（Viśvāvasu）在因陀罗所在的天国表演舞蹈后，向妙车（Citraratha）传授舞蹈，后者又将其传授给普利塔之子（Pārtha，即阿周那——引者按）。阿周那将舞蹈传授给毗罗吒（Virāṭa）的女儿优多罗（Uttarā），

---

66 Bharatamuni, *Nāṭyaśāstra*, Part.1, Vol.1, Varanasi: Chaukhamba Sanskrit Series Office, 2017, p.24.

67 Nandikeśvara, *Abhinayadarpaṇa*, ed. & tr. by Manomohan Ghosh, Calcutta: Firma K.L. Mukhopadhyay, 1957, p.81.

68 Śārṅgadeva, *Saṅgītaratnākara*, Varanasi: ChaukhambaSurbharatiPrakashan, 2011, p.624.

优多罗在其丈夫阿毗曼尼优（Abhimanyu）死后将其忘得干干净净。向湿婆致敬后，国王波罗迦（Pālaka）从他那儿获得了舞蹈，并将其传播到尘世之中，传播到凡人之中。”（V.4-15）[69]

由此可见，无论是舞蹈还是戏剧，都是大神的创造和赐予，但他们并未垄断表演的权利，而是不失时机地通过神灵的人间代表婆罗门仙人为中介，将舞蹈或戏剧传向人间。这种方式既接地气，又保证了艺术表演的神圣纯洁。从另一方面说，这也可以解释为何当代印度演艺界如此珍视婆罗多舞等古典舞的传承与保护。

当然，如果换一个角度看问题就会发现，印度舞蹈的起源说背后隐藏着印度教文明繁衍至今、生生不息的“密码”，这就是宗教对舞蹈艺术发生、发展的决定性意义。朱光潜、朱狄和李泽厚等中国美学家认为，艺术和审美应该分开考察，艺术活动先于审美体验，人类先有了艺术，后来才培养了审美能力。审美源自劳动，艺术起源于与宗教关系密切的巫术。巫术论是关于艺术起源的最具影响力的理论。所谓的巫术论是实用论，认为艺术在起源上是实用的，而非审美的。[70]结合印度舞蹈的起源看，或许正是因为印度教及其前身婆罗门教的诸多仪轨天然地融汇了舞蹈、音乐、戏剧等艺术元素，才使得印度古代舞蹈、音乐、戏剧逐渐得以萌芽、成长，印度艺术理论家才可以在漫长的千年岁月中，以审美的方式或宗教修炼的方式，归纳、思考艺术发展的历史规律。婆罗多等人的舞蹈神授说十分隐秘但却有力地说明了这一点。

叶朗先生在论及艺术与非艺术的区别时指出：“艺术的本体是审美意象，因此它必然可以‘兴’，也就是它必然使人产生美感。如果不能使人产生美感，那就不能生成意象世界，也就没有艺术。”[71]这对我们思考婆罗多等人的舞蹈二重功能（神圣功能与世俗功能）说也有某种启示意义。

婆罗多关于舞蹈表演功能的解说，与其关于戏剧功能的解说一样，同样带有强烈的宗教色彩。他指出：“谁表演大自在天（湿婆）所创造的刚舞，就会洗净自身所有罪孽，步入吉祥世界（śivaloka）而（获得解脱）。”（IV.328）[72]另一方面，婆罗多也指出了舞蹈的世俗功能：“舞蹈确实与某种具体的事物无

69 Vācanācārya Sudhākalaśa, *Saṅgītopaniṣat-sāroddhāra*, New Delhi: Indira Gandhi National Centre for the Arts, 1998, pp.136-139.

70 陈岸瑛：《艺术美学》，上海：上海人民美术出版社，2020 年，第 42-44 页。

71 叶朗：《美学原理》，北京：北京大学出版社，2022 年，第 243 页。

72 Bharatamuni, *Nāṭyaśāstra*, Part.1, Vol.1, Varanasi: Chaukhamba Sanskrit Series Office, 2017, p.59.

关，但它却给戏剧表演增添魅力。天性使然，世人几乎都喜欢舞蹈。舞蹈视为吉祥而备受称道。在结婚、生子、娶嫁、欢乐或祭祖等场合，舞蹈因使众人愉悦而备受称赞。”（IV.268-270）[73]

婆罗多认为舞蹈既有助人获得解脱的神圣功能，也有吉祥如意的世俗功能。这对后来的舞蹈论者也有影响。例如，《乐舞渊海》写道：“莲花生（梵天）曾从梨俱吠陀、耶柔吠陀、娑摩吠陀和阿达婆吠陀中分别提取了吟诵、表演、歌曲和情味，创作了这部经论（指《舞论》），旨在导引正法、爱欲、利益和解脱，有助于（人们获得）美名、自信、好运、智慧，使其更为高尚、执著、坚定、活泼，消除其痛苦、悲伤、忧郁、苦恼。它确实比体验梵的至高快乐等更为快乐，否则，它又如何能够感染那罗陀等人的心灵呢？世上再也没有什么比它（戏剧或舞蹈）更值得看和听了。那些事业有成、实现纯洁心愿的人，可随时欣赏它。可在满月之时表演戏剧和情味舞。如果希望一切行动吉祥如意，应在这样一些场合表演纯舞：国王灌顶、节日、远行、国王远征、婚嫁、与友人相聚、走进新城或新居、儿子诞生。”（VII.9-16）[74]15 世纪的苏般迦罗对舞蹈艺术的功能有过类似的表述：“大神梵天本人在其著述中说，舞蹈表演时恰到好处地运用手势，因此会有善果。舞者为儿孙后代赢得不变的财富，获得永远纯洁的美名，提供无限而合适的情味。舞者也点燃了所有世人的激情，在国王心底永存一席之地，他们永远享受繁荣和喜悦，可在聚会上畅所欲言。毋容置疑，因陀罗等诸神、一众王仙、语言女神和湿婆等也欣赏舞者。观众和宫中人等非常喜欢他们，大自在天满足他们的心愿。当人主或将帅聚精会神欣赏舞蹈时，他们的敌人未经一战便溜之大吉。难近母（caṇḍī）始终掌管舞者的刀剑，湿婆始终保护舞者的战车，吉祥女神永驻心间，语言女神现身住于嘴上，楼陀罗（湿婆）愉快地使其财富繁荣兴旺。由于湿婆的恩惠，舞者、观众、人主将帅永远获得幸福。品尝尘世种种幸福滋味后，蒙受湿婆的恩惠，他们全都浸淫于天国乐师的世界，欢乐沉醉。”（901-908）[75]在《毗湿奴法上往世书》中被称作“舞经”（nṛttasūtra）的第 34 章，仙人摩根德耶对舞蹈两重功能的认识是：“受到舞蹈的虔诚敬拜后，其他神灵也感到高兴。据说舞蹈给天神们

73 Bharatamuni, *Nāṭyaśāstra*, Part.1, Vol.1, Varanasi: Chaukhamba Sanskrit Series Office, 2017, p.55.

74 Śārṅgadeva, *Saṅgītaratnākara*, Varanasi: ChaukhambaSurbharatiPrakashan, 2011, pp.624-626.

75 Śubhaṅkara, *Śrīhastamuktāvalī*, New Delhi: Indira Gandhi International Centre for the Arts, 1991, pp.178-180.

带来福祉。天界永远闪耀着神灵们的神性。舞蹈的布施（nṛttadāna）超越了鲜花和天食（naivedya）等的祭供。幸运者！毗湿奴特别喜欢那些以自己的舞蹈表演敬拜神中之神的人。以舞蹈、歌曲和器乐向毗湿奴大神献祭者，享有祭祀之果，一切如愿以偿。但是，须努力避免成为江湖艺人（kuśīlava），因为他们以舞蹈谋生，是舞蹈的贩卖者（vikriyakāraka）。通晓正法者啊！以舞蹈敬拜神灵的人，会实现所有的心愿，还会获得解脱之道。舞蹈将会赐予财富、美名、长寿、天国、神灵的恩惠，会解除痛苦。婆薮提婆创造的这种舞蹈为愚者说法，令女士更加美丽，使人安宁，助人增益，令人愉快。国王啊！我已经简略地为您讲述了令世间受益的《舞经》（Nṛttasūtra）。因此，想在两个世界[76]赢得心愿的人们，须努力表演舞蹈。”。（III.34.24-32）[77]

印度学者瓦赞嫣指出：“《舞论》是一片海洋，自然也是一种汇流（confluence）。”[78]她指的既是该书所载师徒相授的口述传统和无所不包的知识汇聚等特色，也是指《舞论》从诗歌、音乐、舞蹈、绘画、天文星象等不同角度观察、论述戏剧表演的论述风格。这其实也是《舞论》的跨学科或超学科特征，自然也是世界古代文明发展早期人类知识建构的一种“集体无意识”。当代学术界某些知识领域或学科如比较文学等视跨学科为“新潮”，殊不知两千年前的《舞论》就已以此种“前卫意识”开始知识建构和理论思考了。

婆罗多把舞蹈表演视为戏剧表演或曰综合性艺术表演的一个重要组成部分。《舞论》第 31 章叙述吉祥歌时，将其与舞蹈表演水乳交融地结合在一起。这说明，他心目中完美的艺术境界是歌、舞、剧三者的自然融汇。他写道：“四种节拍乐的结合，叫做吉祥歌。它之所以如此得名，是因其音节、节奏、速度、乐器和表演都在逐渐增加或强化，舞蹈者的表演也更加完美。吉祥歌和节拍乐如同连体，好比互相构造对方的因果关系。正如种子成长于树，树木成长于种子，互为因果的关系适用于此。”（XXXI.98-101）[79]

婆罗多不仅视乐、舞、剧为一体，还在某些章节突出舞蹈的地位，将舞蹈视为象征性表演的重要手段。这在他介绍舞蹈表演地域方位时较为明显。这具

76 “两个世界”即此生和来世。

77 Priyabala Shah, ed., *Viṣṇudharmottarapurāṇa, Third Khanda (Vol.1: Text, Critical Notes etc.)*, Vadodara: Oriental Institute, 1994, p.126.

78 Kapila Vatsyayan, *Bharata: The Nāṭyaśāstra*, New Delhi: Sahitya Akademi, 2015, p.45.

79 Bharatamuni, *Nāṭyaśāstra*, Vol.2, Varanasi: Chaukhamba Sanskrit Series Office, 2016, p.49.

有某种比较艺术学、比较美学研究价值，因为婆罗多的象征表演论涉及中国学者非常感兴趣的美学研究、艺术学研究关键词：意象。

婆罗多之后的 13 世纪的角天在论述舞蹈与音乐、戏剧的关系方面似乎走得更远，也更深入。角天似乎是一个新概念即舞蹈、歌曲和器乐的“乐舞三合一（tauryatraya）”的首倡者，他在论及第三类舞者即乐舞上师等指出：“通晓乐舞三合一，健谈，容貌俊秀，服饰秀美，精通愉快地颂神和在大家面前逗笑，善于演奏乐器，他可称为乐舞上师（ācārya）。精通四种戏剧表演，通晓独白剧等各个剧种，他是演员（naṭa）……承担重任，精通旋转等动作表演，擅长绳索行走，通晓带着锐器起舞，巧于狭路相逢时运用武器，这种人可谓多面手（kohalāṭika）。”（VII.1337-1342）[80]“乐舞三合一”的概念是印度古代乐舞论对世界古代艺术美学的独特馈赠。

角天的歌舞一体或乐舞不分的思维，还表现在他对音乐或乐舞的定义上。他在《乐舞渊海》中明确指出：“声乐（gīta）、器乐（vādya）和舞蹈（nṛtta）三者的结合，叫做音乐（saṅgīta）。”（I.1.21）[81]该书认为：“器乐导引舞蹈，而声乐导引器乐，因此，声乐的地位重要，首先得说明它。”（I.1.24-25）[82]印度古代艺术理论家将音乐与舞蹈视为水乳交融的一种艺术形式，因此，saṅgīta 的准确译法应为“乐舞”，译为“音乐”很多时候只是一种权宜而已。在《舞论》中，我们不难发现这种乐舞不分、乐舞剧融为一体的理论萌芽早已存在。例如《舞论》第 32 章指出：“歌声在前，器乐在后，舞蹈相随。歌声与器乐、肢体（舞蹈）的配合，叫做表演（prayoga）。”（XXXII.435）[83]

婆罗多和角天等人的乐舞交融观，在后来的乐舞论著中也屡见不鲜。例如，16 世纪出现的《乐舞论》提出了“音名表演”（svarābhinaya）和“配乐舞”的概念。它对前者的描述是：“具六音之外的其他（六个音名），是拉格（rāga）的首音（graha），应在舞台上以手势进行表演。通晓舞蹈表演和原理的人右手呈花蕾式，左手呈机灵式，呈环状表演（基本动作中的）孔雀游戏式，以表现具六音。右手呈天鹅嘴式，左手呈半月式放于臀部，头呈自然式，身体呈梵天式站姿，聪明的演员如此表现神仙音……一手呈象牙式，另一手放于臀

80 Śārṅgadeva, *Saṅgītaratnākara*, Varanasi: Chaukhamba Surbharati Prakashan, 2011, pp.810-811.

81 Śārṅgadeva, *Saṅgītaratnākara*, Varanasi: ChaukhambaSurbharatiPrakashan, 2011, p.6.

82 Śārṅgadeva, *Saṅgītaratnākara*, Varanasi: ChaukhambaSurbharatiPrakashan, 2011, p.7.

83 Bharatamuni, *Nāṭyaśāstra*, Vol.2, Varanasi: Chaukhamba Sanskrit Series Office, 2016, p.136.

部，眼神优美，头呈迅速摇头式，近闻音如此表现。”（IV.2.566-576）[84]它对后者的描述是：“迷人的舞蹈在表演中契合（器乐作品的）变速风格（yati）及其相关的节奏体系……舞蹈演员拥有光彩照人的靓丽身姿，激情洋溢，眼神娇媚，音速和节奏表达完美，这便是令通晓舞蹈表演的人喜悦的配乐舞（svaramaṇṭha）。”（IV.2.577-581）[85]

以上是对“舞蹈”这一重要理论范畴的初步思考和分析，涉及舞蹈概念的辨析、舞蹈类型说、舞蹈的宗教起源说、舞蹈艺术的美学思考等。通过这些简略分析可以发现，印度古代舞蹈理论中的“舞蹈”范畴是一个异常丰富、弹性十足的艺术理论话语体系，非常值得我们在当下提倡培育和开拓国际视野、构建中国特色学术体系的语境中进行思考。

84 Puṇḍarīka Viṭṭhala, *Nartananirṇaya*, Vol.3, New Delhi: Indira Gandhi National Centre for the Arts, 1998, pp.146-148.
85 Puṇḍarīka Viṭṭhala, *Nartananirṇaya*, Vol.3, New Delhi: Indira Gandhi National Centre for the Arts, 1998, p.148.

第十一章　角天的《乐舞渊海》

角天（Śārṅgadeva）大约生活于 13 世纪上半叶，祖籍为克什米尔。角天所著《乐舞渊海》（*Saṅgītaratnākara*）是印度古典艺术论著中影响仅次于《舞论》的一部。“角天的《乐舞渊海》是一部非常重要的音乐论著……这部著作被视为乐舞论（Saṅgītaśāstra）领域的权威书籍，因此常常为后来的音乐论者征引。它是古代音乐学的标志性著作。”[1]印度学者指出：“角天之于乐舞，犹如波你尼之于梵语、婆罗多之于戏剧（Śārṅgadeva is to Saṅgīta what Pāṇini is to Samskṛta and Bharata is to Nāṭya）。多少个世纪以来，他在 13 世纪早期撰写的《乐舞渊海》仍然具有很强的影响力。就歌曲、器乐和舞蹈而言，它是古老、过时东西的真实记录，全面记载了当时的乐舞实践；它是对当时不同思想的集中概括，它聚焦、关注前人理论，搭建了理论和实践的一座桥梁。”[2]《乐舞渊海》上承婆罗多的《舞论》和摩腾迦的《俗乐广论》，下启苏达伽罗娑于 14 世纪所著《乐舞奥义精粹》和般多利迦·韦陀罗于 16 世纪所著《乐舞论》等，它是印度古代严格意义上的承先启后之作，也是兼具传统继承和理论创新的一部梵语艺术论巨著。正因如此，荷兰学者尼金惠斯指出：“《乐舞渊海》的几章音乐论不仅为我们提供了研究古印度音乐的素材，也有助于我们洞悉（角天所处的）当代（音乐表演）实践。”[3]《乐舞渊海》迄今出版了三种梵文编

1 Śārṅgadeva, *Saṅgītaratnākara*, “Introduction,” Varanasi: Chaukhamba Surbharati Prakashan, 2011, IX.

2 Prem Lata Sharma, ed., *Śārṅgadeva and His Saṅgīta-ratnākara: Proceedings of the Seminar Varanasi, 1994*, New Delhi: Sangget Natak Akademi, 2016, p.208.

3 Emmie Te Nijenhuis, *Musicological Literature*, Wiesbaden: Otto Harrassowitz, 1977, p.13.

订本，即 1879 年加尔各答本、1897 年普纳本和 1943 至 1953 年马德拉斯本。《乐舞渊海》在印度国内先后拥有英语、印地语、泰米尔语、泰卢固语、马拉提语和坎纳达语译本。它对波斯音乐理论建构、古印度和波斯音乐文化交流产生了重要的历史影响。国内学界迄今并无转专文介绍《乐舞渊海》这一十分重要的梵语艺术论名著，因此，本章尝试对《乐舞渊海》的音乐论、舞蹈论进行简介。

第一节　基本乐理

乐舞渊海》共分为七章。第一章《乐音》为乐理概述，第二章《拉格辩》介绍各种拉格（旋律框架），第三章《杂论》介绍词曲作者、乐师、歌手、装饰音等，第四章《作品体裁》讲述音乐作品的基本结构、各种体裁的作品等。第五章《节奏》介绍各种古典式节奏（mārgatāla）、120 种地方节奏（deśītāla），第六章《乐器》介绍弦鸣乐器、气鸣乐器等四类乐器，第七章《舞蹈》主要介绍舞蹈和味论两方面内容，涉及婆罗多的 108 种纯舞基本动作、32 种纯舞组合动作、16 种地面基本步伐、16 种凌空基本步伐等，同时还增添了 36 种跳跃基本动作、54 种地方基本步伐等，显示古典音乐论对当代音乐实践的及时关注。第七章长达 1690 颂，是全书篇幅最长的一章，某种程度上弥补了音乐与舞蹈论的失衡。“与婆罗多《舞论》一样，《乐舞蜜》的写作风格相当简洁，但《乐舞渊海》却以极为优雅的梵语写成。《乐舞渊海》谋篇布局科学，这似乎说明，它写于音乐艺术在其所有领域已经达到相当高的一种发展阶段。”[4]《乐舞渊海》在借鉴《舞论》、《俗乐广论》等其他古典梵语艺术论著的同时，也体现出理论原创多的特色，其对地方音乐或民间音乐实践的吸纳和论述值得重视。

角天并非凭空杜撰《乐舞渊海》，而是站在婆罗多、摩腾迦等前辈学者的肩膀上放眼古今、耳闻八方后，撰写一部顺应时代潮流之作。

9 世纪的那罗陀（Narada）在《乐舞蜜》（*Saṅgītamakaranda*）的第一章提出 saṅgīta（音乐）的概念：“歌曲、器乐（vādya）和舞蹈（nṛtta）这三者称作音乐（saṅgīta）。那罗陀撰写了这部优秀的经论《乐舞蜜》。”（I.3）[5]与此相应，角天指出：“歌曲（gīta）、器乐和舞蹈三者的结合，叫做音乐。它分古典

4 Nārada, *Saṅgītamakaranda*, “Introduction,” Baroda: Maharaja Gaekwad, 1920, viii.

5 Nārada, *Saṅgītamakaranda*, Baroda: Maharaja Gaekwad, 1920, p.1.

乐（mārga，或译“雅乐”或“神乐”）和地方乐（deśī，或译“俗乐”）两种。梵天发明并由婆罗多等人首先在湿婆面前表演的是古典乐，它确能赐福；包含歌曲、器乐和舞蹈且满足不同地区人们欣赏情趣的是地方乐。”（I.1.21-23）[6]由此可见，印度古代的音乐概念 sangita 其实可以译为“乐舞”。

角天的音乐功能说是以下述诗歌般语言呈现的：“梵天从《娑摩吠陀》中撷取了歌曲，波哩婆提的丈夫即无所不知的湿婆神喜欢歌曲，而牧女的主人（克利希那）即便身为遍入天，也为竹笛声所倾倒。当梵天陶醉于《娑摩吠陀》的吟诵时，娑罗私婆蒂迷上了维那琴，其他如药叉、乐神、檀那婆和凡人们也心醉神迷。在摇篮中啼哭的婴儿，（耳朵）饮用了音乐甘露（gītāmṛta）后，（口中）忘却了品尝的对象，（心中）无限欢喜。幼鹿即便在林中游走吃草，也会被猎人的歌声吸引，从而献出生命。谁能赞尽歌声的辉煌，因为只有它才可令人获得正法、利益、爱欲和解脱。（I.1.25-30）”[7]

7 世纪的摩腾迦（Matanga）指出：“现在我讲述声音（nāda）的主要特征。没有声音，就没有歌曲；没有声音，就没有乐音；没有声音，就没有舞蹈。因此，声音乃世界本质。梵天显形为声，毗湿奴显形为声，至高神力显形为声，湿婆显形为声。声音有五种：极微音（atisūkṣama）、微妙音（sūkṣama）、清音（vyakta）、浊音（avyakta）、假音（kṛtrima）。智者这样理解五种声音：微妙音存于隐秘之处，极微音存于心间，清音存于喉头，浊音存于上颚，假音发自口腔。”（I.17-23）[8]关于声音产生的哲学基础、生理机制等，角天基本上遵循摩腾迦等上述的思维。他说：“我们敬拜音梵（nādabrahman），它是无上欢喜，一切众生的精神意识，现象世界的灵魂。敬拜声音（nāda），其实就是敬拜梵天、毗湿奴和大自在天（湿婆）等神灵，因为他们本质上与声音合一。意欲表达的灵魂（ātman）驱动着心思（manas），心思驱动着体内的火（vahni），火则驱动着气息（mārut）。气息存于梵网（brahmagranthi，肚脐），它从肚脐依次升至心、颈（喉）、头、口，表现为声音（dhvani）。在（肚脐和心等）五处发出的声音，依次被赋予五个相应的名称。”（I.3.1-4）”[9]

角天指出，根据不同的音域（发音部位），音分为低音、中音和高音等三

6 Śārṅgadeva, *Saṅgītaratnākara*, Varanasi: Chaukhamba Surbharati Prakashan, 2011, p.6.
7 Śārṅgadeva, *Saṅgītaratnākara*, Varanasi: Chaukhamba Surbharati Prakashan, 2011, pp.7-8.
8 Mataṅga, *Bṛhaddeśī*, Vol.1, New Delhi: Indira Gandhi International Centre for the Arts, 1992, pp.6-8.
9 Śārṅgadeva, *Saṅgītaratnākara*, Varanasi: Chaukhamba Surbharati Prakashan, 2011, p.31.

类。各种变音为 12 种，它们加上 7 种自然音，一共为 19 种音（音名）。

角天认为，孔雀、饮雨鸟、山羊、凤凰、杜鹃鸟、青蛙、象分别发出以具六为首的七个音。七种音的颜色分别是红色、褐色、橙色、白色、黑色、黄色、杂色。具六等七音分别产生于瞻部（jambū）等七个地方。他还为每一个音名配备了保护神、音律和相应的情味。例如，具六、神仙、持地、中令、第五、明意和近闻等七音的保护神分别是火神、梵天、娑罗私婆蒂、湿婆、毗湿奴、群主和太阳神。与它们的音律分别是（八音节的）阿奴湿图朴律、（六音节的）伽耶特利律等。具六和神仙表现英勇味、奇异味和暴戾味，明意则表现厌恶味和恐惧味，持地和近闻表现悲悯味，中令和第五表现滑稽味和艳情味。

角天依据婆罗多《舞论》指出，音名可以依据四种关系进行定义：主音、协和音、辅助音、不协和音。和那罗陀类似，角天除了论述两种基本音阶，也涉及婆罗多不予认可的持地音阶。这显示了他的心态的开放。

角天认为，七个音依次升降，叫做音阶变化。两种基本音阶（具六音阶和中令音阶）各有七个变化音阶。具六音阶和中令音阶共有 14 个变化音阶。角天指出，变化音阶还可从另一个角度分为四种：标准（自然）变化音阶、微妙变化音阶、过渡变化音阶、混合变化音阶。变化音阶的总数为五十六种（7×2×4=56）。对 56 种变化音阶来说，由于七个音皆可为首音，它们可构成变化音级（krama），其总数达到 392 种（56×7=392）。56 种七声音阶的全部组合式数量达到 282240 种（5040×56=282240）。

角天介绍了六声音阶、五声音阶、四声音阶、三声音阶、两声音阶、单声音阶的组合式。他还介绍了音阶变化（loṣṭacāla）、音名排序（krama）等复杂的数学概念。[10]他将数学方法引入音乐理论范畴，这对后世学者影响深远。

角天将以平调、升调、降调、混合调等为基础的特殊组合叫做装饰音。他介绍了 63 种装饰音，其数量超过了婆罗多的装饰音。

角天指出：“应该明白，所有调式的基音决定了该调式表现哪一种味（rasa）。智者可在母调式（janakajāti）中发现派生拉格（janyarāga）的要素。梵天曾经创作了赞颂湿婆的歌词，正确地吟唱各种调式中的这些歌词，甚至可以洗清杀婆罗门的罪孽。正如《梨俱吠陀》、《耶柔吠陀》和《娑摩吠陀》没有

10 关于标志音阶和搜索音阶的图解说明，参见 Śārṅgadeva, *Saṅgītaratnākara*, Vol.1, ed. & tr. by R.K. Shringy, New Delhi: Munshiram Manoharlal Publishers, 2007, pp.215-221。

其他吟诵法，吟唱源自《娑摩吠陀》的各种调式与吟诵吠陀是一致的。”（I.7.112-113）[11]这里出现的janakajāti（母调式）和janyarāga（派生拉格）从理论上拉开了拉格学说的新时代帷幕。

第二节　拉格与节奏体系

从7世纪的摩腾迦专论拉格开始，到13世纪角天《乐舞渊海》的拉格说，印度古代拉格说终于迎来归纳和总结的时期，这也是印度古代音乐理论雅俗转换的关键时期。角天的264种拉格是13世纪之前体系最为复杂、涉及地域最广的一套。

角天对拉格的分类源自摩腾迦的《俗乐广论》，但与其有异。摩腾迦指出了演唱拉格的七种风格（gīti）：自然式（śuddhā）、变化式（bhinnakā）、高德式（gauḍikā）、愉悦式（rāgagīti）、普遍式（sādhāraṇī）、方言式（bhāṣāgīti）、俗语式（vibhāṣā）。这也是他的拉格七分法。摩腾迦还提到了杜尔迦娑克提（Durgaśakti）、婆罗多、耶司提迦（Yāṣṭika）、迦叶波（Kaśyapa）、娑尔杜罗（Śārdūla）等其他五位学者的不同观点。杜尔迦娑克提持拉格五分法：“拉格风格有五种：自然式（śuddhā）、变化式（bhinnā）、骡马式（vesarā，即愉悦式）、高德式（gauḍī）和普遍式（sādhāritā）。这是杜尔迦娑克提（Durgaśakti）的观点。”（III.271）[12]

角天首先接受的是杜尔迦娑克提的拉格五分法。他的拉格说实则源自摩腾迦的《俗乐广论》（*Brhaddesi*），他只是对摩腾迦的说法略加扩充、丰富而已。角天的拉格说可以他的几种拉格分类法进行简要说明。

角天对自己的第一种拉格分类法即五分法作了较为详细的说明。按照他的说明，前述五类拉格包括30个亚种。

他的第二种拉格分类法为二分法：8种副拉格（uparāga）与20种主拉格（rāga）。

角天的第三种拉格分类法是《乐舞渊海》的一大重点和亮点，这便是他基于前人归纳的地方拉格十五分法。这种分类其实早有所本，因为他在第一章说

11 Śārṅgadeva, *Saṅgītaratnākara*, Varanasi: Chaukhamba Surbharati Prakashan, 2011, p.138.

12 Mataṅga, *Bṛhaddeśī*, Vol.2, New Delhi: Indira Gandhi International Centre for the Arts, 1994, p.78.

过一句耐人寻味的话：“智者可在母调式（janakajāti）中发现派生拉格（janyarāga）的要素。”（I.7.112）[13]这说明角天不仅从理论上、也在实践层面将婆罗多意义上的传统调式论或经典乐论发展到雅俗并存、雅俗转换的新阶段。不同的是，角天所谓的“母调式”在此由方言母拉格所代替。“尽管摩腾迦和角天都通过调式（jāti）的门径进入拉格（rāga）范畴，但对摩腾迦而言，调式仍然是一种‘活生生的’实体，而对角天来说，它早已过时，仅仅停留在记忆中而已。角天对调式和拉格的描述显示了一种清晰的区别。”[14]

角天的第四种拉格分类为四分法：拉格支（rāgāṅga）、方言小拉格（bhāṣāṅga）或曰方言支拉格、业拉格（kriyāṅga）和小拉格（upāṅga）。这也是地方拉格的第二种分类。角天介绍的过去流行的四类地方拉格为 34 种，角天介绍的当前流行的四类地方拉格为 52 种。

角天介绍了全部 264 种拉格。它们包括：30 种音阶拉格、8 种副拉格、20 种主拉格、96 种方言拉格、20 种俗语拉格、4 种特殊拉格、34 种过去流行的四类地方拉格（包括拉格支、方言支拉格、业拉格和小拉格）、52 种当前流行的四类地方拉格。如用算术计算则为：（30+8+20+96+20+4）+（34+52）=178+86=264。由此可见，角天介绍了 10 类拉格：音阶拉格、主拉格、副拉格、方言拉格、俗语拉格、特殊拉格、拉格支、方言支拉格、业拉格和小拉格。

角天的拉格十分法对后世学者影响深远。例如，17 世纪的戈文达 · 底克悉多（Govinda Dīkṣita）在《乐舞甘露》（*Saṅgītasudhā*）中指出：“所谓的拉格有 10 类：第一类是音阶拉格（grāmarāga），第二类是副拉格（uparāga），第三类是自然拉格即主拉格（śuddharāga），第四类是方言拉格（bhāṣā），第五类是俗语拉格（vibhāṣā），第六类是所谓的特殊拉格（antarabhāṣikā），第七类是拉格支（rāgāṅga），第八类是方言子拉格（bhāṣāṅga），第九类是业拉格（kriyāṅga），第十类是小拉格（upāṅga）。”（II.5-7）[15]

角天不仅为上述 264 种拉格分类，还对其中一部分拉格的特征等进行了详细的说明。他先说明部分音阶拉格或曰传统拉格，再说明部分地方拉格。

角天在《乐舞渊海》第三章末尾介绍了拉格引子（ālapti）或曰拉格型前

13 Śārṅgadeva, *Saṅgītaratnākara*, Varanasi: Chaukhamba Surbharati Prakashan, 2011, p.138.

14 Prem Lata Sharma, ed., *Śārṅgadeva and His Saṅgīta-ratnākara: Proceedings of the Seminar Varanasi, 1994*, New Delhi: Sangget Natak Akademi, 2016, p.204.

15 P.S. Sundaram Aiyar and S. Subrahmanya Sastri, eds., *Saṅgītasudhā of King Raghunātha of Tanjor*, Madras: Mudrapuri Sangitavidvatsabhaya, 1940, p.101.

奏、散板的概念。他说："使拉格（rāga）得以表达（prakaṭa）和叙述（ālapana）的是引子，它包括各具特色的两种即拉格引子和隐曲引子。拉格引子有别于隐曲引子，通晓乐曲者知道它包含四个乐段……智者称引子包含声调与装饰音，且运用各种颤音与装饰乐句，艺术手法丰富多彩，因而令人愉悦。"（III.187-197）[16]

综上所述，角天的拉格说是一个庞杂甚或颇显繁琐的体系，雅俗共存是其一大特色。对其梳理、分类研究，对厘清印度古代音乐理论史，尤其是钩沉印度古代拉格理论发展史而言，具有十分重要的学术价值。

角天的节奏体系论兼顾传统的古典式节奏与地方性节奏，但其论述的重点显然是后者。他提出的地方性节奏数量在古印度音乐理论家中或许是最多的。

《乐舞渊海》第五章专论古典节奏与地方节奏。角天指出，节奏是乐器表演的基础。"声乐、器乐和舞蹈确实是建立在节奏基础之上。"（V.2）[17]他对各种古典节奏基本原理和规则的介绍以《舞论》为基础。例如，他对节奏的要素之一变速风格（yati）的介绍是："音乐速度行进的规则叫变速风格。它包括均匀式（sama）、流水式（srotagata）、牛尾式（gopuccha）三种。"（V.50）[18]变速风格的三类型说源自《舞论》第 29 章。

角天依据《舞论》等前人著作，重点介绍了旃遮达卜吒式（cañcatpuṭa）、迦遮卜吒式（cācapuṭa）等几种主要的传统节奏及其节拍模式，还论及摩德罗迦歌（madraka）、乌罗比耶迦歌（ullopyaka）、西方歌（aparāntaka）、普洛迦利歌（prakarī）、奥文那迦歌（oveṇaka）、洛文达迦歌（rovindaka）、北方歌（uttara）等七种传统歌曲。

角天还依据《乐舞渊海》第一章介绍标志音阶（uddiṣṭa）、搜索音阶（naṣṭa）、音阶变化（loṣṭacāla）等的惯例，对各种节奏体系的音节组合进行阐述。他以图表形式，对短音节、长音节以及各种音节混合所产生的组合数量进行说明。

角天的论述重点是突破古典节奏限制的各种地方性节奏。他依据前人的成果，加入自己的一些见解，介绍了 120 种地方性节奏。这是印度古代音乐理论史上最复杂的节奏体系之一。

---

16 Śārṅgadeva, *Saṅgītaratnākara*, Varanasi: Chaukhamba Surbharati Prakashan, 2011, pp.266-268.

17 Śārṅgadeva, *Saṅgītaratnākara*, Varanasi: Chaukhamba Surbharati Prakashan, 2011, p.355.

18 Śārṅgadeva, *Saṅgītaratnākara*, Varanasi: Chaukhamba Surbharati Prakashan, 2011, p.366.

角天以第一人称介绍了各种节拍的符号："角天说，快音节等可由其开头的字母（音节）辨认，它们也有另外的称呼（sañjña）。半拍（ardhamātrā）、空（vyoma）、辅音（vyañjana）、圆点（bindu）表示快音节（druta）。延伸（vyāpaka）、短（hrasva）、摩德罗（mātrika）以及直线（sarala）表示短音节，而两个摩德罗（dvimātrā）、一拍（kalā）、曲线（vakra）、长（dīrgha）表示长音节……表示快音节的（符号）是圆点（o），表示顿音的（符号）为斜上的一撇（′）。"（VI.255-258）[19]后来，16 世纪的般多利迦 · 韦陀罗在其《乐舞论》第一章中对这些话略加改造，直接引用。（I.123-126）[20]角天借助节奏体系的这些表达符号，逐一说明了 120 种节奏的节拍模式或音节排列规则。

可以说，角天的节奏体系论、特别是其复杂、深奥的地方节奏体系论，非常值得与婆罗多节奏论及 13 世纪以后诸家节奏论进行比较。角天的地方节奏体系论，给今人研究古印度民间音乐带来了便利。

第三节　音乐要素与作品体裁

角天对歌手、乐队、乐音等的论述非常丰富，他的相关思想既涉及地方音乐，也涉及古典乐。

角天首先定义的是所谓的词曲作者（vāggeyakāra），这也似乎是一般意义上的乐师："语言文字叫歌词（mātu），供人唱的叫曲谱（dhātu）。[21]既写歌词也谱曲子的是词曲作者。"（III.2）[22]

角天认为，优秀的词曲作者应该具备如下优点，如通晓语法规则，精通语言文字，能够区分各种音律，娴熟运用各种修辞，理解情味，懂得地方风情，熟悉各方语言，通晓艺术理论，熟谙音速、节奏和节拍，感觉敏锐，不喜旧作而喜谱新曲，熟悉各种作品体裁（prabandha）。精于谱曲而作词能力平庸，这

19 Śārṅgadeva, *Saṅgītaratnākara*, Varanasi: Chaukhamba Surbharati Prakashan, 2011, p.432.由此可见，表示复合音节与顿音节的符号相同，均为斜着向上的一撇。

20 Puṇḍarīka Viṭṭhala, *Nartananirṇaya*, Vol.1, New Delhi: Indira Gandhi National Centre for the Arts, 1994, pp.122-124.

21 dhātu 一词在音乐中至少有三重含义：维那琴的弹奏指法、与歌词相匹配的曲谱、乐段。相关阐释与说明，参阅 Advaitavadini Kaul and Sukumar Chattopadhyay, eds., *Kalātattvakośa: A Lexicon of Fundamental Concepts of the Indian Arts*, Vol.4, New Delhi: Indira Gandhi International Centre for the Arts, 1999, pp.135-137。

22 Śārṅgadeva, *Saṅgītaratnākara*, Varanasi: Chaukhamba Surbharati Prakashan, 2011, p.243.

是普通的词曲作者；拙劣的词曲作者即便创作优美动人的歌词，但谱曲能力平庸。

角天关于词曲作者（乐师）的三分法，其原型在那罗陀《乐舞蜜》的乐师、歌手品级说。他似乎是将《乐舞蜜》的相关段落稍加改造而已。

角天的歌手分类是一种五分法："音乐行家说歌手可分五类：模范歌手（śikṣākāra）、模仿歌手（anukāra）、情味歌手（rasika）、感人歌手（rañjaka）、激情歌手（bhāvaka）。智者称善于完美地教导他人的歌手为模范歌手；仿效他人演唱风格的是模仿歌手；陷入情味（rasa）体验的是情味歌手；令听众愉悦的是感人歌手；特别擅长揭示歌曲涵义的是激情歌手。"（III.19-21）[23]

角天还有另一种三分法："歌手可分三类：独唱歌手（ekala）、二重唱歌手（yamala）、合唱歌手（vṛndagāyana）。一人演唱为独唱者，与别人一道演唱为二重唱者，与群体（vṛnda）一道演唱为合唱者。"（III.22-23）[24]

角天还专门提及女歌手的特点："非常美丽且值妙龄，嗓音尤为甜美，机灵且为智者所欣赏，这样的女歌手可视为与男歌手一致。"（III.23）[25]

角天不仅论及词曲作者、歌手的特征、素养或品级，还论及乐队。他说："歌手（gātṛ）和器乐演奏者（vādaka）的组合，称为乐队（vṛnda）。乐队分为理想的、一般的和小型的三类。理想的乐队应包括四个领唱者、八个伴唱者（samagāyana）、十二个女歌手、四个笛手和四个鼓手……婆罗多谈到名为kutapa的乐队（组合），它分三类：弦乐组、鼓乐组和剧舞组。"（III.198-207）[26]角天对女歌手、乐队的描述，为今人了解印度古代音乐表演提供了弥足珍贵的史料。角天对乐队的定义和阐释，说明了古印度乐舞艺术中音乐演唱、器乐伴奏和舞蹈表演水乳交融的历史真实。

角天指出，弦乐组包括歌手和为其伴奏的各种弦乐演奏者，也包括演奏气鸣乐器的人，还包括角号吹奏者及体鸣乐器演奏者。他们采用的弦乐器包括维那琴（vīṇā）、妙音琴（ghoṣavatī）、七弦琴（citrā）、九弦琴（vipañcī）、七弦琵

---

23 Śārṅgadeva, *Saṅgītaratnākara*, Varanasi: Chaukhamba Surbharati Prakashan, 2011, p.246.
24 Śārṅgadeva, *Saṅgītaratnākara*, Varanasi: Chaukhamba Surbharati Prakashan, 2011, p.246.
25 Śārṅgadeva, *Saṅgītaratnākara*, Varanasi: Chaukhamba Surbharati Prakashan, 2011, p.246.
26 Śārṅgadeva, *Saṅgītaratnākara*, Varanasi: Chaukhamba Surbharati Prakashan, 2011, p.247.

琶（parivādinī）、萨朗基琴（sāraṅgī）等。由此可见，角天所谓的弦乐组或曰弦乐队实际上包括了弦乐、吹奏乐和打击乐等三类器乐的组合。

角天将鼓乐组单独列出，这或许是印度古代高度重视鼓乐表演的历史证据之一。他指出，穆丹迦鼓手（mārdaṅgika）是鼓乐组的主要成员，为其伴奏的是各种鼓手，他们分别演奏的乐鼓包括：细腰鼓（paṇava）、瓶鼓（dardura）等。

角天还描述了剧舞组。它由来自罗德（lāṭa）、迦尔纳吒（karṇāṭa）、高德（gauḍa）、安德拉（āndhra）、朱罗（caula）、羯陵迦（kaliṅga）等不同地区的表演家组成。剧舞组的演员有善于表演舞蹈动作（aṅgahāra）、柔舞（lāsya）、刚舞（tāṇḍava）、站姿（sthānaka）的人，也有经过特殊训练而表演复杂动作的人。

角天对各种人声或乐音、音质等音乐要素的描述，或许是印度古代音乐理论家中最为丰富的一支。

角天将人体发出的声音（śabda）分为四种：迦胡罗音（khāhula）、那罗吒音（nārāṭa）、贲跋迦音（bombaka）和混合音（miśraka）。他逐个说明其特征。婆罗多在《舞论》中吸纳了印度古代医学（阿育吠陀）的味论，从而创造性地提出了梵语戏剧学味论。与此类似，接受了婆罗多理论影响的角天吸纳了古代医学中的三德说或曰三病素说，从而丰富了其声乐论。

角天对上述三类声音的混成及其音质组合作了非常详细的说明，其中隐约可见他在《乐舞渊海》第一章以数学方法阐发音阶组合的痕迹。这种匪夷所思的音质组合，可以在宾伽罗（Piṅgala）《诗律经》（*Chandasūtra*）中发现类似痕迹。《诗律经》对各种诗律、音律组合的讨论，是印度古代学者以数理方法探索文艺理论的显著特色，而《乐舞渊海》对各种人声、音色或音质组合的上述论断，自然可以视为印度古代音乐理论家以数理方法建构音乐理论的一大特点。

角天还依据婆罗多以来的传统惯例，对歌声的品质（特色或特点）及缺陷或曰“声德”与“声病”作了阐述。角天对上述音乐要素的论述，既有继承前人理论传统的一面，也有在数学思维指导下追求体系性、完美性的技术考量。

角天的作品体裁论内容丰富。他重点论述了当时流行的各种地方性音乐体裁，这对后世了解、研究印度中世纪时期的音乐发展、乐论概况提供了宝贵的一手信息。

角天对音乐作品的解说是从定义地方音乐范畴中的俗乐作品开始的。他说：“令人愉悦的音名组合，就是歌曲（gīta）。众所周知，歌曲分为圣歌（gāndharva）与俗歌（gāna）两类。[27]在古代，乐师们按照传统的规则吟唱歌曲，以获得至福，智者称其为圣歌。但是，词曲作者创作了令人愉悦的歌曲，它们与所谓的方言拉格（deśīrāga）特征一致，这是俗歌。其中的圣歌已在前边讲过，现在讲述俗歌。仙人们说俗歌分为定曲（nibaddha）和散曲（anibaddha）两类。由乐段（dhātu）和要素（aṅga）构成的是定曲，没有此种限制的引子（ālapti）就是散曲。前边已经讲过引子，现在讲述定曲。定曲包括作品（prabandha）、隐曲（rūpaka）和本事（vastu）等三种。”（V.1-6）[28]这些话说明，角天心目中的“定曲”就是地方音乐语境下作品的代名词，这也是他论述的核心对象。

角天对地方音乐作品即定曲的代表“作品”（prabandha）的解说，仍然是从不同的角度进行剖析与打量。

他对“作品”的第一种阐释，采取了依据内容、结构的四分法：“乐段（dhātu）是作品的有机成分（avayava），分为四种：前奏（udgrāha）、过渡（melāpaka）、正曲（dhruva）和尾声（ābhoga）……正如风液、胆汁、痰液等要素构成身体，前奏等组成作品的身体（deha），因此叫做乐段。不过，在某些情况下，这些乐段中的过渡和尾声不出现。”（V.7-11）[29]

角天对“作品”的第二种阐释为三分法，融合了上述的四分法，补充了音名等六要素，这使其作品观的内涵更加丰富。他说：“作品由两个、三个或四个乐段构成，它包括音名（svara）、颂辞（biruda）、歌词（pada）、吉称（tenaka）、鼓语（pāṭa）和节奏（tala）等六种要素。如同人的肢体，这些要素是曲原人（prabandhapuruṣa）的组成部分。在这些要素中，表达吉祥和意义的吉称和歌词宛如曲原人（作品）的双眼。鼓语和颂辞如同其双手，因为它们源自双手，此处的原因（kāraṇa）被尊为业果（kārya）。节奏和音名如同其双脚，因为它们是作品被吟唱的动因。具六等（七个）音名简化为 sa、ri 和 ga 等词语……

27 这里的圣歌与俗歌是狭义的歌曲分类，而前边所谓的神乐与俗乐涉及广义的音乐范畴，含义更为丰富。

28 Śārṅgadeva, *Saṅgītaratnākara*, Varanasi: Chaukhamba Surbharati Prakashan, 2011, p.271.

29 Śārṅgadeva, *Saṅgītaratnākara*, Varanasi: Chaukhamba Surbharati Prakashan, 2011, pp.272-273.

颂辞是歌功颂德的名称，而作品中的语言就是歌词。tena（吉称）一词可顾名思义，它表达吉祥之意……鼓语是产生于乐器的声音，而节奏将在后边涉及节奏的一章里讲述。”（V.11-18）[30]

角天对“作品”的第三种阐释为五分法，它以前述三分法的六要素为基础。他说：“作品可分为五类：大地（medinī）、欢喜（ānandinī）、明亮（dīpinī）、想象（bhāvanī）、银河（tārāvalī）。它们由两到六个要素构成。（V.19）[31]

角天对“作品”的第四种阐释为两分法，这源自婆罗多《舞论》第31章的相关内容。角天说：“作品分为非限定歌（aniryukta）与限定歌（niryukta）两类。前一类作品没有音律和节奏等的限制，后一类作品则有音律和节奏等的限制。”（V.21）[32]

角天对作品的第五种阐释为三分法：“作品还可分为三类：苏吒歌（sūḍa）、系列歌（āli）和散歌（viprakīrṇa）。”（V.22）[33]

角天对“作品”的阐释，主要是以第五种模式的三分法为主。他罗列了三类作品的具体亚种共68种，包括8种苏吒歌、24种系列歌、36种散歌。

角天还对其他各类作品进行详略不一的说明。

角天对歌曲（gīta）的十大品质即“歌德”作了说明：“歌曲的十大品质是：明白（vyakta）、完美（pūrṇa）、清晰（prasanna）、温柔（sukumāra）、庄严（alaṅkṛta）、自然（sama）、愉悦（surakta）、柔和（ślakṣṇa）、高亢（vikṛṣṭa）、甜美（madhura）。明白指以明亮的音名吟唱拉格中的韵律词及其前缀、后缀；完美指作品要素齐备并有颤音；清晰指意义彰显；温柔源自嗓音（kaṇṭha）；庄严源自三种音域；自然因声调、音速和音域的完美结合而得名；愉悦体现在琴（vallakī）、竹笛和歌声的协调一致；柔和指低音和高音、快速和中速等的柔美和谐；因其高声吟唱，婆罗多等人称其为高亢；甜美指歌声极为优美，摄人心魄。”（V.374-378）[34]他还对歌曲的十大缺憾即“歌病”作了说明：“不

30 Śārṅgadeva, *Saṅgītaratnākara*, Varanasi: Chaukhamba Surbharati Prakashan, 2011, pp.273-274.
31 Śārṅgadeva, *Saṅgītaratnākara*, Varanasi: Chaukhamba Surbharati Prakashan, 2011, p.274.
32 Śārṅgadeva, *Saṅgītaratnākara*, Varanasi: Chaukhamba Surbharati Prakashan, 2011, p.274.
33 Śārṅgadeva, *Saṅgītaratnākara*, Varanasi: Chaukhamba Surbharati Prakashan, 2011, p.275.
34 Śārṅgadeva, *Saṅgītaratnākara*, Varanasi: Chaukhamba Surbharati Prakashan, 2011, p.353.

受世人喜爱（lokaduṣṭa）、违背经论、不合音律（śruti）、不合时间、重复（punarukta）、违背技艺（kalā）、顺序混乱、缺乏意义、庸俗（grāmya）、意义模糊（samdigdha），这些是歌曲的十大弊端（duṣṭata）。”（V.379）[35]这些内容可以和《乐舞渊海》第三章的“声德”说、“声病”说遥相呼应、互为补充、前后印证。

综上所述，角天的音乐作品论非常丰富，值得在历史的横坐标、纵坐标的两个维度进行深入研究。

第四节　器乐

从经文的数量上看，《乐舞渊海》印度普纳编订本（也是世界上该书的第一个梵文全编本）为 4730 句（颂），其第一至第七章分别是：577 句、240 句、218 句、379 句、405 句、1221 句、1690 句。由此可见，论述四类器乐的倒数第二章即第六章的经文篇幅仅次于论述舞蹈的第七章。这似乎显示了角天对器乐的高度重视。

《乐舞渊海》依据婆罗多的乐器四分法指出，器乐可分四类：“音乐源自四类乐器（vādya），也被器乐赋予魅力，并受其度量。因此，现在我们先讲述弦鸣乐器（tata）。弦鸣乐器、气鸣乐器（suṣira）、膜鸣乐器（avanaddha）、体鸣乐器（ghana），这是四类乐器。前边两类以微分音和音名等为基础。膜鸣乐器为歌曲增添魅力，歌曲和体鸣乐器协调一致。弦乐器是弦鸣乐器，有孔的乐器是气鸣乐器，表面绑缚着皮革发声的是膜鸣乐器，形体结实且敲击发声的是体鸣乐器。”（VI.3-6）[36]

《乐舞渊海》不仅遵从婆罗多的乐器四分法，还介绍了另一种特殊的乐器四分法：“独奏乐器（śuṣkam）、为歌曲伴奏的乐器（gītānugam）、为舞蹈伴奏的乐器（nṛttānugam）、同时为歌曲和舞蹈伴奏的乐器（dvayānugam），智者视其为四类乐器，其中的独奏乐器据说是不为歌曲、舞蹈伴奏的一类，而其他三者名副其实。”（VI.16-17）[37]关于这种独特的乐器分类法，陈自明先生指出：

---

35 Śārṅgadeva, *Saṅgītaratnākara*, Varanasi: Chaukhamba Surbharati Prakashan, 2011, p.354.

36 Śārṅgadeva, *Saṅgītaratnākara*, Varanasi: Chaukhamba Surbharati Prakashan, 2011, pp.479-480.

37 Śārṅgadeva, *Saṅgītaratnākara*, Varanasi: Chaukhamba Surbharati Prakashan, 2011, p.481.

"这种分类缘起于一种重要的观点，即印度古典音乐中所采用的各种乐器很多是用于伴奏的。当然，其中也有用来独奏的。"[38]12 世纪的南印度遮娄其国王月主（Somesvara）在《心喜》（*Manasollasa*）中，既遵循婆罗多的乐器四分法，又提出了一种新的乐器四分法："国王用来娱乐的第一种乐器是纯乐器（pṛthagvādya），第二种是伴歌乐器（gītasaṅgata），第三种是伴舞乐器（nṛttānuga），第四种是伴歌舞乐器（gītanṛtyaga）。"（IV.16.568）[39]由此可见，角天的另一种乐器四分法源自月主。

角天在《乐舞渊海》中提及 11 种弦鸣乐器、10 种气鸣乐器、23 种膜鸣乐器、8 种体鸣乐器的名称。这 52 种乐器部分可见于婆罗多《舞论》和那罗陀《乐舞蜜》等前人著作的记载，但也有部分不见于前人著作，它们似乎是民间乐器或莫卧儿帝国时期外来征服者带来的乐器。这体现了印度中世纪时期音乐文化的交流、融汇趋势。

角天描述了不见于《舞论》记载的弦鸣乐器的三类共 24 种手势（手指）动作（hastavyāpāra），其中包括右手 9 种、左手 2 种、双手动作 13 种。他认可婆罗多的三种弹拨风格，但融入了自己的见解，其内容更加丰富。角天介绍的弦鸣乐器大约占第六章篇幅的三分之一左右，这说明他非常重视弦乐。

角天指出："笛子由檜木、象牙、檀香树、紫檀树、铁、铜或银等制作而成。"（VI.424）[40]角天依次介绍笛子等气鸣乐器的吹奏规则，并讲述了用竹笛吹奏春天、吉祥、优美等 32 种拉格的规则等。

在介绍膜鸣乐器的规则时，角天依次涉及天鼓（dundubhi）、徘黎鼓（bherī）等。他说，与声乐有作品即歌曲一样，鼓的演奏也有作品即 vādyaprabandha（器乐作品）。（VI.943）[41]他提及的鼓乐作品包括奥塔（ota）、迦维多（kavita）等。

角天对多罗（tāla）、铜多罗（kāmsyatāla）、铃铎（ghaṇṭā）、贝壳（śukti）、薄板（paṭṭa）等八种体鸣乐器的介绍非常简略，只有 50 颂篇幅。由此可见，和弦乐、吹奏乐、鼓乐相比，作为打击乐的体鸣乐器在古印度的地位似乎是非常低的。

荷兰学者尼金惠斯认为："他（角天）的乐舞论著提到了许多古代权威学

38 陈自明：《印度音乐文化》，北京：中央音乐学院出版社，2018 年，第 103 页。
39 Someśvara, *Mānasollāsa*, Vol.3, Baroda: Oriental Research Intitute, 1961, p.83.
40 Śārṅgadeva, *Saṅgītaratnākara*, Varanasi: Chaukhamba SurbharatiPrakashan, 2011, p.526.
41 Śārṅgadeva, *Saṅgītaratnākara*, Varanasi: Chaukhamba Surbharati Prakashan, 2011, p.583.

者，成为印度音乐理论的一流著作（standard work）。后来的大多数学者随意引述这部书，他们有时还竭力把过时的音阶理论和当代音乐中的微分音联系在一起。”[42]事实的确如此。例如，角天指出：“只要看一眼或摸一下维那琴，即便是犯下杀害婆罗门等罪行的恶人，也会得到净化，升入天国，获得解脱。在这种琴中，指板（daṇḍa）是湿婆，琴弦（tantu）为高利（Gaurī）……琴轸（jīva）为月亮，金属品（sārikā）为太阳。”（VI.54-56）[43]16 世纪的《音阶月》（*Svaramelakalānidhi*）引用了这些话。（III.1-4）[44]17 世纪的《拉格启蒙》（*Ragavibodha*）也引用了这些话。（II.1-3）[45]

综上所述，角天是印度古代音乐理论史上一位承前启后的关键人物。他继承和发扬了古代圣贤的乐论思想，又开启一代乐论新潮。

第五节　舞蹈论及其历史贡献、历史影响

《乐舞渊海》被后世学者视为里程碑式著作，说明它有其独特之处。这种独特性就是它对印度古代音乐和舞蹈理论的原创性或曰独创性贡献。加拿大的印度裔学者 M.鲍斯（Mandakranta Bose）认为，这部名著在古典舞蹈论发展中的历史贡献表现在这样几个方面：确认舞蹈是一门独立而非附属于戏剧表演的艺术形式；认定 nrtya（情味舞）是一种舞蹈而非戏剧；描述当下流行的通俗舞蹈或曰地方性舞蹈（desi），以区别于婆罗多所描述的传统舞或曰经典舞（marga）；对婆罗多提及的刚舞（tandava）和柔舞（lasya）再度归类细分；将身体的舞动细分为主要部位（(anga，)、次要部位（pratyanga）和附属部位（upanga）的动作；高度重视表演美学或曰表演情味的问题，即如何通过身体的律动达成富有想象力的效果。[46]

客观而言，在目前暂时无法确定《表演镜》产生的具体时间和公元 10 世纪出现了胜财（Dhananjaya）的梵语戏剧论著《十色》（*Dasarupaka*）等复杂因

42 Emmie Te Nijenhuis, *Musicological Literature*, Wiesbaden: Otto Harrassowitz, 1977, p.12.
43 Śārṅgadeva, *Saṅgītaratnākara*, Varanasi: Chaukhamba Surbharati Prakashan, 2011, pp.484-485.
44 Rāmāmātya, *Svaramelakalānidhi*, Cidambaram: The Annamalai University, 1932, p.14.
45 Somanātha, *Rāgavibodha*, New Delhi: Indira Gandhi National Centre for the Arts, 2014, p.138.
46 Prem Lata Sharma, ed., *Sarngadeva and His Sangita-ratnakara: Proceedings of the Seminar Varanasi, 1994*, New Delhi: Sangeet Natak Akademi, 2016, p.239.

素的前提下，鲍斯的某些判断值得商榷，如她将身体舞动的三部位说归结为公元 13 世纪的角天而非《表演镜》的作者喜主首创，这或许无法获得梵学界的一致赞同。尽管如此，我们还是可以借鉴鲍斯的上述判断，对角天的原创性理论进行举例说明。

笔者认为，角天的原创性历史贡献首先是对 sangita 一词的理论阐释。他在《乐舞渊海》第一章的开头指出："声乐（gita）、器乐（vadya）和舞蹈（nrtta）三者的结合，叫做 sangita（乐舞）。它分神乐舞（marga，或译"雅乐舞"、"传统乐舞"、"经典乐舞"）和俗乐舞（desi，或译"地方乐舞"）两种。梵天发明并由婆罗多等人首先在湿婆面前表演的，便是神乐舞，它确能赐福。包含声乐、器乐和舞蹈且满足不同地区人们欣赏情趣的，便是俗乐舞。"[47]这种发前人之未发的乐舞一体观，还可见于《乐舞渊海》第七章的相关论述，例如："通晓舞蹈、声乐和器乐的乐舞三合一（tauryatraya），健谈，容貌俊秀，服饰秀美，精通愉快地颂神，在大家面前嬉笑逗趣，善于演奏乐器，他可称为乐舞上师（acarya）。"[48]再如："智者期望乐舞三合一（tauryatrika）中充满味，因此，现在通过一般的、特殊的方法讲述味。"[49]《乐舞渊海》还指出："器乐导引舞蹈，而声乐导引器乐，因此，声乐的地位重要，首先得说明它。"[50]由此可见，以角天为代表的古代印度艺术理论家将音乐与舞蹈视为水乳交融的一种艺术形式，因此，sangita 的准确译法应为"乐舞"，译为"音乐"只是一种权宜而已。在《舞论》中，我们不难发现类似的思维早已隐约存在。例如，《舞论》第 32 章指出："歌声在前，器乐在后，舞蹈相随。歌声与器乐、肢体（舞蹈）的配合，叫做表演（prayoga）。"[51]婆罗多在聚焦戏剧表演的前提下论述乐舞，因此其乐舞一体的萌芽思想没有以专门的术语进行概括，但角天不同，他聚焦独立于戏剧表演的乐舞艺术，在关注舞蹈和音乐的大前提下思考问题，因此其《乐舞渊海》以明确的术语即 tauryatraya（乐舞三合一）弥补了这一巨大的遗憾。[52]角天的乐舞合一观或乐舞一体观，既是印度古代乐

47 Sarngadeva, *Sangitaratnakara*, Varanasi: Chaukhamba Surbharati Prakashan, 2011, p.6.
48 Sarngadeva, *Sangitaratnakara*, Varanasi: Chaukhamba Surbharati Prakashan, 2011, p.810.
49 Sarngadeva, *Sangitaratnakara*, Varanasi: Chaukhamba Surbharati Prakashan, 2011, p.813.
50 Sarngadeva, *Sangitaratnakara*, Varanasi: ChaukhambaSurbharatiPrakashan, 2011, p.7.
51 Bharatamuni, *Natyasastra*, Vol.2, Varanasi: Chaukhamba Sanskrit Series Office, 2016, p.136.
52 尹锡南：《舞论研究》（上），成都：巴蜀书社，2021 年，第 421 页。

舞艺术发达的时代结晶，也是印度古代乐舞论者审时度势、顺应潮流的理论创新。

歌舞一体或乐舞不分的传统思维，在古代艺术表演中反映得最为充分。江东先生指出：“三位一体的‘乐’的形式，是印度古典舞的一个显著特征，它恰巧又暗合了中国古代传统乐舞的模式。”[53]这里的“乐”，实指角天所谓的 saṅgīta 即“乐舞”。印度古代的乐舞观念似乎与中国古代的乐舞表演实践存在某种关联，如当代学者对“大曲”的描述是：“所谓大曲，是器乐、声乐与舞蹈的综合艺术，其渊源甚古。”[54]联系《霓裳羽衣曲》等中国唐代的歌舞大曲存在天竺乐舞影响因素这一点看，印度古代乐舞似乎影响了中国古代的音乐艺术。历史地看，角天的《乐舞渊海》出现在唐代以后数百年间，因此不能断言他的理论影响了唐代的乐舞表演。不过，仍可如此断言：中印古代的乐舞表演具有相当程度的可比性。

其次，如抛开成型日期未定的《表演镜》，《乐舞渊海》的确可以视为将舞蹈、音乐视为独立艺术形式的最早的梵语艺术论著。这种独立的艺术门类有别于婆罗多意义上的音乐和舞蹈，因为《舞论》是在论述戏剧艺术的大前提下观察和思考音乐、舞蹈艺术的。从《乐舞渊海》前六章论述音乐、后一章专论舞蹈且兼及味论的布局看，舞蹈艺术的地位似乎不及音乐艺术，但是，角天毕竟朦胧地意识到了舞蹈的相对独立性。正因如此，sangita 一词不见于《舞论》或《表演镜》、《俗乐广论》，足以证明角天是在创新的意义上运用这一词汇的。

10 世纪的《十色》似乎将 nrtya（情舞）视为表现情的一种介于戏剧和舞蹈之间的艺术形式。黄宝生先生将其译为“模拟”[55]，似属权宜。达尼迦（Dhanika）的《十色注》（*Avaloka-tika*）的相关解说是：“戏剧（natya）以味为基础，而情舞（nrtya）以情为基础。”[56]角天将胜财和喜主的思想进行综合后得出结论：“身体各个部位的表演就是情舞，两种有名的戏剧论如此解说传统的情舞（marganrtya）一词。”[57]“两种有名的戏剧论”具体所指不详，或许

53 江东：《印度舞蹈通论》，上海：上海音乐出版社，2007 年，第 50-51 页。
54 李小荣：《变文讲唱与华梵宗教艺术》，上海：上海三联书店，2002 年，第 168 页。
55 黄宝生编译：《梵语诗学论著汇编 · 增订本》（上），北京：中国社会科学出版社，2019 年，第 732 页。
56 Fitz Edward Hall, *Dasarupam of Dhananjaya with Avaloka-tika by Dhanika*, Delhi: Parimal Publications, 2009, p.3.
57 Sarngadeva, *Sangitaratnakara, Varanasi: Chaukhamba Surbharati Prakashan*, 2011, p.629.

是指《舞论》与《表演镜》。因此，将角天视为对 nrtya 的舞蹈性最早进行确认的古代智者，应无不妥。

顺应时代的发展，公元 7 世纪的摩腾迦在其《俗乐广论》中，对《舞论》记载的传统音乐和当时流行的通俗音乐进行了雅俗划分。这便是印度古典音乐理论发展史上著名的雅俗二分法。摩腾迦认为："女子、儿童、牧人、国王在其各自地域随心所欲、尽情吟唱的歌曲，就是通俗音乐（desi）。传统音乐（marga）分为定曲（nibaddha）与散曲（anibaddha）。"[58]这种音乐论的雅俗二分法不仅被角天贯彻到其音乐论中，也被他移植于舞蹈论中。自然，这种理论移植带来的是一种创新。例如，角天说："接下来，湿婆的宠儿（角天）根据地方传统，讲述在每一个地方美名远扬的古代的跳跃动作（utplutikarana）。"[59]utplutikarana 中的 karana 一词，在这里失去了《舞论》中充当湿婆刚舞动作的传统含义，从而演变为当下流行的舞蹈动作。角天还在婆罗多论述的 32 种传统的基本步伐之外，提出两类计 54 种地方性基本步伐。角天说："两类地方性基本步伐总数为 54 种。传统的、地方性的基本步伐总计 86 种。现在我们依次讲述这些基本步伐的特征。"[60]角天还论及两类舞蹈风格：传统的舞蹈风格（suddhapaddhati）、高达利风格（gaundali）和毗罗尼风格（peranin）等两种地方风格（desipaddhati）。[61]

由于舞蹈是一种空间表演艺术，随着时代的发展，必然会产生内容的变化，这就必然引起表演方式的变异。因此，不难理解这么一种历史事实：《舞论》对身体各个部位动作的描述，在角天等后来的梵语文艺理论家笔下被经典化（marga）的同时，又演化出更多切合时代地域特征的地方风格亦即流行风格或世俗风格。[62]

角天对婆罗多提及的刚舞和柔舞再度归类细分，不仅体现在上述的"跳跃动作"和 54 种地方性基本动作中，还体现在他的"柔舞支"（lasyanga）论

58 Matanga, *Brhaddesi*, Vol.1, New Delhi: Indira Gandhi International Centre for the Arts, 1992, p.4.

59 Sarngadeva, *Sangitaratnakara*, Varanasi: Chaukhamba Surbharati Prakashan, 2011, p.737.

60 Sarngadeva, *Sangitaratnakara*, Varanasi: Chaukhamba Surbharati Prakashan, 2011, pp.756-757.

61 Sarngadeva, *Sangitaratnakara*, Varanasi: Chaukhamba Surbharati Prakashan, 2011, pp.802-810.

62 尹锡南：《舞论研究》（下），成都：巴蜀书社，2021 年，第 711 页。

述中："吒厘、吒厘婆荼、罗提、淑迦、乌罗迦那、陀娑迦、盎迦诃罗、奥耶罗迦、吠诃司、摩纳，这是通晓地方风格的智者认可的、流行于各个地方的十种柔舞支。"[63]这是《舞论》或《表演镜》中均未提及的一些当时流行的地方舞。在此意义上重温印度当代学者的判断是极为合适的："角天在其著作中论述了古代和中世纪的两种传统音乐、舞蹈。古代的传统乐舞（marga sangita）的论述，与传统的经论相一致；地方性乐舞（desi）的叙述，则与他那个时代的艺术实践相契合。"[64]

英国学者指出，《乐舞渊海》在印度古代乐舞论著中的重要地位"仅次于婆罗多的《舞论》"。[65]加拿大的印度裔学者 M.鲍斯（Mandakranta Bose）指出："在梵语舞蹈和音乐论著的历史上，角天占有非常重要的地位（seminal position）。"[66]这说明《乐舞渊海》在古代乐舞论发展史上具有举足轻重的地位，它既可承前，自然也可启后。这种启后，便是其舞蹈论、音乐论对于 16 世纪的《乐舞论》、17 世纪的《乐舞那罗延》等后世梵语乐舞论著的深刻影响。下边先围绕三个重要的舞蹈术语举例说明。

《乐舞渊海》对舞蹈的分类，分明可见婆罗多《舞论》第 4 章和喜主《表演镜》的深刻影响。从婆罗多开始的 nrtta（纯舞）和 natya（戏剧）概念，经过喜主《表演镜》和 10 世纪戏剧理论家胜财的《十色》的重新阐发，到了 13 世纪的《乐舞渊海》，其内涵开始定型，其结果就是舞蹈三分法：纯舞、情味舞、叙事舞（剧舞）。这种新的舞蹈理论格局形成的历史与文化背景是：一方面是传统或经典的戏剧或舞蹈早已定型，另一方面是通俗的、流行的舞蹈理论与戏剧（次色）理论开始"话语软着陆"，它们逐渐远离婆罗门或梵语文化而向各个方言区、方言文艺理论语境，向民间层面而非婆罗门知识分子文化圈转移。[67]

瓦赞嫣的话可以证明这一点："关于经典（marga）和通俗（desi）的探讨，

63 Sarngadeva, *Sangitaratnakara*, Varanasi: Chaukhamba Surbharati Prakashan, 2011, p.793.
64 Sarngadeva, *Sangitaratnakara*, "Introduction," Varanasi: Chaukhamba Surbharati Prakashan, 2011, p.21.
65 Richard Widdess, *The Ragas of Early India: Modes, Melodies and Musical Notations from the Gupta Period to c. 1250*, Oxford: Clarendon Press, 1995, p.161.
66 Prem Lata Sharma, ed., *Sarngadeva and His Sangita-ratnakara: Proceedings of the Seminar Varanasi, 1994*, New Delhi: Sangeet Natak Akademi, 2016, p.238.
67 尹锡南：《舞论研究》（上），成都：巴蜀书社，2021 年，第 452 页。

有过长期而复杂多维的历史认知，这种思考限定在印度艺术范畴内。《乐舞那罗延》提供了这么一种观点或一幅图景。”[68]17 世纪的《乐舞那罗延》的相关描述说明，《表演镜》和《乐舞渊海》出现以后的舞蹈三分法已深入人心。由此可见，nrtta、nrtya 和 natya 的内涵都在 14 世纪左右完成了经典化与通俗化（即地方化）的分野，这是历史与现实的二分法，也是艺术理论与舞蹈实践的辩证法。由此可见，联系《乐舞渊海》等梵语文艺理论经典，梳理印度古典梵语文艺理论中的三个关键词 nrtta、nrtya 和 natya，就是对印度古典梵语文艺发展演变、对印度中世纪以来各个方言区文学与艺术发展的历史轨迹的一次梳理。[69]

印度古代文艺理论审美范式的转型，与中国古代美学发展的趋势有着某种程度的相似。张法先生指出：“中国美学整体，可以从多方面予以考察。从社会结构方面看，可以分为朝廷美学、士人美学、民间-地域美学、城市-市民美学。”[70]在他看来，民间地域美学是中国宇宙观产生的中国天下观衍生而出的内涵丰富的美学，是中国美学整体结构的深厚沃土。“士人美学和朝廷美学都以之作为基础，并把自己的正常运行建立在民间-地域美学正常运作的基础之上。从中国美学的基础来讲，市民美学也是基础。”[71]印度古代文艺理论发展中的雅俗转换、雅俗并存，与中国古代美学体系四种表现形态或曰背景的共生共荣，存在着某种可比性。“市民美学”似乎也在印度古代舞蹈论发展中扮演了重要的角色。

角天的传统舞蹈（经典舞蹈）与地方舞蹈（流行舞蹈或曰通俗舞蹈）二分法，对于后来的乐舞论者影响深刻。换句话说，印度古典音乐论的雅俗转换或雅俗并存趋势始于 7 世纪的摩腾迦《俗乐广论》，而印度古典舞蹈论的雅俗转换、雅俗并存却始于 13 世纪的角天《乐舞渊海》。例如，《乐舞那罗延》写道：“（叙事舞、情味舞和纯舞）这三者都可以分为传统舞（marga）、地方舞（desi）两类。传统的（乐舞）如此解说：梵天等认可、婆罗多等人在湿婆面前表演的神乐（gandharva）、器乐和舞蹈，称为传统乐舞。地方的（乐舞）如此解说：令每一个地域的国王满心欢喜，歌曲、器乐和舞蹈都为地方风格，智者称其为

68 Purosottama Misra, *Sangitanarayana*, Vol.1, “Foreword,” New Delhi: Indira Gandhi National Centre for the Arts, 2009, x.
69 尹锡南：《舞论研究》（上），成都：巴蜀书社，2021 年，第 453 页。
70 张法：《中国美学史》，成都：四川人民出版社，2021 年，第 535 页。
71 张法：《中国美学史》，成都：四川人民出版社，2021 年，第 535 页。

地方乐舞。”[72]《乐舞论》则以规则舞（bandhaka）、自由舞（anibandhaka）指称所有的经典（传统）舞与地方（民间流行）舞。这种规则舞不是传统意义上的经典舞或传统舞，因为其中包含了以地方语言表演的地方舞或曰地方传统舞。该书还提到了当时印度的外来征服者所创作的舞蹈作品“遮迦底舞”（jakkadi）：“歌曲以波斯语（yavanibhasa）创作而成……（舞女用手）托住莎丽的边缘，它装饰着‘阿亢迦’；以三种不同的速度多方表演这种奇妙的舞蹈；舞蹈中四肢柔美，旋转动作等光彩照人……这是遮迦底舞。波斯的学者们以自己的语言（波斯语）唱起它的序曲等，这是所谓的遮迦底歌，它深受外国人（yavana，即波斯人）的喜爱。”[73]

就《舞论》的各种站姿、行姿（步姿）、坐姿和躺姿而言，后人也在遵从婆罗多的前提下，有不同程度的发挥和改变。例如，《乐舞渊海》遵从婆罗多的 6 种男性站姿，但将女性站姿扩展为 7 种：展左式、展右式、马跃式、犹疑式、期盼式、爱神式、旋转式。14 世纪的瓶耳王（Kumbhakarna）所著《舞蹈宝库》（*Nrtyaratnakosa*）也遵从这一做法，叙述了男性 6 种站姿和女性 7 种站姿，并介绍了 23 种地方性站姿（desisthanaka）。

《乐舞渊海》提出的“乐舞三合一”概念也影响了后来的乐舞论著，如《乐舞论》在界定理想观众和舞台监督的时候，也将精通“乐舞三合一”视为必备条件之一。

值得一提的是，被普遍视为最后一位真正的梵语诗学家的世主（Jagannatha），在其于 17 世纪撰写的梵语诗学名著《味海》（*Rasagangadhara*）中破天荒地提到了角天的《乐舞渊海》。这在 13 世纪以后的梵语诗学家中是较为罕见的，自然也显示了《乐舞渊海》几可匹敌于《舞论》的巨大影响。世主说：“如果说戏中所思考的普遍化的对象（visaya）被视为有碍（平静味的感知体验），那么其作为所缘情由的尘世无常（samsaranityatva），作为引发情由的聆听《往世书》、亲近善士、看见苦行林（punyavana）和圣地（tirtha）等行为，都可能成为阻碍（平静味感知的）世俗外境。因此，《乐舞渊海》最后一章（第七章）说：‘有些人说，平静味由静而成，且与演员无关，戏中只有八种味。不应有这种质疑，因为演员不体验任何味，观众才品尝味，演员只是呈

72 Purosottama Misra, *Sangitanarayana*, Vol.2, New Delhi: Indira Gandhi National Centre for the Arts, 2009, pp.404-406.

73 Pundarika Vitthala, *Nartananirnaya*, Vol.3, New Delhi: Indiara Gandhi National Centre for the Arts, 1998, p.166.

现味的一种工具。'（VII.1370-1371）[74]这个例子说明，即使在戏剧中仍然存在平静味。即便那些不认可戏中存在平静味的人，也不妨碍他们承认《摩诃婆罗多》等作品存在突出的平静味，因为所有世人都有成功的体验，必须承认诗中有平静味。"[75]

《乐舞渊海》对于后世的巨大影响，还典型地体现在某些乐舞论著对其文字的完全承袭、大段抄用。这方面的典型是16世纪的般多利吒·韦陀罗所著《乐舞论》。它或许是为了避免后人指责，将角天的说法强加在古人婆罗多头上。例如，角天在《乐舞渊海》中这么写道："伴随优美的节奏，身体两边逐渐弯成弓形，无虑者（角天）说它是盎迦诃罗。"[76]16世纪的《乐舞论》基本上沿袭了角天的说法，但却将其视为源自《舞论》："伴随优美的节奏，身体两边逐渐弯成弓形，婆罗多说它是盎迦诃罗（angahara）。"[77]由此可见，作者只承认借鉴婆罗多《舞论》，有意遮蔽自己沿袭、改写《乐舞渊海》许多段落的意图和事实。再如，《舞蹈宝库》的作者瓶耳王在讲述一种女性站姿时写道："身体呈自然状态，双脚直立，间距为一札（vitasti），国王（瓶耳）说这是自然式（samapada）。"[78]这里的介绍，实则源自《乐舞渊海》第七章："身体呈自然状态，双脚直立，间距为一札，角天说这是自然式。"[79]由此可见，瓶耳王刻意将角天的观点据为己有。上述两例非常雄辩而形象地说明了《乐舞渊海》之于后来的乐舞论者的历史影响。由此可见，加拿大著名梵语学者、印度古典舞蹈理论研究专家M.鲍斯关于16世纪《乐舞论》的下述论断基本正确："整理文献资源中发现的舞蹈技巧显示，印度舞蹈是如何经历了旧风格延续和新风格崛起的发展变迁。我们对舞蹈技巧的研究说明，当代印度古典舞更多地直接源自晚近的舞蹈指南、尤其是《乐舞论》中记载的传统，而非源自《舞论》的古老传统。这显示那些在婆罗多时代处于边缘化存在的风格流派，不仅

74 Śārṅgadeva, *Saṅgītaratnākara*, Varanasi: Chaukhamba Surbharati Prakashan, 2011, p.815.

75 Jagannātha, *Rasagaṅgādhara*, Delhi: Motilal Banarsidass, 1983, p.37.

76 Sarngadeva, *Sangitaratnakara*, Varanasi: Chaukhamba Surbharati Prakashan, 2011, p.794.

77 Pundarika Vitthala, *Nartananirnaya*, Vol.3, New Delhi: Indira Gandhi National Centre for the Arts, 1998, p.104.

78 Kumbhakarna, *Nrtyaratnakosa*, Part.1, Jodhpur: Rajasthan Oriental Research Institute, 1957, pp.114.

79 Sarngadeva, *Sangitaratnakara*, Varanasi: Chaukhamba Surbharati Prakashan, 2011, p.779.

为舞蹈主流所接纳，并且最终成了主流。这种演化进程因而是一种动态发展而非静态存在。”[80]这说明，《乐舞论》和《舞蹈宝库》等后来出现的乐舞论著的舞蹈论，确实更多地源自 13 世纪的《乐舞渊海》而非在其一千多年前出现的婆罗多《舞论》。

综上所述，《乐舞渊海》的音乐论和舞蹈论内容丰富，影响深远，也是印度古典艺术论宝库的一笔财富。角天乐舞论对我们在古为今用、洋为中用的前提下构建中国特色的当代艺术理论话语体系提供了参考。

80 Mandakranta Bose, *Movement and Mimesis: The Idea of Dance in the Sanskrit Tradition*, New Delhi: D.K. Printworld, 2007, p.260.

第十二章　般多利迦·韦陀罗的《乐舞论》

般多利迦·韦陀罗（Pandarika Vitthala，下简称韦陀罗）生活于 16 世纪末至 17 世纪初。他是婆罗多（Bharata）、角天（Sarngadeva）之后最有代表性的北印度古典乐舞论者。他的艺术论著包括《美妙拉格月升》（*Sadragacandrodaya*）、《拉格花簇》（*Ragamanjari*）、《拉格蔓》（*Ragamala*）、《乐舞论》（*Nartananirnaya*）等。其中，《乐舞论》一书是韦陀罗的代表作。《美妙拉格月升》、《拉格花簇》、《拉格蔓》是其梵语代表作《乐舞论》的理论预演，相当于《乐舞论》的三部"前奏曲"。韦陀罗生活于莫卧儿帝国阿克巴大帝（Akbar，1542-1605）时期的南印度卡纳塔克一带，但他后来迁徙到北印度宫廷中生活。他精通南印度音乐、北印度音乐和波斯音乐，也是一位优秀的舞蹈专家。"他写作《乐舞论》的目的是取悦阿克巴在音乐和音乐理论方面的爱好……或者是出于后者的要求。这种皇室之邀在那些时候相当普遍。"[1]由于韦陀罗与宫廷关系紧密，他的乐舞论更多地反映了卡塔克舞等北印度艺术表演实践，因此被后世学者视为北印度乐舞理论家。韦陀罗的音乐论借鉴了婆罗多、角天和罗摩摩底耶等前人的著作，但又有自己的一些创意。韦陀罗列举的波斯拉格及其相似的印度本土拉格名称，是印度音乐与外来的波斯音乐交流融合的历史见证。韦陀罗对旋转舞、脚铃声和棍棒舞等的介绍，对于我们观察当今仍在印度流行的卡塔克舞

1 Pundarika Vitthala, *Nartananirnaya*, Vol.1, "Introduction," New Delhi: Indira Gandhi National Centre for the Arts, 1994, p.19.

和棍棒舞等，具有重要的参考价值。韦陀罗的舞蹈二分法（规则舞和自由舞）将角天等开创的雅俗共存的论述模式推进到雅俗转换阶段，这是其《乐舞论》对印度古代舞蹈理发展的重要历史贡献。韦陀罗是承先启后的重要乐舞论者之一。他的几部梵语乐舞论著在印度古代音乐理论史上留下了浓墨重彩的一笔。但是，迄今为止，国内学界对韦陀罗的介绍仍是一片空白。因此，本章尝试对韦陀罗的音乐论和舞蹈论进行简介。

第一节 《乐舞论》的三部“前奏曲”

韦陀罗的《美妙拉格月升》写于 1560 年至 1570 年之间。这是一部约 300 颂的小书，依次分为四章，先后论述基本乐理、维那琴、拉格型音阶、装饰性颤音和拉格引子等。

韦陀罗的基本乐理大体上承袭摩腾迦（Matanga）和角天等前人的观点。例如，韦陀罗认为气息从肚脐依次升至心（胸部）、颈（喉）、头、口，然后产生声音。在肚脐和心等五处发出的声音，分别称为极微音、微妙音、清音、浊音、假音（sukrtrima）。心中、颈部、头部分别发出低音、中音、高音等三类声音，它们的音高依次增倍。由于气息（风）的吹动，它们 22 条曲折蜿蜒的脉管（nadi）产生了音量渐高的 22 个微分音。同理，颈部和头部也会产生 22 个微分音。（I.17-21）[2]这些观点源自《乐舞渊海》。（I.3.1-11）[3]当然，《乐舞渊海》的观点也是承袭、发展《俗乐广论》而来的。

韦陀罗认为，从微分音中依次产生七种音名（svara）：具六、神仙、持地、中令、第五、明意、近闻。“牟尼之尊（婆罗多）等人认为孔雀、饮雨鸟、山羊、凤凰、杜鹃鸟、青蛙、象分别发出以具六为首的七个音名。”（I.25）[4]这些观点也见于韦陀罗后来撰写的《乐舞论》中（III.1.47）。

罗摩摩底耶（Ramamatya）在《音阶月》（*Svaramelakalanidhi*）中并未认可角天确认的 19 种音，他认可七个自然音和七个变音，总计 14 种音。韦陀罗认可这一说法，但是却没有提及罗摩摩底耶的名字。韦陀罗说：“我的观点是，所有的自然音和变音加在一起，为 14 种音。”（I.29）[5]值得注意的是，韦陀

2 Pundarika Vitthala, *Sadragacandrodaya*, Bombay: Nirnaya Sagar Press, 1912, p.5.

3 Sarngadeva, *Sangitaratnakara*, Varanasi: Chaukhamba Surbharati Prakashan, 2011, pp.31-33.

4 Pundarika Vitthala, *Sadragacandrodaya*, Bombay: Nirnaya Sagar Press, 1912, p.5.

5 Pundarika Vitthala, *Sadragacandrodaya*, Bombay: Nirnaya Sagar Press, 1912, p.5.

罗在介绍变音的时候，以 laghu 一词取代了角天和罗摩摩底耶用来表示变音概念的 cyuta 一词，后来的月主（Somanatha）则以 mrdu 一词取而代之。

韦陀罗认为声调的特殊组合是装饰音（alankara）。他介绍了 32 种装饰音。他认可婆罗多以来的装饰音四分法。

韦陀罗认可罗摩摩底耶对维那琴上方四根琴弦、下方三个琴弦的相关论述，并按照后者的方法介绍了各个品位（sari）的设置法。（II.10-17）[6]他还对为何不设置四音程（过渡）持地和四音程（轻柔）近闻的品位作了说明。他认为，这两个品位靠得太近，不便于器乐演奏。“般多利迦·韦陀罗所论述的维那琴几乎等于我们现代的维那琴，他的调弦和品位设置（和现代的方法）相似。”[7]

荷兰学者尼金惠斯指出：“在北印度音乐中运用罗摩摩底耶的 19 个拉格型基本音阶体系的第一位音乐理论家是般多利迦·韦陀罗。”[8]的确如此，韦陀罗依据《音阶月》，介绍了 19 种拉格型音阶名称，但其中的许多音阶名拼写不同。韦陀罗对每一种拉格音阶及其派生的拉格作了解说。例如：“穆羯哩（mukhari）音阶采用七个自然音名，穆羯哩音阶产生穆羯哩等各种拉格。它以具六音为首音、基音和尾音，适合随时歌唱。”[9]韦陀罗以 mela 一词指代拉格型音阶。

韦陀罗的拉格分类法意义重大：“北印度音乐家们会发现这种分类非常有意思。他们将在这些拉格名单中找到自己的拉格。这些拉格中的一部分后来似乎将其原来的音名一直保持至今。（韦陀罗的）这部书因此具有卓越的历史意义。”[10]韦陀罗还提及 15 种装饰音（gamaka）、7 种乐句（sthaya）和一些地方性拉格。

综上所述，《美妙拉格月升》虽然是一部不足 30 页的小书，但却承载着非常丰富而宝贵的历史信息，因此在印度音乐理论史上留下了不可磨灭的一笔。

写于 1570 年的《拉格花簇》和写于 1576 年的《拉格蔓》同样均为不足 30

6 Pundarika Vitthala, *Sadragacandrodaya*, Bombay: Nirnaya Sagar Press, 1912, p.11.

7 V. N. Bhatkhande, *A Comparative Study of Some of the Leading Music Systems of the 15th, 16th, 17th and 18th Centuries*, Madras, 1949, p.46.

8 Emmie Te Nijenhuis, *Musicological Literature*, Wiesbaden: Otto Harrassowitz, 1977, p.22.

9 Pundarika Vitthala, *Sadragacandrodaya*, Bombay: Nirnaya Sagar Press, 1912, p.14.

10 V. N. Bhatkhande, *A Comparative Study of Some of the Leading Music Systems of the 15th, 16th, 17th and 18th Centuries*, Madras, 1949, p.50.

页的小书。“《拉格蔓》确实不是一部单独的、独立的著作，它包含在《乐舞论》第三章（拉格论）第一部分，是其整体的一部分，二者在字面上保持一致；也许它是从后者（即《乐舞论》）提取而成的一部独著。”[11]

在《拉格蔓》的开头，韦陀罗先提及几种主要的拉格名称，再道出自己写作《拉格蔓》的目的：讲述拉格的成因和种类等。和《美妙拉格月升》的开头部分一样，在引出声音的产生和种类后，韦陀罗开始介绍音名、微分音、音域、基本音阶、装饰音等基本乐理。[12]这些话后来出现在《乐舞论》第三章中。

《拉格花簇》和《拉格蔓》、《美妙拉格月升》一样，先后介绍微分音、音名、基本音阶、变化音阶、音阶组合等，然后介绍拉格的种类，其观点大多类似，但也有少数地方存在差异。

韦陀罗在《拉格花簇》中提出了一个概念即相当于升高一个微分音或微音程的 gati（度），这是对微分音理论的新贡献。他说：“同化音和微妙音、过渡音和轻柔音依次为持地音的第一和第二度、近闻音的第一度和第二度。”[13]韦陀罗还说：“歌手们到处唱起以具六音阶为基础创作的歌曲，因此，只有具六音阶最重要，其他的基本音阶不重要。”[14]

《拉格花簇》的末尾列举了 15 种波斯拉格（parasikeyaraga），它们采用七声音阶和所有的装饰音。它们的名称是：rahayi、nisabara、mahura、jangula、ahamgaka、bara、suhva、irayaka、hauseni、musalikaka、yamana、sarparda、bakhareja、hijejaka、musaka。[15]这些波斯拉格均与某种印度本土拉格相当或相似。“般多利迦·韦陀罗给这些波斯拉格配备了相应的印度拉格，对音乐学者而言，无疑是做了一件大善事。印度拉格的名称采用第七格的语尾音阶中。”[16]韦陀罗列举的前述波斯拉格及与其相似的印度拉格名称，是印度音乐与外来的波斯音乐交流融合的历史见证。

---

11 Pundarika Vitthala, *Nartananirnaya*, Vol.1, “Introduction,” New Delhi: Indiara Gandhi National Centre for the Arts, 1994, p.1.

12 Pundarika Vitthala, *Ragamala*, Bombay: Nirnaya Sagar Press, 1914, pp.1-5.

13 Pundarika Vitthala, *Ragamanjari*, Poona: Arya Bhushan Press, 1918, p.4.

14 Pundarika Vitthala, *Ragamanjari*, Poona: Arya Bhushan Press, 1918, p.5.

15 Pundarika Vitthala, *Ragamanjari*, Poona: Arya Bhushan Press, 1918, p.19.

16 V. N. Bhatkhande, *A Comparative Study of Some of the Leading Music Systems of the 15th, 16th, 17th and 18th Centuries*, Madras, 1949, p.60.

第二节　《乐舞论》的音乐论

韦陀罗在完成完成前述三部音乐论小书后，撰写了篇幅巨大的梵语论著《乐舞论》。该书原著似有五品，但现存抄本只有四品。《乐舞论》现存四品的大致内容是：第一品为体鸣乐器论，共计 260 颂；第二品为膜鸣乐器论即鼓乐论，共计 116 颂；第三品为歌手论，分为拉格论和作品论两章，共计 578 颂；第四品为舞蹈论，共计 913 颂。全书总计 1867 颂，其中第四品论述舞蹈的内容占了近一半篇幅，这也恰当地体现了该书论述的旨趣所在。具体说来，该书第一品大致介绍体鸣乐器的结构、种类、制作技巧、表演方式、表演姿态等，并涉及各种节奏体系的介绍。第二品大致介绍鼓手的类别、鼓手良好素质和缺憾、鼓的种类和演奏技巧等。第三品分为“拉格”和“作品”两部分。第一部分先介绍歌手即演唱者的定义、歌手的长处和短处，再介绍各种拉格或旋律；第二部分主要从语言和音乐两个角度介绍作品即乐曲创作。第四品也分成两部分，先介绍情味舞（nartana），然后介绍纯舞（nrtta）。

毋庸置疑，韦陀罗的很多论述借鉴了婆罗多、角天和罗摩摩底耶等前人的著作，但又有自己的一些创意。下边先对韦陀罗的这部代表作的基本乐理、作品论、器乐论等进行简介。

《乐舞论》第三品虽然题为 gayakaprakarana（歌手品），但却分为论述拉格和作品题材的两章。仔细审视可知，韦陀罗的基本乐理说出现在论述拉格的第一章，它包含了乐音论、歌手论、拉格论等。

韦陀罗先后介绍了音名、微分音、音域、基本音阶、装饰音、拉格等基本乐理。韦陀罗对各种装饰音、装饰乐句、拉格引子的叙述曾经出现在《拉格蔓》中。

韦陀罗非常重视具六音在拉格中的地位。他遵循婆罗多等前人的思路指出：“具六自然是所有拉格中的首音。（拉格的开头出现的）近闻、明意和第五等音名只是音节，只是用于强化感染力，它们不是首音……婆罗多在《舞论》中提出了具六音阶和中令音阶等两种基本音阶。如第五音处于第 17 个微分音的位置，这是具六音阶；如第五音处于第 16 个微分音的位置，则为中令音阶，但它没有在任何的拉格中出现。歌手们均依据具六音阶演唱所有的拉格。因此，具六音阶而非中令音阶最为重要。七个音名有规律地升降，拉格和听众因此感到兴奋，它叫变化音阶。它有七种，第一种以中音区的具六开头，其余六种变化音阶以后面取代具六音位置的近闻音等开头，它们须在以具六音为首

的（变化音阶的）基础上拓展衍生。具六音如何变化位置，变化音阶也以此类推。”（III.1.45-55）[17]

韦陀罗遵循角天等前辈学者吸纳数学方法论述音乐理论的传统。他对四种声调（varna）的介绍与婆罗多等保持一致：“在拉格等（作品）的实际演唱中，重复唱某个音名，这叫平调。唱歌时音名上升，这是升调；唱歌时音名下降，这是降调。（这三种音名的）混合运用，叫作混合调。”（III.1.70-72）[18]韦陀罗的上述观点或介绍，绝大部分出现在《拉格蔓》的开头部分。

拉格论是《乐舞论》的重点或核心内容。他对66种拉格的三分法（主拉格即阳性拉格、派生拉格即阴性拉格和子拉格）与罗摩摩底耶的三分法（上、中、下三等拉格）明显不同。“拉格再度分为三类：阳性拉格、阴性拉格和子拉格。这是地地道道的北印度拉格分类风格。”[19]韦陀罗也不同于两个世纪之前的甘露瓶（Sudhakalasa），后者论及阳性拉格及其派生的阴性拉格，但未涉及子拉格。

韦陀罗在解说66种拉格时，承袭了甘露瓶等前辈理论家的“拉格禅”艺术叙事，但透射出更多的时代气息：波斯拉格与印度传统拉格的融合趋势。例如，韦陀罗指出：“摩罗婆（malava）源自‘高德’拉格的音名组合，神仙和第五可有可无，以近闻为基音和尾音。他立足英勇味和艳情味，他有美丽的鹦鹉相。他是（波斯拉格）‘穆娑利迦’（musalika）的朋友，脸若红莲，眼如红莲，身穿白衣，脖子上挂着花环等饰物。他是拉格王（ragaraja），擅长夜晚在众人面前表演（歌唱）。”（III.1.209）[20]

韦陀罗在介绍基本乐理时，还借鉴角天的观点，介绍了歌手的必备素质（即优良品质）和缺陷。韦陀罗还介绍了词曲作者的品质、歌德和歌病等。

关于作品体裁的相关定义和类别划分等，韦陀罗几乎是全盘照搬《乐舞渊海》第四章和《乐舞奥义精粹》第一章等前人著作的相关论述。韦陀罗对各类作品（歌曲）的解说大多依据《乐舞渊海》。他还解说了《乐舞渊海》等前人

17 Pundarika Vitthala, *Nartananirnaya*, Vol.2, New Delhi: Indira Gandhi National Centre for the Arts, 1996, pp.8-10.

18 Pundarika Vitthala, *Nartananirnaya*, Vol.2, New Delhi: Indiara Gandhi National Centre for the Arts, 1996, p.12.

19 V. N. Bhatkhande, *A Comparative Study of Some of the Leading Music Systems of the 15th, 16th, 17th and 18th Centuries*, Madras, 1949, p.51.

20 Pundarika Vitthala, *Nartananirnaya*, Vol.2, New Delhi: Indiara Gandhi National Centre for the Arts, 1996, p.50.

著作没有涉及的一些地方性歌曲。韦陀罗的作品体裁论新意不多，但其介绍较为系统，且介绍了当时流行的一些新歌曲，仍然值得重视。

韦陀罗高度赞扬器乐表演者的姿态，在此前的乐舞论者笔下较为少见。他说："作为诗人（kavi），实为智慧的化身，纵情作诗（kavya），以诗律和语言抒发心灵，实为耳朵的盛宴。同样，器乐手应以任何合适的节奏，结合三种令人喜爱的声调，创作器乐作品。人们称这种器乐手为诗人。"（I.43-44）[21]这说明，韦陀罗是印度古代较为少见的高度重视器乐表演的理论家。他依据《乐舞渊海》的相关说法，对体鸣乐器进行赞美："工巧天创造了两片圆形的黄铜乐器，极为鲜艳夺目，它们名叫 sakti（萨克提）与 sankara（湿婆），分别发出低音和高音……须以'湿婆'敲击'萨克提'，不能以'萨克提'敲击'湿婆'。'萨克提'发音微弱，'湿婆'发音响亮。左手握'萨克提'，右手握'湿婆'。如此这般，将获马祭之果，否则便是罪业。"（I.53-58）[22]

韦陀罗和以往的大多数乐论家不同，他专章论述很少有人关注的体鸣乐器。他的器乐论以体鸣乐器论开始，再论鼓乐。

韦陀罗在解说器乐作品时，借鉴《舞论》和《乐舞渊海》的相关论述，介绍了两类节奏体系：传统节奏和地方节奏。韦陀罗对 86 种地方性节奏的叙述内容丰富，大部分内容依据前人。他以音节组合（prastara）、音名数量（sankhya）等四种要素，讲述了辨认地方性节奏的方法。这是承袭角天以数学方法介入音乐论的做法。

综上所述，韦陀罗的很多论述借鉴了婆罗多、角天和罗摩摩底耶等前人的著作。"韦陀罗主要借鉴两大权威即婆罗多和角天。他试图（但却徒劳）不承认借鉴神弓天而将自己的著作归功于婆罗多……因此，即便韦陀罗声称他的著作以很多权威为基础，但他主要还是依赖于《舞论》和《乐舞渊海》。"[23]当然，也不能因此完全否定该书的历史贡献和学术价值。这是因为："因其标准量化，《乐舞论》是印度音乐史上非常重要的里程碑著作，它的前半部分首次设计了一种科学的弦乐表，其后半部分则为所有可能存在的拉格型音阶制定了系统的数学型图标。《乐舞论》成熟于印度音乐和舞蹈复兴的沸腾时代，是

21 Pundarika Vitthala, *Nartananirnaya*, Vol.1, New Delhi: Indiara Gandhi National Centre for the Arts, 1994, pp.106-108.

22 Pundarika Vitthala, *Nartananirnaya*, Vol.1, New Delhi: Indiara Gandhi National Centre for the Arts, 1994, p.110.

23 Pundarika Vitthala, *Nartananirnaya*, Vol.1, "Introduction," New Delhi: Indiara Gandhi National Centre for the Arts, 1994, p.69.

这一时代的领跑者之一。”[24]通观全书,《乐舞论》与类似著作相比,在章节布局、主题结构和阐释等方面截然不同。它的每一章都包含某些具有原创性的叙述。例如,在第一章中,该书首次提出了13种装饰音即音乐性庄严。即便是大量地借鉴早期权威著作,它也因其深入思考、合理选材、精炼集中等特点而引人瞩目,它运用简洁明了、质朴流畅的文学风格,很少陷入论争。[25]由此可见,韦陀罗以其四部篇幅不一的乐舞论著跻身于印度古代著名音乐理论家行列,是完全符合历史辩证法的。韦陀罗在南印度与北印度音乐理论分野的历史坐标上留下了厚重的一笔。

第三节 《乐舞论》的舞蹈论

韦陀罗在《乐舞论》中阐述的舞蹈分类说是角天的《乐舞渊海》之后值得关注的一种。他继承了婆罗多和角天的舞蹈分类说,又具有自己的创新。韦陀罗的舞蹈类型说是承前启后、继往开来的重要一类。

印度古代的舞蹈类型说较为丰富,先后出现了二分法、三分法甚至五分法、六分法,其中又以二分法和三分法最为普遍和知名。

历史地看,舞蹈的分类亦即舞蹈的二分法首先出现在婆罗多的《舞论》第4章,这便是刚舞和柔舞的二分法。所谓的刚舞自然可视为湿婆所创。柔舞的起源与刚舞不同,因为后者为男神神婆所创,前者为其配偶雪山女神所创。刚舞与男性刚健有力的豪放风格相关,而柔舞则与女性温柔甜美的婉约风格相关。湿婆表演的刚舞与其配偶波哩婆提表演的柔舞相辅相成、相得益彰,似乎可视为印度宗教观念中雌雄同体的特殊呈现。从另一个角度看,刚舞与柔舞体现了人类艺术活动刚柔相济的原则,也似乎在某种程度上印证了中国古代阴阳调和的思想。《舞论》提出的刚舞与柔舞概念内涵丰富,且蕴含极为深刻的宗教哲理,对后世乐舞论者影响深远。

《舞论》的刚舞、柔舞二分法在后来有了新的发展。例如,14世纪的东印度乐舞论者苏般迦罗(Subhankara)的舞蹈分类法便是如此:“因各地的情趣而知名,以节奏、音速和味为基础,包含优美的形体动作,智者称其为舞蹈。

24 Pundarika Vitthala, *Nartananirnaya*, Vol.1, “Introduction,” New Delhi: Indiara Gandhi National Centre for the Arts, 1994, p.44.
25 Pundarika Vitthala, *Nartananirnaya*, Vol.1, “Introduction,” New Delhi: Indiara Gandhi National Centre for the Arts, 1994, pp.62-63.

刚舞和柔舞为两类舞蹈。男性舞（pumnrtya）是所谓的刚舞，女性舞（strinrtya）叫柔舞。激情舞（perani）和多色舞（bahurupa）是两种刚舞。肢体动作很多，但没有表演，世人称其为地方舞中的激情舞；脸上涂满色彩，劈砍刺杀动作多，源自海神，力度强劲，这是刚舞中的多色舞。艳情舞（churita）和青春舞（yauvata）叫作两种柔舞。舞台上的一幕中，有男主角、女主角充满情味的拥抱和接吻，这是艳情舞；演员在舞台上的舞蹈温柔甜蜜而优美迷人，宛如诱人的咒术，这是柔舞中的青春舞。器乐以歌曲为基础，音速以器乐为基础，节奏源自音速，舞蹈因此进行。”[26]

苏般迦罗的舞蹈分类对于 17 世纪的普罗娑达摩·密湿罗等产生了影响。密湿罗指出：“刚舞分为两种：激情舞和多色舞。”（III.21）[27]他还指出：“柔舞是柔美的形体表演，激发情爱，它也分为两种：艳情舞、青春舞。”（III.27）[28]

在刚舞和柔舞二分法之后，出现的是另一种性质不同的舞蹈二分法：古典舞（传统舞）和地方舞（民间舞）。如果说前一种舞蹈二分法强调的是舞者的性别或舞蹈内容差异、赞美对象的不同等诸多因素，后一种舞蹈二分法聚焦的是古代与当代的时间维度，关注的本质或基础是当代艺术表演实践对舞蹈理论的冲击，也是舞蹈理论家们对舞蹈论当前困境进行思考、回应的一种自然方式。

M.鲍斯指出，角天的《乐舞渊海》在印度古代舞蹈艺术理论史上有六大贡献值得肯定，其中之一便是顺应舞蹈艺术发展的时代潮流，详细描述地方舞（desi）或曰当代流行的民间舞，并将其与源自《舞论》等经典的古典舞（marga）相区别。[29]在梵语诗学中，梵文词 marga 在公元 7 世纪檀丁的《诗镜》中充当“风格”的概念，但在古典梵语乐舞论著中，它“摇身一变”，成为古典舞蹈或古典音乐的代名词，而本义为“地方”或“国家”的梵文词 desi 充当了 marga 的对立面即地方性音乐（方言音乐）亦即民间音乐、流行音乐或通俗音乐的概念，也自然可以视为地方性舞蹈（方言音乐）亦即民间舞蹈、流行舞蹈或通俗舞蹈的概念。

26 Subhankara, *Sangitadamodara*, Calcutta: Sanskrit College, 1960. pp.69-70.

27 Purosottama Misra, *Sangitanarayana*, Vol.2, New Delhi: Indiara Gandhi National Centre for the Arts, 2009, p.410.

28 Purosottama Misra, *Sangitanarayana*, Vol.2, New Delhi: Indiara Gandhi National Centre for the Arts, 2009, p.414.

29 Mandakranta Bose, *Speaking of Dance*, New Delhi: D.K. Printworld, 2019, p.38.

实际上，在《乐舞渊海》的舞蹈论一章中，角天不仅秉承 7 世纪摩腾迦《俗乐广论》而提出了 desi 的概念，还提出了 marga 的概念。他在书中酝酿古典舞和地方舞的二元对立思想似乎有一个过程。

大约生活于 13 世纪下半叶的翼天（Parsvadeva）的《乐舞教义精粹》（*Sangitasamayasara*）是一部很独特的著作，其作者是古吉拉特的一位耆那教天衣派（digambara sect）教徒。他专门论及地方性乐舞、特别是地方性音乐，而非关注婆罗多意义上的传统乐舞。他在第 1 章指出："乐舞（sangita）有传统的（marga）、地方的（desi）两种。"（I.6）[30]关于地方性乐舞，他指出："何谓地方音乐？女人、儿童、牧人和国王们在自己的国家（svadesa）自由吟唱的歌，就是地方音乐（desi）。每一个地方（desa）的国王和人民按照自己的趣味表演的歌曲、器乐和舞蹈，就是地方乐舞（desi）。"（II.1-2）[31]翼天在书中无论论及音乐还是舞蹈，虽然也涉及传统的乐舞论，但其重点还是地方音乐或地方舞蹈，这是 13 世纪左右印度艺术理论开始转向雅俗共存的一种真实写照，也是角天首倡的古典舞、地方舞二分法产生影响的历史见证之一。

阇耶塞纳帕提（*Jayasenapati*）的梵语舞蹈理论著作是写于 1253 至 1254 年间的《舞蹈璎珞》（*Nrttaratnavali*）。这部著作分八章，分别论述传统的古典舞蹈、地方舞蹈。"前者（传统舞蹈论）遵循婆罗多，后者（地方舞蹈论）遵循月主，但也吸纳了后来（的学者）对舞蹈论的完善。它写于 1254 年。"[32]

14 世纪至 18 世纪，印度古代舞蹈论以古典与地方（通俗）的二元对立模式论述舞蹈或音乐已经成为一种惯例。16 世纪的般多利迦 · 韦陀罗在介绍地方舞的方面，比角天走得更远，这或许是因为他身处的时代更适合地方舞的生存、发展。他介绍的地方舞种类空前繁多，很好地体现了舞蹈理论跟随时代潮流发展而不断完善、变化的健康趋势。

从时间上看，舞蹈的第三种二分法即规则舞和自由舞出现得更晚，而它的最早阐述者便是 16 世纪韦陀罗的《乐舞论》。韦陀罗遵从古典舞和地方舞的二分法，但以规则舞、自由舞的概念取代了角天意义上的舞蹈二分法。

韦陀罗对舞蹈的分类有四种。第一种是源自《表演镜》和《乐舞渊海》的

30 M.Vijay Lakshmi, *An Analytical Study of Sangitasamayasara of sri Parsvadeva*, New Delhi: Raj Publications, 2011, p.14.

31 M.Vijay Lakshmi, *An Analytical Study of Sangitasamayasara of sri Parsvadeva*, New Delhi: Raj Publications, 2011, p.36.

32 M. Krishnamachariar and M. Srinivasachariar, *History of Classical Sanskrit Literature*, Delhi: Motilal Banarsidass Publishers, 2016, p.855.

三分法："众所周知，舞蹈包括叙事舞（natya）、情味舞（nrtya）和纯舞（nrtta）等三种。智者称叙事舞以传说剧等包含的故事、说法、风格、情、味为基础，包括四种表演形式；情味舞充满了模型表演（pusta）之外的所有表演形式，它富含情（bhava），所有的表演要素优美，众人欢喜；纯舞没有采用（各种）表演形式，它通过手和脚等动作产生魅力和欢喜，各种表演要素优美，受众人喜爱。"（IV.1.3-6）[33]

韦陀罗对舞蹈的第二、三种分类是分别源自《乐舞渊海》的三分法和源自《舞论》的二分法（刚舞与柔舞）："纯舞分为三种：复杂式（visama）、滑稽式（vikata）和简易式（laghu）。复杂式指带着武器、绳索等旋转，滑稽式指以畸形或怪异的服装进行表演，简易式包含少量的基本动作和跳跃动作。情味舞和纯舞各自包含刚舞与柔舞两类。以大胆而激烈的动作为主的表演，是刚舞；形体优美而含有艳情，激发爱情，这是柔舞。"（IV.1.6-9）[34]

韦陀罗的第四种舞蹈分类（规则舞和自由舞）具有十分重要的历史意义。古典舞和地方舞的理论与表演实践分野早在角天生活的 13 世纪之前便已开始。到了韦陀罗这里，这种分野以另外一种复杂的面貌出现了。

韦陀罗以规则舞（bandha）、自由舞（anibandha）的概念取代了古典舞、地方舞的二元对立。他说："舞台上表演两种舞蹈：规则舞、自由舞。遵守行姿等规则的舞蹈，是规则舞，没有表演规则的是自由舞。规则舞（的名称）依次为：序幕舞（mukhacali）、乌鲁波舞（urupa）、荼婆多舞（dhuvada）、毕荼罗迦舞（bidulaga）、乐音舞（sabdacali）、各种音名歌（sabdaprabandha）、配乐舞（svaramantha）等、歌舞（gitaprabandha）、各种金都舞（cindu）、各种达卢舞（dharu）、一些德鲁瓦帕德舞（dhruvapada）。这些是规则舞的名称。"（IV.2.423-426）[35]韦陀罗对每一类规则舞都作了详细的说明。他还介绍了 5 种旋转舞（bhramari）：外旋舞、内旋舞、侧旋舞、伞旋舞、轮旋舞。（IV.2.556-559）[36]

33 Pundarika Vitthala, *Nartananirnaya*, Vol.3, New Delhi: Indira Gandhi National Centre for the Arts, 1998, p.2.
34 Pundarika Vitthala, *Nartananirnaya*, Vol.3, New Delhi: Indiara Gandhi National Centre for the Arts, 1998, p.2.
35 Pundarika Vitthala, *Nartananirnaya*, Vol.3, New Delhi: Indiara Gandhi National Centre for the Arts, 1998, pp.116.
36 Pundarika Vitthala, *Nartananirnaya*, Vol.3, New Delhi: Indiara Gandhi National Centre for the Arts, 1998, pp.142-144.

关于大致流行于南印度泰米尔语地区的金都舞，韦陀罗的介绍比较详细："达罗毗荼地区（Dravidadesa）的地方舞叫作金都舞。人们发现了六种金都舞：自然金都舞、吠荼金都舞、提鲁婆尼金都舞、摩罗金都舞、迦罗遮利金都舞、歌印金都舞。它们的特征如下……金都舞应按照下述的传统方式进行表演……紧随优美的鼓语，以脚铃声为装饰，运用各种调式（jati），以各种方言文学（desabhasasahitya）为装饰。"（IV.2.587-602）[37]

关于现代学者熟悉的乐舞作品"德鲁帕德"（dhrupada）的前身德鲁瓦帕德舞（dhruvapada），韦陀罗指出："以光彩照人的梵语或中央邦语言（madhyadesiyabhasa）的文学为基础（创作而成），包含三到四个句子，以男、女的故事为基础；充满艳情味，以拉格、节奏和歌词为核心，每个音步末尾有谐音（anuprasa），或有叠声（yamaka），或同时有谐音和叠声；每一个音步均是如此，有序曲、正曲、尾声和小过渡（antara），这就是德鲁瓦帕德歌（dhruvapada）。在德鲁瓦帕德歌的演唱中，演员以迷人的娇媚（hava）和情感（bhava）翩翩起舞，主要展现美丽眼神（艳情味眼神）；种种行姿照亮情感，柔舞支优美动人，（演员）不时演唱乐句，舞台因露齿微笑而闪亮；以小节奏创作而成，身体不时颤动，各种表演完美，身形优美，装饰美丽。如此，便是德鲁瓦帕德舞。它以脸色（mukharaga）为装饰，以眼睛和眉毛的变化表现艳情的神态。脖子的旋转产生娇媚，而情感源自心灵。"（IV.2.629-636）[38]

值得注意的是，韦陀罗将上述实际上包含了音乐表演、戏剧表演要素的舞蹈表演视为规则舞，这其实是一种印度中世纪意义上的古典舞亦即传统舞蹈，它和婆罗多、摩腾迦乃至角天意义上的古典舞都存在某些细微但却明显的差异。这是因为，韦陀罗将乌鲁波舞、荼婆多舞、金都舞、达卢舞、德鲁瓦帕德舞均视为遵循表演规范的规则舞，而其中流行于南印度泰米尔语地区的金都舞、流行于泰卢固语地区的达卢舞以及以梵语或中央邦语言的文学为基础创作的德鲁瓦帕德舞（dhruvapada）显然并不属于严格的传统舞，而属于典型的基于地方语言、地方表演风格的地方舞。韦陀罗将其视为遵循表演规则的"规则舞"而非 marga（古典舞），或许是有意地避开雅俗共存、雅俗转换过程中的某种尴尬或隐忧。

37 Pundarika Vitthala, *Nartananirnaya*, Vol.3, New Delhi: Indira Gandhi National Centre for the Arts, 1998, pp.150-152.

38 Pundarika Vitthala, *Nartananirnaya*, Vol.3, New Delhi: Indira Gandhi National Centre for the Arts, 1998, pp.158.

韦陀罗接着讲述各种自由舞的表演规则。从其介绍看，他将那摩婆离舞（namavali）、耶提舞（yati）等源自各个地域的地方舞视为自由舞。韦陀罗还把波斯风格的舞蹈即遮迦底舞（jakkadi）视为自由舞进行介绍，韦陀罗对规则舞和自由舞的相关描述说明，16 世纪以来的印度舞蹈理论在刚舞、柔舞二分法和古典舞与地方舞二分法的基础上，开拓了一片观察舞蹈表演艺术的新空间。

关于波斯风格的遮迦底舞，他说："歌曲以波斯语创作而成，表演'迦罗歌'（kalla）和'迦吒罗歌'（gajara）等；（舞女用手）托住莎丽的边缘，它装饰着'阿亢迦'（ahanga）；以三种不同的速度多方表演这种美妙的舞蹈；舞蹈中四肢柔美，旋转动作等光彩照人；运用达鲁瓦式（dhruva）和右击式（sampa）等各种有声拍时，没有形体动作的表演。这是遮迦底舞。波斯学者们（parasikapandita）以自己的语言（波斯语）唱起它的序曲等，这是所谓的遮迦底歌，它深受外国人（yavana）的喜爱。"（IV.2.660-664）[39]此处的"外国人"主要指的是波斯人。印度学者认为，表示遮迦底舞或遮迦底歌的 jakkadi 也写作 jakkari、jakkudi、jakkini、jhakkini。它既是一种民间舞蹈，也是流行于卡纳塔克邦、安德拉邦和泰米尔纳德邦数个世纪的半古典舞。Jakkini 和 jakkulu 还表示吉普赛人中的占卜士。坎纳达语和泰卢固语文献中常常提及 jakkadi 和 jakkini。[40]韦陀罗的相关描述，是 16 世纪至 17 世纪北印度音乐、舞蹈发展的真实写照，它是印度本土艺术要素与外来的波斯艺术要素有机相融的历史呈现，具有不可替代的重要学术价值。

韦陀罗还介绍了 13 世纪的阇耶塞纳帕提在《舞蹈璎珞》中提及的"棍棒舞"或曰"棍棒罗娑舞"（dandarasa），但他的描述略有差异，主要表现在参加舞蹈的人数上。他认为罗娑舞最多可由 64 人参加表演，但阇耶认为这种舞蹈最多由 16 个女舞者参加表演。韦陀罗说："为了满足国王的好奇心，或是春季等节日盛会，乐手们敲起穆罗遮鼓（muraja）和其他乐器。4 个、8 个、16 个、32 个或 64 个舞蹈演员一起或分开舞蹈，她们的莲花手握着棍棒。这些棍棒有一指厚，16 指长，两端绑着黄金等金属（dhatu），修长，浑圆，坚固，光滑，没有节疤，涂着各种颜色。棍棒依据各地习惯而握，或握着一根带佛尘

39 Pundarika Vitthala, *Nartananirnaya*, Vol.3, New Delhi: Indira Gandhi National Centre for the Arts, 1998, p.166.
40 Pundarika Vitthala, *Nartananirnaya*, Vol.3, New Delhi: Indira Gandhi National Centre for the Arts, 1998, p.344.

的棍棒，或握住一根缠着亚麻布的棍棒，或握住一根缚着小刀的棍棒。在前后左右不停地敲响各种乐器声，四下、五下、六下，然后在各种优美的基本步伐和旋转动作的表演中变换敲击的模式，（舞者此时）从左至右不断地循环表演，舞蹈紧随歌曲、（器乐的）节奏和音速。智者将这种人们非常喜欢的舞蹈叫作棍棒罗娑舞，而不带棍棒表演的舞蹈是罗娑舞（rasanrtya）。源自各个地方并备受人们喜欢的知名地方舞不计其数。舞蹈应由通晓舞蹈知识的人表演，以便它们成为美的基础。只有美的舞蹈才是舞蹈，否则便是可笑的模仿。”（IV.2.664-673）[41]

这里再简单说说韦陀罗舞蹈二分法之外的舞蹈五分法和六分法。

13 世纪沙罗达多那耶（Saradatanaya）在《情光》（*Bhavaprakasa*）第 2 章中提出了古印度的舞蹈五分法：刚舞、柔舞、叙事舞、纯舞、乐舞（nartana）。（II.55）[42]沙罗达多那耶还说：“在歌曲演唱的时候，表演强劲有力的基本动作和组合动作，运用刚烈风格，这是刚舞。刚舞有热烈舞（canda）、高度热烈舞（uccanda）、极度热烈舞（pracanda）三类，其他的人说刚舞也可分为纤柔舞（anuddhata）、强力舞（uddhata）、崇高舞（atyuddhata）三类。”（II.56-57）[43]

月主（Somesvara）于 1131 年完成的乐舞论著《心喜》（*Manasollasa*）将舞蹈分为 6 种，这是舞蹈六分法：“叙事舞、柔舞（lasya）、刚舞（tandava）、简易舞、复杂舞、滑稽舞，这是舞者指出的六种舞蹈。有纯舞表演，妆饰、语言、真情和形体产生味，这叫叙事舞。无句词吟诵，无基本动作的表演，形体动作优美，这叫柔舞。舞蹈展现崇高，缺乏优美，主要由男演员表演，这是刚舞。没有多变的句词吟诵和各种屈体动作（bhangi），只有万字式和转动式（ancita）等（少量基本动作）为装饰，令人心中快乐，这是简易舞。复杂舞指旋转、托举、抛掷和抖动等动作。面目、手足、腹部和眼睛怪异，舞姿畸形，这叫滑稽舞。”（IV.18.959-966）[44]

18 世纪的奥利萨学者摩诃首罗·摩诃钵多罗的《表演月光》某种程度上可以视为晚期梵语乐舞论对此前的舞蹈类型说的归纳和总结。他的舞蹈类型说以奥迪西舞的前身即乌达罗舞（奥达罗舞）的具体分类为基础，带有浓厚的

41 Pundarika Vitthala, *Nartananirnaya*, Vol.3, New Delhi: Indira Gandhi National Centre for the Arts, 1998, pp.166-168.

42 Saradatanaya, *Bhavaprakasa*, Varanasi: Chaukhamba Surbharati Prakashan, 2008, p.65.

43 Saradatanaya, *Bhavaprakasa*, Varanasi: Chaukhamba Surbharati Prakashan, 2008, p.65.

44 Somesvara, *Manasollasa*, Vol.3, Baroda: Oriental Research Intitute, 1961, p.120.

东印度地方色彩。《表演月光》认可刚舞和柔舞二分法，并依据苏般迦罗的《乐舞腰带》（*Sangitadamodara*）和普罗娑达摩·密湿罗的《乐舞那罗延》（*Sangitanarayana*）等奥利萨地区前辈学者的相关分类进行阐释。《表演月光》同样把刚舞分为激情舞和多色舞两类、把柔舞分为艳情舞、青春舞两类。[45]它还提出可以归于刚舞一类的少男舞（batunrtya）（III.23，III.296）[46]概念，它又叫 ugranrtya（强力舞或曰最胜舞）。[47]《表演月光》还提及一类雅俗共存、古今兼容的民间舞蹈，这便是 21 种所谓的村野舞（gramyanrtya）。这是摩诃钵多罗在综合刚舞与柔舞、古典舞与地方舞这两类舞蹈二分法基础上所指出的一类舞蹈，它涵盖且颠覆了刚舞与柔舞、古典舞与地方舞（民间舞）的概念。他既描述婆罗多意义上的古典舞和地方舞，也根据自己的理解区别古典舞和非古典舞。他将二者定名为 baddha（规则舞）、abaddha（自由舞）。摩诃钵多罗以两个新概念替换了古典舞和非古典舞的概念，达到了将遵循传统规则的地方舞蹈正统化、经典化的目的。他在理论上延续了 16 世纪般多利迦·韦陀罗的规则舞、自由舞分类思维，并在 18 世纪中后期完成了这一思维和视角的近代转换。

除了上述舞蹈论之外，《乐舞论》还涉及身体各部位的动作表演、传统舞蹈（规则舞）和地方舞蹈（自由舞）的描述等。韦陀罗还依据《乐舞渊海》相关内容，介绍了剧场主人（sabhapati）即国王和剧场内观众入坐、演员入场程序等。

在涉及舞蹈基本动作（karana）的印度古代乐舞论者中，韦陀罗可谓是极少的“另类”，因为他并未随大流而介绍婆罗多以来的 108 式基本动作，而是选择性地介绍了其中的 16 种，大约相当于总数的七分之一。从韦陀罗只介绍 108 式刚舞基本动作中比较实用的 16 种和省略脚趾、手腕、舌头、眼珠等各种次要部位或附属部位动作表演的介绍来看，他继承了角天关注现实表演的积极一面。这恰恰是《乐舞渊海》乃至《表演镜》之于 14 世纪以后的梵语乐舞论者最大的启示。韦陀罗是一位典型的受益者。

韦陀罗说明了自己写作《乐舞论》的时代背景和愿景：“舞蹈的表演和原

45 Purosottama Misra, *Sangitanarayana*, Vol.2, New Delhi: Indira Gandhi National Centre for the Arts, 1996, pp.414-416.
46 Maya Das, ed., *Abhinaya-candrika and Odissi Dance*, Vol.1, Delhi: Eastern Book Linkers, 2001, pp.77, 98.
47 Maya Das, ed., *Abhinaya-candrika and Odissi Dance*, Vol.2, Delhi: Eastern Book Linkers, 2001, pp.15-16.

理已经变得模糊不清，这使乐舞（sangita）的传统昏暗难辨，现在韦陀罗对其揭秘。为了取悦阿克巴国王（Akabaranrpa），我创作了这部（舞蹈原理和表演都）变化繁多的著作，它对这个世界而言，真实简洁。愿朋友们从心底喜欢它！阅读著名的般多利迦 · 韦陀罗创作的这部优美而不俗的《乐舞论》，观察世上大量流行的乐舞技艺表演，愿学者们成为师尊，始终为所有那些正在学习吉祥的多罗、穆丹迦鼓、笛子、歌唱与舞蹈的聪明人引航指路！”（IV.2.674-676）[48]梵语舞蹈理论研究权威、印裔加拿大学者 M.鲍斯指出：“当今我们遵循的舞蹈系列动作可以追溯到相对晚近的 16 世纪著作《乐舞论》而非《舞论》。不过，对于培训学生的舞蹈教师而言，即使是《乐舞论》也赶不上《表演镜》那么适用。《表演镜》可以描述为初学者的教科书。比较而言，《乐舞论》是对写作时流行的舞蹈风格的记录，旨在服务于高年级学生和严肃认真的学者。”[49]韦陀罗与鲍斯这两位相隔数百年的学者跨越时空的心灵对话，似乎较为完美地诠释了《乐舞论》的学术价值和历史意义。

韦陀罗对旋转舞、棍棒舞（棍棒罗娑舞）等的介绍，对于我们观察当今仍在流行的卡塔克舞等北印度古典舞和棍棒舞等古吉拉特地方舞，具有相当重要的参考价值。韦陀罗将摩腾迦和角天等开创的雅俗共存理论模式推进到真正的雅俗转换阶段，这是其梵语名著《乐舞论》对印度古代舞蹈理论发展最重要的历史贡献。

综上所述，韦陀罗的梵语乐舞论是印度古代音乐、舞蹈理论发展史上承先启后的一支，具有重要的学术研究价值。他的乐舞论对于中国学者思考和理解当代印度音乐表演、舞蹈表演等具有十分重要的现实意义和参考价值。

48 Pundarika Vitthala, *Nartananirnaya*, Vol.3, New Delhi: Indira Gandhi National Centre for the Arts, 1998, p.168.

49 Mandakranta Bose, *Speaking of Dance*, New Delhi: D.K. Printworld, 2019, p.33.

第十三章 《毗湿奴法上往世书》的艺术论

现存往世书（purāṇa）很多，学界流行十八部大往世书、十八部小往世书的说法。黄宝生先生指出：“往世书是梵语文学中以往世书命名的一批神话传说作品的总称……这说明往世书和历史传说同时产生于吠陀时代后期……历史传说和往世书这两类作品常常混同一体，但严格说来还是有区别的：前者主要指英雄史诗，后者主要指神话传说。”[1]他还说：“这些往世书的成书年代大多是比较晚的，约在七世纪至十二世纪之间……有些往世书还包含许多艺术和科学论述，诸如语法、戏剧、音乐、医学、天文、建筑、手工艺、政治、军事等等。跟《摩诃婆罗多》一样，往世书最终也成了百科全书式的作品。所不同的是前者以英雄史诗为主体，后者以神话传说为主体。”[2]这似乎说明，大部分往世书的成书时间或曰定型时间略早于 13 世纪的《乐舞渊海》。在诸多的往世书中，《毗湿奴法上往世书》（*Viṣṇudharmottarapurāṇa*）、《火神往世书》（*Agnipurāṇa*）、《风神往世书》（*Vāyumahāpurāṇa*）、《梵卵往世书》（*Brahmāṇḍapurāṇa*）等包含了音乐论、舞蹈论、戏剧论和美术论。其中，较有代表性的当属《毗湿奴法上往世书》的第三篇，它涉及上述艺术论的所有方面。该书第三篇的艺术论在国内外梵学界常常为人引述，金克木先生和黄宝生先生等对其有过程度不一的介绍。因此，本章对其艺术论进行简介。

---

1 黄宝生：《印度古代文学》，北京：中国社会科学出版社，2020 年，第 178 页。
2 黄宝生：《印度古代文学》，北京：中国社会科学出版社，2020 年，第 182 页。

第一节 音乐论

根据印度学者的研究，大部分大往世书和小往世书都不同程度地涉及建筑、雕塑、绘画、舞蹈和音乐等等艺术方面的问题，如《梵转往世书》、《林伽往世书》、《侏儒往世书》、《野猪往世书》、《梵天往世书》、《诃利世系往世书》、《迦利往世书》、《湿婆往世书》等十多部往世书便是如此，但只有其中的八部比较系统而详细地论述过艺术方面的问题。“然而，所有这些往世书都没有像《毗湿奴法上往世书》那样论述艺术主题。它的第三篇专论艺术。它的论述全面而系统，人们可称之为古代印度的一部艺术专著。”[3]1913 年，《毗湿奴法上往世书》首次在孟买出版。1924 年，该书中的绘画论部分由加尔各答大学的一位西方美术教授 S.克拉姆利奇（Stella Kramrisch）英译出版。1948 年，印度学者 P.沙哈（Priyabala Shah）开始着手研究该书的文艺理论部分即第三篇的全部内容，1951 年，她以相关研究成果获得孟买大学授予的博士学位。她于 1958 年、1961 年先后出版了校勘和研究该书第三篇的两卷本英文著作（该英文版两卷本先后于 1994 年、1998 年再版）。这使该书第三篇的具体内容与文献、理论价值为不懂梵文但却熟悉英语的学者们所了解。

《毗湿奴法上往世书》（下简称《毗湿奴》）是十八部小往世书之一。P.沙哈认为，该书大约在公元 450 年至 650 年间定型，也不排除该书产生于公元 3 世纪的可能。[4]另一位学者认为，该书的“画经”大约产生于公元 500 至 900 年之间。[5]《毗湿奴》全书共分三篇，涉及文艺理论的是该书第三篇。该书第三篇以婆罗门仙人摩根德耶（Mārkaṇḍeya）指点学艺心切的金刚王（Vajra）为由，切入相关内容的介绍。具体说来，第三篇第 1 至 16 章大致涉及诗学（含诗律学等）、语法学、词源学等方面的内容，其中，第 1 章为引子，第 2 章和第 7 章分别介绍梵语和俗语语法，第 3 章论述 21 种诗律（比《舞论》论及的诗律少了五种），第 4 章论述不同句子的特征，第 5 至 6 章涉及论辩等问题，第 8 至 9 章介绍词源学知识，第 14 章论述 18 种庄严，第 15 章相当于诗歌总论，涉及诗和经论、历史传说之间的差异等重要议题。第 16 章论述隐语庄严。

3 Priyabala Shah, ed. *Viṣṇudharmottarapurāṇa, Third Khanda (Vol.1: Text, Critical Notes etc.)*, “Introduction,” Vadodara: Oriental Institute, 1994, XVIII-XIX.

4 Priyabala Shah, ed. *Viṣṇudharmottarapurāṇa, Third Khanda (Vol.1: Text, Critical Notes etc.)*, “Introduction,” Vadodara: Oriental Institute, 1994, XXVI.

5 Parul Dave Mukherji, ed. and trans. *The Citrasūtra of Viṣṇudharmottarapurāṇa*, “Introduction,” New Delhi: Indira Gandhi National Centre for the Arts, 2001, XXI.

第三篇第 17 至 34 章主要依据《舞论》，大致涉及戏剧和乐舞的基本原理。其中，第 17 章论述戏剧类型和女主角等。第 18 和 19 章论述歌曲和音乐。第 20 至 26 章论述舞蹈表演，第 2 章和第 32 至 34 章也涉及舞蹈论。第 27 至 29 章论述戏剧表演，兼论舞蹈表演。第 30 到 31 章分别论述 9 种味和 49 种情。值得注意的是，《毗湿奴》还有一部分内容涉及绘画论，此即与《舞论》中著名的“味经”（rasasūtra）相对应的“画经”（citrasūtra），它包括第三篇第 35 至 43 章共九章内容。《毗湿奴》第三篇第 44 至 85 章介绍如何制作梵天、毗湿奴、火神、财神、风神等的宗教性塑像的问题。第 86 至 118 章介绍如何建造神庙及其相关问题。金克木先生认为：“论述画理的最早的现存文献是《毗湿奴最上法往世书》（即《毗湿奴法上往世书》）中的一部分。这书年代不明，可能是 8 世纪左右。这部分文献称为《画经》。其中明白说出画与舞的一致关系：‘如无舞论，画论难明。’”[6]不过，综合来看，埃哲布的《画像量度经》出现更早。综上所述，《毗湿奴》第三篇主要涉及诗学、戏剧学、音乐学、舞蹈学、绘画学、雕塑学、建筑学（工巧营造论）等诸方面的话题。它的确称得上印度古代的一部“文艺学百科全书”。

《毗湿奴法上往世书》第三篇的第 18 至 19 章为音乐论。[7]这两章是以仙人摩根德耶和金刚王的对话而展开的，叙述者主要是摩根德耶。第 18 章介绍声乐（歌曲）的基本概况，第 19 章介绍器乐。

摩根德耶指出，吟唱的歌曲（gīta）有三种音域（sthāna）：胸部、颈部和头部，它们分别发出低音（mandra）、中音和高音（tāra）。音阶有三类：具六音阶、中令音阶和持地音阶。音名有七种：具六（ṣaḍja）、神仙（ṛṣabha）、持地（gāndhāra）、中令（madhyama）、第五（pañcama）、明意（dhaivata）、近闻（niṣāda）。以每一种七声音阶为基础，这三类七声音阶共有 21 种变化音阶（mūrcchana）。不完全音阶（tāna）有 49 种。“这些（不完全音阶）分为四类，它们与音名、歌词（pada）、音速（laya）和祷词（avadhāna）的运用相关。由于它们处于变化音阶的开头、中间或结尾，形成了三种风格：主音式（vādin）、协和式（samvādin）、辅助式（anuvādin）。中令和第五用于表现艳情味和滑稽味，具六和神仙于表现英勇味、暴戾味和奇异味，近闻和持地用于表现悲悯

6 金克木：《梵竺庐集·丙：梵佛探》，南昌：江西教育出版社，1999 年，第 139 页。

7 Priyabala Shah, ed., *Viṣṇudharmottarapurāṇa, Third Khanda (Vol.1: Text, Critical Notes etc.)*, Vadodara: Oriental Institute, 1994, pp.43-46.

味，明意用于表现厌恶味、恐怖味，中令用于表现平静味。同样，不同的音速用于表现不同的味：中速用于表现艳情味和滑稽味，慢速（vilambita）用于表现厌恶味和恐怖味，快速（druta）用于表现暴戾味和奇异味。”[8]这些介绍与《舞论》的相关内容相去不远。

摩根德耶依据《舞论》认为，调式（jāti）具有10个特征：首音（graha）、基音（amśa）、高音（tāra）、低音（mandra）、尾音（nyāsa）、次尾音（apanyāsa）、弱化（alpatva）、强化（bahutva）、六声音阶调式（ṣāḍava）、五声音阶调式（auḍavīta）。装饰音有四种：升高（prasannādi）、降低（prasannānta）、中高（prasannādyanta）、中低（prasannamadhya）。“西方歌（aparāntaka）、乌罗比耶歌（ullopyaka）、摩德罗迦歌（madraka）、普洛迦利歌（prakarī）、伐那迦歌（vaiṇaka）、洛文达歌（rovindam）和吉多迦尼歌（gītakāni）最优，而梨俱颂歌（ṛkgāthā）、薄尼迦（pāṇikā）和梵吉提迦歌（brahmagītikā）为达刹所创作。这些歌曲的演唱练习动作叫作‘圣洁’（cokṣa）。为了敬重神灵，我已经简略地说明了歌曲。如果通晓音乐者尚未达到最高境界，他须充当天神的奴仆，在其陪伴下享受喜悦。”（III.18.4-6）[9]

摩根德耶对四类器乐的介绍仍然与《舞论》保持一致，但也有细微的差异。他说，乐器（ātodya）有四类：弦鸣乐器（tata）、气鸣乐器（suṣira）、体鸣乐器（ghana）和膜鸣乐器（avanaddha）。维那琴等是弦鸣乐器，笛子（vamśa）等是气鸣乐器，铙钹（tāla）等是体鸣乐器，穆罗迦鼓（muraja）等是膜鸣乐器。“维那琴等发出的乐音与人体发出的音无异，笛音也是如此。不同的是，声乐（śārīrā）是自下而上（由低及高）发音，而维那琴和笛子等的发音是相反的（自上而下）。因此，须运用体鸣乐器计算时间（kāla）。”[10]

摩根德耶依据《舞论》，还介绍了节拍、节奏体系、音量单位和音速等。他还介绍了鼓乐（pauṣkara）的演奏方式及其与各种味的关系。他的结语是：“（乐师）坐在化妆室门口，以便看见舞台。穆罗迦鼓后边是穆罗迦鼓手。它的左边是瓶鼓、细腰鼓。它的右边是笛手。歌手面北而坐，吟诵者坐在歌手对

8 Priyabala Shah, ed., *Viṣṇudharmottarapurāṇa, Third Khanda (Vol.1: Text, Critical Notes etc.)*, Vadodara: Oriental Institute, 1994, p.44.

9 Priyabala Shah, ed., *Viṣṇudharmottarapurāṇa, Third Khanda (Vol.1: Text, Critical Notes etc.)*, Vadodara: Oriental Institute, 1994, p.44.

10 Priyabala Shah, ed., *Viṣṇudharmottarapurāṇa, Third Khanda (Vol.1: Text, Critical Notes etc.)*, Vadodara: Oriental Institute, 1994, p.45.

面。”（III.19.1-3）[11]

对于弦鸣乐器、气鸣乐器和体鸣乐器的演奏规则，摩根德耶未做说明。他的音乐论较为简略。

第二节 舞蹈论

《毗湿奴》第三篇共有 11 章（即第 2 章、第 20 至 26 章、第 32 至 34 章）涉及舞蹈论，这说明它非常重视戏剧表演范畴内的舞蹈。下边聚焦《毗湿奴》第三篇的上述 11 章，对该书的舞蹈论进行简介。

一、舞蹈的分类、起源及功能等

《毗湿奴》第三篇第 2 章中仙人摩根德耶之口说出了艺术原理触类旁通的道理，舞蹈在此是一个重要的切入点或“理论抓手”。

当金刚王急切地请求传授制造神像的技法时，摩根德耶答复说：不懂得“画经”（Citrasūtra）的人，无法知晓塑像的特征。当金刚王请求传授画经时，摩根德耶明确地告诉他：“国王啊！不了解舞论（nṛttaśāstra），就不能正确地理解画经，因为绘画和舞蹈都是表现这个世界的。”（II.4）[12]这便是“若无舞论，画论难明”的意思。此句中蕴含的艺术模仿论值得注意，这与《舞论》中提出的戏剧模仿三界有些类似。当金刚王请求仙人传授舞论的精髓时，摩根德耶则说，不了解器乐（ātodya），就很难通晓舞蹈艺术。当金刚王请求传授器乐秘诀时，摩根德耶说，不懂得声乐（gīta，即歌曲）便不能理解器乐，因为根据惯例，懂得如何运用乐论（gītaśāstra）的人将通晓一切。然后，摩根德耶将声乐即歌曲分为梵语、俗语和阿波布朗舍语等三类，并从声乐必须诵读且分为散文体和韵文体的角度切入第 3 章关于诗律的讨论范畴。摩根德耶的这些叙述“呈现了不同艺术相互联系的一种传统思想。自雕塑开始，我们被一步步地引向绘画、舞蹈、器乐与声乐。声乐涵盖文学作品……因此，摩根德耶论述的这种艺术间相互联系和必须循序渐进地学习各门艺术的传统，保存了古代印度文明富有活力的一种特色”。[13]

11 Priyabala Shah, ed., *Viṣṇudharmottarapurāṇa, Third Khanda (Vol.1: Text, Critical Notes etc.)*, Vadodara: Oriental Institute, 1994, p.46.

12 Priyabala Shah, ed. *Viṣṇudharmottarapurāṇa, Third Khanda (Vol.1: Text, Critical Notes etc.)*, Vadodara: Oriental Institute, 1994, p.3.

13 Priyabala Shah, *Viṣṇudharmottarapurāṇa, Third Khanda (Vol.2: Introduction, etc.)*, Vadodara: Oriental Institute, 1998, pp.4-5.

摩根德耶对舞蹈的分类出现在该书第三篇第 20 章的开头部分："国王啊！通晓戏剧者说模仿其他对象是戏剧（nāṭya）。舞蹈（nṛtta）是戏剧的美化者（samskāraka），增添其魅力（śobha）。舞蹈[14]有两种：叙事舞（nāṭya）、柔舞（lāsya）。国王啊！它们均可分为规则舞（abhyantara）和自由舞（bāhya）两种。自由舞没有规则（lakṣaṇa），规则舞有规则。其表演带来吉祥。柔舞可在剧场（maṇḍapa）内、外自由表演，而叙事舞须在剧场内表演。"（III.20.1-4）[15]这里对舞蹈的分类、对戏剧的定义体现了印度古代戏剧论、舞蹈论巨大而丰富的理论张力和思想弹性，这也是当代学者容易为其困惑而不断产生争议的源头所在。nāṭya 既是摩根德耶心目中模仿其他对象的戏剧，但同时也是一种特殊的舞蹈即以讲故事的方式或以舞蹈表演（形体表演）的手段描述故事情节的叙事舞。倘若不作这样的理解，原文中比邻而居的两个相同的梵文词 nāṭya 便无法准确地译为汉语。这里将舞蹈定性为戏剧的"美化者"即装饰因素，大体上是符合古代戏剧表演实际的。摩根德耶的舞蹈二分法排除了 nṛtya（情舞）。他的规则舞和自由舞两者，大体上反映了地方舞蹈与传统舞蹈（古典舞）的共存事实。

摩根德耶接受了婆罗多的刚、柔舞二分法："舞蹈分为两类：柔舞（sukumāra）与刚舞（āviddha）。以男性为主的是刚舞，以女子为主的是柔舞。国王啊！敬神舞（piṇḍi，群舞）以天神为象征符号。"（III.20.54-55）[16]这里隐约折射了新护《舞论注》的影响痕迹。

摩根德耶对舞蹈起源和功能的认识出现在被其称作"舞经"（nṛttasūtra）的第 34 章。（III.34.1-32）[17]

金刚王说：

是仙人们还是天神们创造了舞蹈（nṛtta）？因为您通晓一切，请给我破疑解惑！（1）

摩根德耶说：

---

14 这里表示"舞蹈"的梵文是 nṛtta，而另一版本写作 nṛtya，参见 *Viṣṇudharmottara-purāṇa*, Delhi: Nag Publishers, 2009, p.315。

15 Priyabala Shah, ed., *Viṣṇudharmottarapurāṇa, Third Khanda (Vol.1: Text, Critical Notes etc.)*, Vadodara: Oriental Institute, 1994, p.47.

16 Priyabala Shah, ed., *Viṣṇudharmottarapurāṇa, Third Khanda (Vol.1: Text, Critical Notes etc.)*, Vadodara: Oriental Institute, 1994, pp.51-52.

17 Priyabala Shah, ed., *Viṣṇudharmottarapurāṇa, Third Khanda (Vol.1: Text, Critical Notes etc.)*, Vadodara: Oriental Institute, 1994, pp.124-126.

在久远的时代，世间所有的不动物（sthāvara）和动物（jaṅgama）均毁于一片海洋。这时，毗湿奴以（蛇神）舍沙为床躺着睡觉。雅度族的后裔啊！眼如莲花的人啊！吉祥女神正在为毗湿奴按摩双脚时，从他的肚脐长出一朵莲花！（2-3）

从那朵莲花中自然地诞生了吉祥的四面神梵天。国王啊！幸运儿！梵天神带着肉身出生。（4）

从莲花的点滴汁液中生出摩图和盖吒跋。他们俩充满忧性（rajas）和闇性（tamas），是令人恐惧、害怕的檀那婆。（5）

国王啊！他们随后掠走了梵天的四部《吠陀》。丢失了四部《吠陀》的梵天随后向毗湿奴求助："《吠陀》是我至高无上的眼睛和力量！诛敌者啊！檀那婆偷走了《吠陀》，我成了瞎子。"（6-7）

梵天这样说话时，至高原人毗湿奴从水中跃起，在海中漫步。（8）

亲眼看到大神（毗湿奴）以优美的（舞蹈）组合动作（aṅgahāra）和步伐动作（padaparikrama）行走，吉祥女神特别愉快，产生了特别的爱（rāga）。大神化身为马首，刹那间到达地狱底部。（9-10）

他看见（盗走了）《吠陀》的提狄们，去除了马首的化身，杀死了摩图和盖吒跋这两个体型硕大的檀那婆。（11）

杀死他们俩后，神中之神带着《吠陀》，走到梵天身边，将《吠陀》交给这位自生者。（12）

交给他《吠陀》后，毗湿奴说："创造世界的祖宗（pitāmaha）啊！主人梵天啊！你以《吠陀》为准绳，创造世界吧！"（13）

国王啊！大神走向舍沙的怀里，吉祥女神问道："神中之神！世界之主！手握螺号、神轮和金刚杵者！主人啊！我见您在水中优美地行走，身形特别美丽。请说这是为何？"（14-15）

（毗湿奴回答道）："眼如莲花的人啊！我创造了舞蹈，它以基本动作、组合动作和步伐动作进行表演。吉祥的人啊！虔诚者将以舞蹈敬拜我。女神啊！舞蹈以模仿三界为基础。"（16-17）

说完这些话，大神（毗湿奴）又对梵天这样说道："通晓正法者啊！请接受结合了实践（lakṣya）和理论（lakṣaṇa）的舞蹈吧！"（18）

毗湿奴说完这些话，将舞蹈赠予梵天。梵天接受后，将其赠予楼陀罗（湿婆）。(19)

楼陀罗接受舞蹈后，常常以此取悦毗湿奴。神中之神喜爱（表演舞蹈的）虔诚信徒。(20)

国王啊！婆薮提婆（毗湿奴）以这种方式创造了舞蹈。很久以前，世间的动物与不动物毁于一片大海。(21)

因此，赐予福祉的神中之神湿婆表演舞蹈，以此向手持神轮和棒杵的大神（毗湿奴）致敬。(22)

他（湿婆）由此获得“舞王”（nṛtteśvara）的称号，毗湿奴感到高兴。诃罗（湿婆）受到（别人以）舞蹈虔诚敬拜，也感到高兴。(23)

受到舞蹈的虔诚敬拜后，其他神灵也感到高兴。据说舞蹈给天神们带来福祉。(24)

天界永远闪耀着神灵们的神性。舞蹈的布施（nṛttadāna）超越了鲜花和天食（naivedya）等的祭供。(25)

幸运者！毗湿奴特别喜欢那些以自己的舞蹈表演敬拜神中之神的人。(26)

以舞蹈、歌曲和器乐向毗湿奴大神献祭者，享有祭祀之果，一切如愿以偿。(27)

但是，须努力避免成为江湖艺人（kuśīlava），因为他们以舞蹈谋生，是舞蹈的贩卖者（vikriyakāraka）。(28)

通晓正法者啊！以舞蹈敬拜神灵的人，会实现所有的心愿，还会获得解脱之道。(29)

舞蹈将会赐予财富、美名、长寿、天国、神灵的恩惠，会解除痛苦。(30)

婆薮提婆创造的这种舞蹈为愚者说法，令女士更加美丽，使人安宁，助人增益，令人愉快。(31)

国王啊！我已经简略地为您讲述了令世间受益的《舞经》（*Nṛttasūtra*）。因此，想在两个世界[18]赢得心愿的人们，须努力表演舞蹈。(32)

18 “两个世界”即此生和来世。

上述摩根德耶关于舞蹈起源的神话传说，实际上是对《舞论》第 1 章戏剧起源传说（梵天向婆罗多赠予“戏剧吠陀”）和第 4 章湿婆创造舞蹈的传说的艺术综合和颠覆性改写。这里，毗湿奴在印度教三大神中的地位陡然升至极限，他不仅为梵天夺回了至高无上的吠陀，还代替湿婆创造了神圣而令人快乐的舞蹈。宗教权威和舞蹈创造者集于毗湿奴一身，他是打开舞蹈神秘宝库的唯一“钥匙”。摩根德耶所言即“舞蹈赐予财富、美名、长寿、天国、神灵恩惠，解除痛苦”，赋予舞蹈以相当于戏剧、音乐的世俗功能、神圣地位。

二、手势和手印

摩根德耶的手势论出现在第 26 章。他遵循婆罗多的模式，先后介绍了三类手势的名称，接着逐一解说了三类手势。《舞论》第 9 章论及的单手势、双手势、纯舞势分别为 24 种、13 种、30 种，3 类手势共计 67 种。摩根德耶的单手势、纯舞势比《舞论》少了 4 种、1 种。他添加了一些新的手势，但省略了《舞论》提及的两种单手势即蜘蛛式（ūrṇanābha）、鸡冠式（tāmracūḍā）。他还省略了分离式（viprakīrṇa）、曲翼式（pakṣavañcita）、平行式（talamukha）等 3 种纯舞势。摩根德耶稍后解释了分离式（prakīrṇa）、曲翼式（pakṣavañcita），却没有解释轮回式（uraspārśvārdhamaṇḍala）、交叉式（muṣṭikasvastika）。

摩根德耶对手势的解释与《舞论》较为近似。例如，他对旗帜式的解释便是如此：“指尖伸直，指间并拢，大拇指弯曲，这是旗帜式。它用于表现遭到打击、防止打击、酷热、驱赶；手指舞动，表现刮风、下雨；手指上举，表现勇猛；手指向下，表现雨伞等；手摊平，手指抖动，表现在鼓上击打节奏；手举在一边，表现旋转动作；手伸直，表现握住某物。”（III.26.13-17）[19]

摩根德耶指出：“纯舞势的表演含义丰富，充满情味，与时间相关，我不讲述这些。在生病、衰老、守戒、非常恐惧、醉酒、忧虑焦愁的时候，不应表演这些手势。须知纯舞势的手指动作为 4 种：食指始伸式（udveṣṭa）、食指始屈式（samaveṣṭa）、小指始屈式（viveṣṭita）、小指始伸式（vivartita）。智者须表演这些优美的纯舞势动作，因为这种魅力正是舞蹈的启智所在。男舞者、女舞者应根据地域、时间、表演和涵义运用这些舞蹈动作。人中豪杰啊！我已经讲述了所有的手势，因为舞蹈以这些手势为基础。因此，如果具有敏捷灵活的舞

19 Priyabala Shah, ed., *Viṣṇudharmottarapurāṇa, Third Khanda (Vol.1: Text, Critical Notes etc.)*, Vadodara: Oriental Institute, 1994, p.76.

蹈表演才能，就该努力表演这些手势。”（III.26. 91-97）[20]

摩根德耶舞蹈论的独特之处在于，他将手印纳入了舞蹈手势的范畴。这从一个侧面雄辩地证明了舞蹈手势的宗教仪式起源。摩根德耶在《毗湿奴》第三篇第 32 章《神秘手印章》和第 33 章《舞论手印章》中介绍各种宗教性手势。为了与前述的舞蹈手势进行区分，此处将其称为“手印”（mudrā）。

摩根德耶首先介绍的是“神秘手印”（rahasymudrā）：“左手大拇指伸出，食指蜷曲与之相交，这是唵声印（omkāramudrā）……蓓蕾式（mukula）代表鼻音 am；特殊的蓓蕾式代表送气音 ah……手呈劫比陀果式，象征持斧罗摩；双手呈山峰式，代表罗摩（Dāśarathī）；手呈旗帜式，象征克利希纳；手呈三旗式，象征大力罗摩（Baladeva）；手呈山峰式，象征毗湿奴；手呈旗帜式，掌心朝上，象征大地女神（Pṛthivī）……四根手指伸开，大拇指弯曲且置于其根部，象征吠陀；四根手指伸开，大拇指弯曲且置于其根部，小指伸开，象征《梨俱吠陀》；依据该式，无名指伸开，象征《耶柔吠陀》；依据该式，四根手指和大拇指伸开，象征《娑摩吠陀》；所有手指并拢，从中间翻转，象征伽耶特利（Gāyatrī）；依据象征《娑摩吠陀》的手势，手指伸向下方，象征语音学（śikṣā）；依据上一式，面朝南方，象征（劫波经）礼仪学（kalpa）；食指和拇指并拢，象征语法学（vyākaraṇa）；手呈山峰式，拇指与食指的中部相交，象征词源学（nirukta）；双手呈金钏式，象征星象学（jyotiṣa）；双手呈金钏式，掌心朝下，象征诗律学（chandoviciti）。”（III.32）[21]

摩根德耶还介绍了各种一般性手印。例如，表现九曜的手印是：“以无名指呈钳形式，这叫太阳印（ravimudrā）；以中指呈钳形式，这叫月亮印（somamudrā）；以无名指呈钳形式，这叫火星（大地）印（bhaumamudrā）。以小指呈钳形式，这是水星印（budha）；以小指的根部呈钳形式，这叫存命印（jīva）；以无名指的根部呈钳形式，这叫金星印（śukramudrā）；（依据钳形式），拇指放在中指的根部，这叫土星印（śanimudrā）；（依据钳形式），拇指放在食指的根部，这叫罗睺印（rāhumudrā）；（依据罗睺印），食指抖动，这是计都印（ketumudrā）。”（III.33. 92-95）[22]

20 Priyabala Shah, ed., *Viṣṇudharmottarapurāṇa, Third Khanda (Vol.1: Text, Critical Notes etc.)*, Vadodara: Oriental Institute, 1994, pp.83-84.

21 Priyabala Shah, ed., *Viṣṇudharmottarapurāṇa, Third Khanda (Vol.1: Text, Critical Notes etc.)*, Vadodara: Oriental Institute, 1994, pp.110-111.

22 Priyabala Shah, ed., *Viṣṇudharmottarapurāṇa, Third Khanda (Vol.1: Text, Critical Notes etc.)*, Vadodara: Oriental Institute, 1994, p.120.

摩根德耶虽然介绍了表现一般事物和象头神、帝释天（因陀罗）、风神、财神、爱神等神灵的手印，但其重点却在表现湿婆和毗湿奴两大主神及其各种化身或象征的各种手印。例如："双手掌心朝上，六根手指依据前述的财宝印（dravya 自然而均衡地紧贴，这是毗湿奴印（vaiṣṇavī）"（III.33.39）[23]再如："依据合十式（añjali），食指弯曲，这是湿婆印（candīśamudrā）。"（III.33.54）[24]

摩根德耶的说明印证了宗教手印与舞蹈手势之间的隐秘联系："国王啊！我已经给您如此讲述了各种手印（mudrāhasta）。人们如希望获得最高成就，须结合密咒（mantra）、天神和仪轨，不知疲倦地表演这些手印。结合这些（密咒、天神、仪轨），我已讲述许多手印。国王啊！密咒和天神相关，因此须在认识密咒的基础上练习这些手印。国王啊！王族世系的魁首啊！至此，我已简略讲述了舞蹈经论。如详细地论述，它会具有丰富而广泛的内涵，在整个世界具有重要的地位。"（III.33.123-126）[25]

由此可见，印度古典舞手势的代代相传，与宗教手印的神秘示范与代代相传密不可分。摩根德耶将宗教手印纳入舞蹈手势论范畴进行介绍和讨论，这一姿态十分鲜明地体现了舞蹈论某个侧面的历史发展轨迹。

三、站姿、基本动作和部位表演等

摩根德耶的站姿论基本上是《舞论》相关内容的翻版。例如，他说："毗湿奴式、自然式、别枝式（搅棒式）、圆环式、展左式、展右式，这些是男演员的 6 种站姿。一只脚正常站立，另一只脚斜向而立，小腿有些弯曲，这种站姿叫毗湿奴式。它用于表现自然的谈话。双足并立，间距为一多罗，身体为自然舒展的庄严式（sauṣṭhava），这是自然式。楼陀罗（湿婆）与梵天等为其保护神。这一式用于表现婆罗门举行吉祥的祭祀仪式（maṅgala）、鸟儿腾飞、择婿、充满好奇、在天车中自由飞驰的人、湿婆派信徒、苦行者。"（III.23.1-6）[26]摩根德耶对展左式（āyata）、展右式（avahittha）和马跃式（aśvakrānta）

23 Priyabala Shah, ed., *Viṣṇudharmottarapurāṇa, Third Khanda (Vol.1: Text, Critical Notes etc.)*, Vadodara: Oriental Institute, 1994, p.115.

24 Priyabala Shah, ed., *Viṣṇudharmottarapurāṇa, Third Khanda (Vol.1: Text, Critical Notes etc.)*, Vadodara: Oriental Institute, 1994, p.116.

25 Priyabala Shah, ed., *Viṣṇudharmottarapurāṇa, Third Khanda (Vol.1: Text, Critical Notes etc.)*, Vadodara: Oriental Institute, 1994, p.123.

26 Priyabala Shah, ed., *Viṣṇudharmottarapurāṇa, Third Khanda (Vol.1: Text, Critical Notes etc.)*, Vadodara: Oriental Institute, 1994, p.57.

等女性的 3 种站姿的说明也和《舞论》的相关内容相似。

摩根德耶对于基本动作、组合动作的看法是对婆罗多观点的继承。他说："手脚并用，就是舞蹈的基本动作。两个基本动作构成一个舞蹈摩德勒伽（nṛttamātṛkā）。三个基本动作组成一个羯罗孛迦（kalāpaka），四个基本动作组成一个坎吒迦（khaṇḍaka），五个基本动作组成一个僧伽多揭（saṅghātaka）。六个、七个、八个或九个基本动作的结合，就是一个组合动作。"（III.20.37-39）[27]

摩根德耶虽然称讲述了 108 种基本动作，但他实际上列举的只有 90 种（III.20.40-54）[28]，省略了十多种基本动作的名称，这当然也不排除抄本传抄过程中的文字脱落等意外因素。他列出的 90 种基本动作名称中，有两种名称完全相同（第 3 和第 73 式、第 8 和第 46 式）。摩根德耶还介绍了 36 种组合动作（aṅgahāra）名称。他舍弃了《舞论》中的 5 种组合动作即圆舞式（paryastaka）、移柱式（viṣkambhāpasṛta）、射箭式（ālīḍha）、凌空式（recita）、混合式（ācchurita），但增加了 9 种。

摩根德耶介绍还了 10 种地面组合步伐和 10 种凌空组合步伐（ākāśagāmi）。（III.20.23-27）[29]这些内容与《舞论》没有多少出入。

36 种眼神历来是印度古代舞蹈论者的重点关注对象，摩根德耶也不例外。与《舞论》提出 8 种味眼神、8 种常情眼神和 20 种不定情眼神相比，摩根德耶虽然凑齐了 36 种眼神的数量，但却有"削足适履"的机械之嫌。他省略了《舞论》提及的 3 种不定情眼神即害羞（lajjānvita）、斜视（jihma）、半蕾（ardhamukula），但他似乎将前两种不定情眼神融入了常情眼神中。这或许是文本传抄中的一次失误。常情眼神中缺少表现厌恶的眼神，多了表现害羞的眼神。与《舞论》相比，此处添加了指涉、表现平静味的味眼神和常情眼神。这似乎说明，《毗湿奴》的定型是在新护和角天等人著作出现在后。

就眼睑、眼珠、眉毛、脚等其他身体部位的动作表演而言，摩根德耶大体上以《舞论》的相关描述和规定为主（《舞论》没有涉及的内容除外）。他介绍的各种身体部位表演动作是：头部动作 13 种（III.24.1-13）、颈部动作 7 种

27 Priyabala Shah, ed., *Viṣṇudharmottarapurāṇa, Third Khanda (Vol.1: Text, Critical Notes etc.)*, Vadodara: Oriental Institute, 1994, p.50.

28 Priyabala Shah, ed., *Viṣṇudharmottarapurāṇa, Third Khanda (Vol.1: Text, Critical Notes etc.)*, Vadodara: Oriental Institute, 1994, pp.50-51.

29 Priyabala Shah, ed., *Viṣṇudharmottarapurāṇa, Third Khanda (Vol.1: Text, Critical Notes etc.)*, Vadodara: Oriental Institute, 1994, p.49.

（III.24.14-19）、嘴唇动作 6 种（III.24.19-25）、胸部动作 5 种（III.24.25-30）、肋部动作 5 种（III.24.31-35）、腹部动作 3 种（III.24.36-37）、腰臀动作 5 种（III.24.38-43）、大腿动作 5 种（III.24.43-49）、小腿动作 5 种（III.24.50-55）、脚的动作 5 种（III.24.55-63）、眼睑动作 9 种（III.25.32-40）、眼珠动作 9 种（III.25.41-47）、目睹方式 8 种（III.25.48-52）、眉毛动作 7 种（III.25.53-58）、脸颊动作 6 种（III.25.58-62）、鼻子动作 6 种（III.25.62-67）、牙齿动作 5 种（III.25.67-69）、下唇动作 6 种（III.25.69-74）。

摩根德耶对 6 种躺姿（śayyāsthāna）的介绍，几乎全部沿袭了《舞论》第 13 章的相关内容。摩根德耶还介绍了 9 种坐姿（upaveśana）："坐姿包括自然式（svastha）、醉酒式（madālasa）、倦怠式（klānta）、松散式（srastālasa）、瑜伽式（viṣkambhita）、颂咒式（utkaṭaka）、双膝跪地式（muktajānu）、单膝点地式（jānugata）、解脱式（vimukta）。"（III.22.1-2）[30]。他对坐姿名称的介绍并非源自《舞论》，而是源自《乐舞渊海》第 7 章："婆罗多指出了 9 种坐姿（upaviṣṭasthānaka）：自然式（svastha）、醉酒式（madālasa）、倦怠式（krānta）、瑜伽式（viṣkambhita）、颂咒式（utkaṭa）、松散式（srastālasa）、单膝点地式（jānugata）、双膝跪地式（muktajānu）、解脱式（vimukta）。"（VII.1036-1037）[31]摩根德耶对各种坐姿的详细描述也基本上源自《乐舞渊海》的相关内容。

综上所述，《毗湿奴法上往世书》的舞蹈论基本上沿袭了《舞论》，少数内容似乎还"与时俱进"地引述、借鉴了新护《舞论注》、角天《乐舞渊海》等著作的内容。该书编订者假借仙人摩根德耶之口，对传统舞蹈论的相关内容作了一次比较全面的归纳和总结，其中有一些地方特色突出或有新见，值得梳理印度古代文艺理论发展轨迹的学人仔细分析和思考。摩根德耶并未涉及多少地方舞蹈论的内容。

第三节　戏剧论

《毗湿奴》第三篇共有 6 章（即第 17、27、28、29、30、31 章）涉及戏剧论。下边对这些内容进行简介。

---

30 Priyabala Shah, ed., *Viṣṇudharmottarapurāṇa, Third Khanda (Vol.1: Text, Critical Notes etc.)*, Vadodara: Oriental Institute, 1994, p.54.

31 Śārṅgadeva, *Saṅgītaratnākara*, Varanasi: Chaukhamba Surbharati Prakashan, 2011, pp.773-774.

一、戏剧类型与语言

《毗湿奴》第三篇第 17 章以仙人摩根德耶与国王对话的方式，论述戏剧类型、戏剧语言、戏剧表演（包括妆饰表演、综合表演与行姿表演）、戏剧情味等。该书对戏剧角色、戏剧情节、戏剧风格、戏剧基础（剧场建造）等其他戏剧论要素涉及不多或几乎没有涉及。

该章前半部分依据《舞论》和《十色》的相关原理，论及传说剧、创造剧、感伤剧、独白剧、神魔剧、掠女剧、纷争剧、争斗剧、笑剧和街道剧等传统“十色”以及（nāṭikā）、小创造剧（prakaraṇī）等两种“次色”。作者对每一种戏剧作了详略不一的解说，但以传说剧为核心。作者写道：“传说剧包括依据历史传说而展开的往世书言说，也包括天神们的行为事迹。在诗亦即传说剧中，有一个主角，也可能包括一个主角或一个反面角色。国王啊！传说剧应该采取各种方法，运用所有的风格（vṛtti）、味和时间（kāla）。国王啊！传说剧据说包括五幕或吉祥的 10 幕，每一幕表现一天中发生的事。一幕表演完毕，所有的演员退场（niṣkrama）。退场时须考虑运用某种技巧（yukti）、暗示（upanyāsa）。国王啊！一幕中不能表现死亡、王国陷落（vibhramśa）、围攻城市和战斗等场景。智者须在引入插曲（praveśaka）中表现这些事件。引入插曲中常常出现两个演员，它们为仆人。这里不能出现主角。如出现的两个演员不是仆人时，这叫支柱插曲（viṣkambhaka，幕间剧）。在（引入插曲和支柱插曲的）结尾处，舞台处于无人状态，每一幕结束时也应如此，除非舞台不能处于无人状态。引入插曲可以表现许多天的事件。这些事件须简略地描述，不应详细展开。引入插曲不应表现著名的主角被杀。国王啊！应在一幕中巧妙地表现这一点。传说剧的结尾应表现主人公的成功。同样，如有多位女主角，也应表现她们的成功。”（XVII.7-18）[32]

作者继而介绍了其他传统戏剧和那底迦、小创造剧等两种“次色”的表演规则：“与传说剧相同，那底迦有 4 幕，包含艳情味。同样，创造剧的情节是虚构的（utpādya）。优秀的国王啊！创造剧的主角为一位婆罗门或商人。小创造剧有四幕，同样地表现（情节）。感伤剧的情节源自历史传说，或源自想象（虚构）。其多采用雄辩风格和悲悯味，主角不能是天神。独白剧的情节源自历史传说，表现一天的事件。它只有一幕，充满打斗动作。它由一个演员表

32 Priyabala Shah, ed., *Viṣṇudharmottarapurāṇa, Third Khanda (Vol.1: Text, Critical Notes etc.)*, Vadodara: Oriental Institute, 1994, pp.37-38.

演，用的是‘空谈’（ākāśakathana）即自己（隔空）与他人对话的方式。所谓的神魔剧有 12 个角色，他们是天神和阿修罗。它表现 3 种艳情味、3 种欺骗（kapaṭa）。掠女剧包含多幕，以天国乐师（gandharva）为主角，充满艳情味。它以艳情味（yonirasa）得不到满足为基础。纷争剧表现一天的事件，只有一个主角，表现英勇味；街道剧有 13 幕，但没有主角。争斗剧表现英勇味，特别表现暴戾味。它以天神为主角，表现著名的对象。笑剧为一幕剧，充满滑稽味，主角高尚，有妓女和浪子（viṭa）等角色。”（XVII.19-28）[33]

作者还对上述各类戏剧的情节安排作了如下的说明：“（播下的）种子（bīja）能够产生各种情味，这是开头；开头关节中的种子发芽，这是展现。种子发芽，获得或没有获得结果，这是胎藏；种子发芽，但其目标伴随着艰辛，这是停顿。开头等各个关节完成，这是结束。传说剧和创造剧中都有这五种关节。争斗剧和神魔剧不表现停顿关节，纷争剧与掠女剧不表现胎藏关节。国王啊！感伤剧、笑剧、街道剧、独白剧不应表现展现关节。”（XVII.50-54）[34]

作者介绍了上述 12 种戏剧的语言表演，涉及戏剧演员的语言运用和戏中人物的命名、称呼等内容。他指出，在所有戏剧中，都由戏班主人（sūtradhāra，舞台监督）提示戏剧的开头情节。主角说梵语，苦行者（liṅgin）、婆罗门、国王、再生族、天神、提狄（daitya）、天国乐师和蛇神（bhogin）也说梵语。女主角、天女（devarāmāṇā）和丑角说俗语。儿童、妇女、下等人、太监（śaṇḍha）和其他人说阿波布朗舍语（apabhramṣṭa）。婆罗门、刹帝利、吠舍、首陀罗等四种姓的名字分别以 śarma（乐）、varman（铠）、dhana（财）、dāsa（奴）结尾。国王和大臣的名字以 vikrama（勇）结尾。女主角的名字须柔和动听。王后侍女的名字须以 kalā（艺）和 kauśala（巧）结尾，其他侍女的名字以 vijayā（胜）结尾。占星师（sāmvatsara）之妻的名字以 māṅgalya（吉）结尾，主祭司（purodhas）之妻的名字以 śānti（寂）结尾。大臣的名字多以 śūra（勇）结尾，而医生（bhiṣaj）的名字以 āyuṣya（命）结尾。浪子（清客）的名字多以 bhūṣaṇa（饰）结尾，奴仆的名字多以 kusuma（花）结尾，而内侍和丑角分别以仙人或族姓进行命名。妓女的名字须以 dattā（授）、mitrā（友）或 senā（军）结尾。官吏（adhikārin）以其官职命名。就戏中角色的称呼而言，仆人和臣民

33 Priyabala Shah, ed., *Viṣṇudharmottarapurāṇa, Third Khanda (Vol.1: Text, Critical Notes etc.)*, Vadodara: Oriental Institute, 1994, pp.38-39.

34 Priyabala Shah, ed., *Viṣṇudharmottarapurāṇa, Third Khanda (Vol.1: Text, Critical Notes etc.)*, Vadodara: Oriental Institute, 1994, p.41.

须称国王为 deva（天王），婆罗门称国王为 rājan（王上），仙人按照其族姓（gotra）称呼国王，将其视为孩子（apatya）。与国王地位相当者称其为 vayasya（朋友）。王后与女主角被称为 devī（尊后）。太子（yuvarāja）被称为 kumāra（王子），受人敬重者被称为 bhāva（尊者）。主角须称丑角为 vayasya（老兄），车夫（sūta）称坐车人为 āyuṣmān（高寿者）。仙人、师尊和天神被称为 bhagavan（世尊），儿子被称作 vatsa（孩子），学生被称作 vatsa（孩子）。师尊也可按其族姓称呼学生。妻子称丈夫为 āryaputra（贤人），丈夫对妻子则直呼其名。父亲被称为 tāta（大爷），但母亲的父亲被称为 āryaka（贤士）或 pitā（老爷）。地位相等的女子之间互称 halā（哈拉）。自己的女仆被称为 hañjā（丫头）或 haṇḍā（丫环）。姊妹（bhaginī）被称为 svasā（姐妹），出家修行者被称为 vratinin（苦行者）。婆罗门女子被称为 āryā（女贤）。出入后宫的太监被称为 varṣavara（宦官），其首领被称为 kañcuki（内侍）。（XVII.29-48）[35]

在该书第三篇第 28 章中，摩根德耶依据婆罗多论及的四类特殊语言表演方式和特殊情境下的语言表达方式，对其作了说明。他在传说剧等戏剧类型说的框架内，依据婆罗多女主角八分法介绍了女主角的类型："由于自己的过失而呆在房间里，她是妆扮以候型（vāsasajjā）女主角。恋人不能前来赴约，她是期盼恋人型（virahotkaṇṭhitā）女主角；能够掌控自己的爱人，她是恋人钟情型（svādhīnabhartṛkā）女主角。由于争吵而与男主角分开，她是恋人失和型（kalahāntaritā）女主角；爱人大清早就带着（其他女子的）爪痕回来，她是恋人移情型（khaṇḍitā）女主角。爱人未来赴约，她是恋人爽约型（vipralabdhā）女主角；爱人出门在外，她是恋人远游型（proṣitabhartṛkā）女主角。（女主角）应该运用非常优美的各种造型和动作，令人愉快地表演传说剧等 12 种戏剧。"（XVII.56-60）[36]

摩根德耶还对丑角作了别开生面的说明："丑角也是一位婆罗门。他熟悉主角（国王）的秘密（rahsya）。国王啊！戏班主人是主要演员（naṭapradhāna）。"（XVII.49）[37]作者还对主角和反面角色的品质等作了规定："男主角不应缺乏

35 Priyabala Shah, ed., *Viṣṇudharmottarapurāṇa, Third Khanda (Vol.1: Text, Critical Notes etc.)*, Vadodara: Oriental Institute, 1994, pp.39-41.

36 Priyabala Shah, ed., *Viṣṇudharmottarapurāṇa, Third Khanda (Vol.1: Text, Critical Notes etc.)*, Vadodara: Oriental Institute, 1994, pp.41-42.

37 Priyabala Shah, ed., *Viṣṇudharmottarapurāṇa, Third Khanda (Vol.1: Text, Critical Notes etc.)*, Vadodara: Oriental Institute, 1994, p.41.

高尚、正道和勇敢。国王啊！反面主角不应胜过主角。”（XVII.55）[38]

摩根德耶还指出了男主角和女主角表演欢喜、痛苦、恐惧等情感状态的不同方式：“在表演自己的本性时，男主角须表演毗湿奴式站姿，女主角表演展左式或展右式。男子的形体表演具有坚定优雅的特征，女子的形体表演则有温柔甜美的组合体式。须如此表现欢喜：拥抱（别人），双眼含笑，汗毛竖起；须如此表现愤怒：翻白眼；女主角如此表现妒忌之怒：抛弃花环和饰物，脑袋摇晃，伤心至极。男主角须如此表现痛苦：低头，叹气；女主角如此表现痛苦：拍打地面，哭泣。哭泣分为两类：喜极而泣、痛哭。它们分别以脸色高兴、脸色痛哭进行表达。男主角如此表演恐惧：惊慌失措，惶恐不安；女主角如此表演恐惧：寻求保护人，大声哭泣，拥抱男子，浑身颤抖。”（XXVIII.37-44）[39]

二、戏剧表演

《毗湿奴》第三篇还涉及戏剧表演的妆饰表演、综合表演或曰一般表演、行姿表演。其第 27 章论述戏剧表演中的妆饰表演，28 章论述综合表演，29 章论述戏剧舞性质的行姿表演。

摩根德耶依据婆罗多的表演四分法对戏剧表演进行分类，再对其中的妆饰表演进行分类和解说。他说：“通晓戏剧者说表演分为四类：语言表演（vācika）、妆饰表演（āhāryābhinaya）、形体表演（āṅgika）和真情表演（sāttvika）。（1）语言表演以语言进行。国王啊！请听我讲述妆饰表演。它包括四类：化装（aṅgaracanā）、活物（sañjīva）、模型（pusta）、服饰（alaṅkāra）……国王啊！这便是我为何要告诉您源自色彩的化装。”（XXVII.1-7）[40]摩根德耶还援引《舞论》的话指出了面具表演在戏剧表演中的地位和作用：“人物须佩戴各种动物的面具（pusta），同样，手持各种武器的（天神）也由面具表现。遵循世间通行方法，发挥自己的智慧力量，就能制作戏剧道具。”（XXVII.45-46）[41]

38 Priyabala Shah, ed., *Viṣṇudharmottarapurāṇa, Third Khanda (Vol.1: Text, Critical Notes etc.)*, Vadodara: Oriental Institute, 1994, p.41.
39 Priyabala Shah, ed., *Viṣṇudharmottarapurāṇa, Third Khanda (Vol.1: Text, Critical Notes etc.)*, Vadodara: Oriental Institute, 1994, pp.93-94.
40 Priyabala Shah, ed., *Viṣṇudharmottarapurāṇa, Third Khanda (Vol.1: Text, Critical Notes etc.)*, Vadodara: Oriental Institute, 1994, p.85.
41 Priyabala Shah, ed., *Viṣṇudharmottarapurāṇa, Third Khanda (Vol.1: Text, Critical Notes etc.)*, Vadodara: Oriental Institute, 1994, p.89.

摩根德耶对戏剧人物即各类天神、罗刹等以及东南西北各色人等、各个种姓的肤色或脸色（脸谱）等作了如下的规定：“现在我说明天神的颜色。他们须有固定的颜色。我如果没有谈到某种颜色，就须以白色描摹。((蛇神) 婆苏吉（vāsuki）须为黑色，其他蛇神为白色；提狄（daitya）、檀那婆、罗刹、密迹天（guhyaka）、毕舍遮（鬼怪）为水色（黑色）；住在六大洲的人为金色。国王啊！在瞻部洲（Jambudvīpa），婆罗多国（Bhārata）的人须依据其出生地而赋予各种颜色：布邻陀人（pulinda）、南方人大多为黑色；北方的释迦人（śaka）、耶伐那人（yavana）、帕拉维人（palhava）和巴尔赫人（bālhika）主要为白色；般遮罗人、修罗塞纳人、摩揭陀人、盎迦人、梵迦人和羯陵伽人主要为黑色。婆罗门（dvija）须涂为月白色，刹帝利（rājanya）为红莲色，吠舍为淡黄色（āpāṇḍu）[42]，首陀罗应为深黑色（śyāma）。乾达婆（gandharva）和天女为各种颜色。国王与富人们须为红莲色，作恶多端者（kukarman）、鬼魅附体者、病人、苦行者、苦力、出身低贱者（低种姓者）须为黑色。直接可辨颜色者，须涂抹其本来的颜色。”（XXVII.17-26）[43]

关于演员佩戴的胡须与所传衣服的颜色，摩根德耶指出：“天神、乾达婆、圣者（siddha，成就师）、王子、正在举行净化仪式者，无须佩戴胡须（śmaśru）。天国人物、持名（vidyādhara，妖精）、恋人、和国王须佩戴漂亮的（vicitra）胡须。[44]苦行者、大臣、主祭司、法官（madhyastha）和恪守誓言者，其胡须应为白净的（śuddha）。不守誓言者、痛苦者、苦行者、仙人、长期被囚禁者，须佩戴长胡须。国王啊！从事正法活动者，须身穿素色（śuddha）服饰；商人、内侍和婆罗门也须如此。雅度族后裔啊！国王和妓女须穿花色衣服，其他人的服饰依据其性别和现实情况而定。”（XXVII.27-32）[45]

关于戏剧人物各自所戴头冠（顶冠）的形制以及头发的样式，摩根德耶指出：“天神和国王所佩戴的头冠（mukuṭa）有 3 种。[46]天神和国王须戴顶冠

42 这里的 āpāṇḍu 似乎也可以理解为淡白色、黄白色或浅白色。

43 Priyabala Shah, ed., *Viṣṇudharmottarapurāṇa, Third Khanda (Vol.1: Text, Critical Notes etc.)*, Vadodara: Oriental Institute, 1994, pp.86-87.

44 依据《舞论》的相关内容（XXIII.109），根据各种情况，演员佩戴的胡须分为 4 种：白净的（śuddha）、黑色的（śyāma）、漂亮的（vicitra）和茂密的（romaśa）。

45 Priyabala Shah, ed., *Viṣṇudharmottarapurāṇa, Third Khanda (Vol.1: Text, Critical Notes etc.)*, Vadodara: Oriental Institute, 1994, p.87.

46 依据《舞论》的相关内容（XXIII.135），天神和国王等佩戴的头冠包括侧冠（pārśvāgata）、额冠（mastaki）和顶冠（kirīṭi）等 3 种。

(kirīṭi)……国王啊！仙人在头上戴一顶束发冠(jaṭāmukuṭa)和发簇(khaṇḍa)，仆人（ceṭa）头上留三簇头发（triśiras），丑角要么剃光头（khalati），要么配以乌鸦爪子状发型（kākapada）。其他人物的头部（装饰），由其种姓而定。”（XXVII.33-43）[47]

妆饰表演或人物化妆显然离不开颜色的运用。摩根德耶的颜色论与《舞论》和《毗湿奴法上往世书》中的美术论有细微的差异。这是因为，《舞论》以白色、蓝色、黄色和红色为四原色，而《画经》则以白色、红色、黄色、黑色、蓝色（nīla）为五原色。他指出：“白色、红色、黄色、黑色、绿色（harita）是 5 种原色（mūlavarṇa)。一种、两种、三种颜色的混合甚或想象中的颜色混合，可以产生不计其数的间色（antaravarṇa)。常人无法弄清它们。世间有着太多的颜色搭配，我给您说明黑色（śyāma）和白色（gaura）这两种颜色的区分。利用这两种颜色可以刻画所有人的肤色（chavi)。白色有 5 种，黑色有 12 种。金白（rukmagaura)、牙白（dantagaura)、檀香白（sphuṭacandanagaura)、秋白（śaradgaura)、月白（candrakavadgaura)，这些是 5 种白色。国王啊！12 种黑色依次为：红黑（raktaśyāma)、（绿）豆黑（mudgaśyāma)、祭草黑（dūrvāṅkuraśyāma)、淡黑（pāṇḍuśyāma)、绿黑（haritaśyāma)、黄黑（pītaśyāma)、普利延古草黑（priyaṅguśyāma)、猴黑（kapiśyāma)、青莲黑（nīlotpalaśyāma)、青雀黑（cāṣaśyāma)、红莲黑（raktotpalaśyāma)、乌云黑（ghanaśyāma)。须根据这些事物的颜色描述人的肤色。人体颜色变化越多，就更有魅力。”（XXVII.8-16）[48]

《毗湿奴》第三篇第 28 章依据《舞论》第 24 章的基本内容，介绍戏剧的综合性表演。例如，关于某些自然现象、数量、人间万物等的具体表演动作，摩根德耶依据《舞论》的描述指出，头部仰视，双手在背后交叉作万字式，以各种眼神表现如下对象：拂晓、天空、夜晚、黄昏、白昼、季节、乌云、森林、宽阔水域、大片区域、行星（graha)、星座（nakṣatra)；双手和头部姿态同上，眼睛俯视，以表现地上的事物，表现月光、愉快、风、触觉；以衣遮脸，表现太阳、灰尘、烟雾、火、渴求阴凉、地面的灼热；眯着眼睛朝上，表现中午的太阳；日出日落、月亮和星星的出现，则以惊讶的眼神进行表演。头仰起，右

47 Priyabala Shah, ed., *Viṣṇudharmottarapurāṇa, Third Khanda (Vol.1: Text, Critical Notes etc.)*, Vadodara: Oriental Institute, 1994, p.88.
48 Priyabala Shah, ed., *Viṣṇudharmottarapurāṇa, Third Khanda (Vol.1: Text, Critical Notes etc.)*, Vadodara: Oriental Institute, 1994, pp.85-86.

手呈天鹅翼式，表现子孙后代。（XXVIII.9-29）[49]

摩根德耶依据《舞论》，介绍了六季的表演方法，并介绍了鸟类、天神、鬼魔及各类人群、概念、物象、情感等的表演方式。

《毗湿奴》第三篇第 29 章介绍戏剧舞蹈中的行姿表演。作者指出了行姿表演（gati）的一般规则："双脚在舞台上来来回回表演的行姿，须始终留意舞台的形状（vikṛta）和动作区域（gṛha）。女子的行姿表演须优美（lalita），男子的行姿表演须坚定（dhīra）、有力（uddhata），须依据表演对象的实际情况而表演行姿……首先，服饰须契合年龄，行姿又须契合服饰，台词吟诵（pāṭhya）则须契合行姿表演，而表演（abhinaya）动作则须与台词吟诵保持一致。"（XXIX.38-40）[50]

摩根德耶对各色戏剧人物以及车辆、天车、动物的行姿，依据《舞论》相关规则作了较为详细的说明。

摩根德耶对各种味的行姿表演作了特殊的说明。关于艳情味、暴戾味、英勇味、悲悯味、恐怖味等传统五味的行姿表演，他说："在表演自由的爱情时，（演员）的行姿充满柔情。女侍引路，（男主角）进入舞台。他身形优美，慢速行走，契合音乐的速度和节奏……在表现悲悯味的行姿时，脚步缓慢，身体摇晃，动作僵硬，肢体下垂，此时不宜表演庄严式，也不宜伴有音乐节奏。表演遭到沉重打击时的行姿，须身躯蜷缩；表演恐怖味的行姿，脚步迅疾，或根据情况需要变得僵硬；表演见到怪异事物的行姿，眼睛睁大；表演苦行者的行姿，脚步缓慢，眼睛只凝视一旬（yuga）。"（XXIX.8-19）[51]

摩根德耶说："国王啊！……关于表演，我只能告诉您这么多。因为戏剧是对世界（viśva）的模仿（anukāra），我不能说尽一切。"（XXVIII.63-64）[52] 这种思想是对婆罗多《舞论》以来的文艺理论辩证法的灵活继承，说明了文学理论、艺术理论永无穷尽，包括语言表演、妆饰表演（道具表演等）、综合表演（一般表演）和行姿表演在内的戏剧表演规则，只能随着时代变化而发展、创新。

49 Priyabala Shah, ed., *Viṣṇudharmottarapurāṇa, Third Khanda (Vol.1: Text, Critical Notes etc.)*, Vadodara: Oriental Institute, 1994, pp.90-91.

50 Priyabala Shah, ed., *Viṣṇudharmottarapurāṇa, Third Khanda (Vol.1: Text, Critical Notes etc.)*, Vadodara: Oriental Institute, 1994, p.100.

51 Priyabala Shah, ed., *Viṣṇudharmottarapurāṇa, Third Khanda (Vol.1: Text, Critical Notes etc.)*, Vadodara: Oriental Institute, 1994, pp.97-98.

52 Priyabala Shah, ed., *Viṣṇudharmottarapurāṇa, Third Khanda (Vol.1: Text, Critical Notes etc.)*, Vadodara: Oriental Institute, 1994, pp.95-96.

三、戏剧情味

《毗湿奴》第三篇依据《舞论》先论味再论情的逻辑次序，第 30 章论述 9 种味，第 31 章论述 49 种情。它们大约可以归入婆罗多意义上的四类戏剧表演中的真情表演类。摩根德耶高度重视戏剧味的表达："味被视为戏剧的根本（mūla）。因为舞蹈不能缺乏味，人们须努力表演以味为基础的舞蹈。"（XXX.29）[53]他还认为："没有哪一首诗只表现一种味。其中一些（味）源自表演（prayoga）。无论情，还是味，都是表演活动所致。"（XXXI.57）[54]

摩根德耶继承新护等人的味论观，认可戏剧九味说，并强调了味在戏剧表演中的重要地位，指出了戏剧表演的神圣目标和世俗功能。他在第三篇第 27 章中说："艳情味、滑稽味、悲悯味、英勇味、暴戾味、恐怖味、厌恶味、奇异味和平静味，这些是 9 种戏剧味（nāṭyarasa）。国王啊！应努力确保所有的戏剧创作充满味，因为味是所有戏剧的重心。王中之月啊！这些戏剧的创作应展现纯熟技艺，体现世间习俗（lokavidhāna），为了世人的幸福而教导正法、利益与爱欲。"（XVII.61-63）[55]

在第三篇第 30 章开头，摩根德耶再次提出九味说，并指出传统八味的原生味、次生味，认为平静味是单独的一直存在。他说："滑稽味、艳情味、悲悯味、英勇味、暴戾味、恐怖味、厌恶味、奇异味、平静味，这些是戏剧中的 9 种味。平静味是单独存在的一种独立味（svatantra），而滑稽味源自艳情味，悲悯味源自暴戾味，奇异味源自英勇味，恐怖味源自厌恶味。国王啊！我将说明它们各自的颜色和保护神。"（XXX.1-3）[56]

关于艳情味、滑稽味、暴戾味、英勇味和恐怖味的种类，作者在第三篇第 31 章中指出："艳情味有 3 种：语言艳情味、化妆艳情味（nepathya）和行为艳情味（kriyā）。同理，滑稽味和暴戾味分为 3 种：形体的（aṅga）、化妆的、感情的（bhāva）。悲悯味分为 3 种：正法受的、利益受损的、失去亲友的；行家说英勇味表现为 3 种：战斗英勇味、悲悯英勇味、布施英勇味；恐怖味有 3

---

53 Priyabala Shah, ed., *Viṣṇudharmottarapurāṇa, Third Khanda (Vol.1: Text, Critical Notes etc.)*, Vadodara: Oriental Institute, 1994, p.103.

54 Priyabala Shah, ed., *Viṣṇudharmottarapurāṇa, Third Khanda (Vol.1: Text, Critical Notes etc.)*, Vadodara: Oriental Institute, 1994, p.109.

55 Priyabala Shah, ed., *Viṣṇudharmottarapurāṇa, Third Khanda (Vol.1: Text, Critical Notes etc.)*, Vadodara: Oriental Institute, 1994, p.42.

56 Priyabala Shah, ed., *Viṣṇudharmottarapurāṇa, Third Khanda (Vol.1: Text, Critical Notes etc.)*, Vadodara: Oriental Institute, 1994, p.101.

种：虚假的（vyāja）、恐怖导致的、冒犯引起的。”（XXXI.54-57）[57]

作者似乎认为平静味具有至高无上的地位，因为他接着首先论述的是平静味而非秉承首先论述艳情味的传统做法。他在第三篇第 30 章介绍九味的颜色、保护神时，将平静味放在首位。他说：“平静味呈自然色（svabhāvavarṇa），艳情味呈青色（śyāma），暴戾味呈红色（rakta），滑稽味为白色（sita），恐怖味为黑色（kṛṣṇa），英勇味呈橙色（gaura），奇异味呈黄色（pīta），悲悯味为灰色（kāpota），厌恶味呈蓝色（nīla）。滑稽味以湿婆（prathamadeva）为保护神，艳情味以毗湿奴为保护神，暴戾味以楼陀罗为保护神，悲悯味以阎魔为保护神，厌恶味以时神（mahākāla，湿婆）为保护神，恐怖味以时神（死神）为保护神，英勇味以因陀罗为保护神，奇异味以梵天为保护神，平静味以至高原人（parahparuṣa）为保护神。国王啊！平静味源自离欲弃世（vairāgya），它可以手执林伽标志、怜爱一切生命、禅定、遵循解脱之路（mokṣamārga）、无悲、无喜、不恨、不怒、平等对待一切众生（bhūta）等进行表演[58]，这便称为平静味。”（XXX.9-11）[59]

关于滑稽味，作者指出：“滑稽味源自不恰当的话语、不合适的服饰等（情由），分为自我滑稽味（ātmastha）和依他滑稽味（parastha）两种。自己发笑为自我滑稽味，别人发笑是依他滑稽味。滑稽味还可分为上等人物的、下等人物的和中等人物的三种。笑不露齿（dvija），脸颊微张，挑眉斜视，眼神优美，这是庄重的（dhīra）上等人物的浅笑（smita）。国王啊！中等人物的笑露出牙齿，下等人物的笑眼中有泪，夹杂声音。”（XXX.11-15）[60]

关于艳情味，作者联系女主角失恋艳情味的十阶段说进行阐释。他说：“艳情味分为会合艳情味和分离艳情味两种，其中的分离艳情味须表演忧郁（nirveda）等。分离艳情味表现为 10 个爱情阶段（kāmāvastha）[61]。国王啊！

---

57 Priyabala Shah, ed., *Viṣṇudharmottarapurāṇa, Third Khanda (Vol.1: Text, Critical Notes etc.)*, Vadodara: Oriental Institute, 1994, p.109.

58 手执林伽标志至平等对待一切生物，皆为平静味的情态，而离欲弃世为其情由。它的不定情包括超脱现世、忧郁、回忆、满意、一生清净、瘫软、汗毛竖起等。

59 Priyabala Shah, ed., *Viṣṇudharmottarapurāṇa, Third Khanda (Vol.1: Text, Critical Notes etc.)*, Vadodara: Oriental Institute, 1994, pp.101-102.

60 Priyabala Shah, ed., *Viṣṇudharmottarapurāṇa, Third Khanda (Vol.1: Text, Critical Notes etc.)*, Vadodara: Oriental Institute, 1994, p.102.

61 这里的话基本上源自犊子氏（Vātsāyayana）的《爱经》（*Kāmasūtra*）。V.1.4-5）参见 Radhavallabh Tripathi, ed. & tr., *Kāmasūtra of Vātsāyayana*, Delhi: Pratibha Prakashan, 2005, p.238。关于爱情十阶段的具体内容和解说，还可参阅《舞论》第

在第一阶段，表现的是一见钟情（cakṣuprīti）；在第二阶段，表现的是心心相印（manaścasaṅga）；在第三阶段，表现的是念念不忘（samaraṇanirantaram）；第四阶段是辗转无眠（nidrābheda）；第五阶段是憔悴消瘦（tanutā）；国王啊，第六阶段是无精打采（vyāvṛttirviṣaya）；第七阶段是不顾羞耻（lajjāpraṇāśa）；第八阶段是疯疯癫癫（unmāda）；第九阶段是神志昏迷（mūrcchā）；第十阶段是忙归黄泉（maraṇa）。一对人两情相悦，以鲜艳的花环和令人愉快的檀香膏（anulepaka）为装饰，这是会合艳情味。”（XXX.16-22）[62]

关于其他各种味，作者的解说非常简略：“悲悯味源自常情悲，它须表演肢体松弛、唉声叹气（nihśvāsa）、悲伤哭泣、变色、口干舌燥等（情态）。暴戾味源自常情怒，它应表现眼红、眉毛弯曲、愤怒、突然间怒不可遏、用武器造成痛苦等（情态）。恐怖味源自常情惧，它应表现脸部变色、害怕、口干舌燥等（情态）。厌恶味源自常情厌，它应表现鼻孔收缩、激动不安等（情态）。源自常情惊（āścarya）的叫作奇异味，它应表现睁大眼睛、汗毛竖起、手指乱动、出汗等（情态）。”（XXX.22-28）[63]

摩根德耶在介绍 49 种情时，先依据婆罗多的相关论述介绍 8 种常情。他没有介绍第 9 种常情即平静味的常情“静”。摩根德耶依据《舞论》的相关内容，逐一解说 33 种真情和 8 种真情表演。关于真情、常情、味、不定情的关系及其表演，摩根德耶总结道：“人们须以各种方式表演其他的真情。演员应该在所有的味中认识它们。各种情的结合形成味，这便是常情味（rasasthāyin）。其他的情是不定情。”（XXXI.52-54）[64]

综上所述，《毗湿奴》第三篇以仙人摩根德耶与国王对话的方式，较为全面地介绍了戏剧类型、戏剧语言、戏剧表演、戏剧情味等，也不分涉及戏剧角色、戏剧情节等，但没有涉及戏剧风格、戏剧基础（剧场建造）等其他戏剧论要素。《毗湿奴》的戏剧论虽然主要依据《舞论》和《十色》等前人著述，但偶

24 章相关内容（XXIV.168-190）。这些爱情阶段的名称依次是：渴望（abhilāsa）、忧虑（cintā）、回忆（anusmṛti）、赞美（guṇakīrtana）、烦恼（udvega）、悲叹（vilāpa）、疯癫（unmāda）、生病（vyādhi）、痴呆（jaḍatā）、死亡（maraṇa）。由此可见，《味论》作者婆罗多对《爱经》等经典进行了改写或重新阐释。

62 Priyabala Shah, ed., *Viṣṇudharmottarapurāṇa, Third Khanda (Vol.1: Text, Critical Notes etc.)*, Vadodara: Oriental Institute, 1994, p.102.

63 Priyabala Shah, ed., *Viṣṇudharmottarapurāṇa, Third Khanda (Vol.1: Text, Critical Notes etc.)*, Vadodara: Oriental Institute, 1994, pp.102-103.

64 Priyabala Shah, ed., *Viṣṇudharmottarapurāṇa, Third Khanda (Vol.1: Text, Critical Notes etc.)*, Vadodara: Oriental Institute, 1994, pp.108-109.

尔也会出现一些不太常见的观点。它所记载的戏剧论，与其记载的音乐论、舞蹈论和诗学论一样，是印度古代文艺理论文献的一个重要组成部分，其史料价值不可低估，尽管其理论价值比不上《十色注》、《情光》等其他梵语戏剧论著。总之，该书第三篇相关戏剧论和前述的《火神往世书》戏剧论一道，构成了印度古代戏剧理论“大厦”的一块块基石。梳理印度古代戏剧发展或古典梵语戏剧理论发展史，《毗湿奴法上往世书》和《火神往世书》的戏剧论不可或缺。

第四节 绘画论

值得注意的是，《毗湿奴》有一部分内容涉及绘画论，这便是与《舞论》的“味经”（rasasūtra）相对应的“画经”（citrasūtra），它包括第三篇第 35 至 43 章的九章内容。迄今为止，曾有多人对其进行校注和翻译，足见学界人士对其高度重视。金克木先生认为，“画经”论述画与舞的一致关系：“若无舞论，画论难明。”这部分内容是印度“论述画理的最早的现存文献”。[65]此外，《毗湿奴》第三篇第 44 至 85 章介绍如何制作梵天、毗湿奴、火神、财神、风神等的宗教性塑像的问题。第 86 至 118 章介绍如何建造神庙及其相关问题。篇幅所限，下边只对《毗湿奴》的绘画论部分进行简介。

《毗湿奴》第三篇第 35 章亦即“画经”第一部分主要讲述绘画的起源、绘画与舞蹈的区别、关于五类人的画像量度等等。此处讲述了有关绘画起源和“画经”来由的神话传说。它有别于公元初左右埃哲布《画像量度经》所叙述的绘画起源故事。按照摩根德耶的叙述，仙人那罗延为了迷惑前来引诱他的一位仙女，用芒果汁在地上画了一位美女。然后，从画中走出一位绝色天女，她便是优哩婆湿（Urvaśī）。看到优哩婆湿后，天女自愧不如，主动退场。仙人因此创作了一幅完美的画。接着，他向天宫的建筑师工巧天（Viśvakarmā）传授了自己的画艺。这个传奇故事说明，绘画的原理来自绘画实践，而建筑师宇业学习画艺说明，早期绘画、雕塑与建筑关系密切。讲述完绘画的起源后，摩根德耶接着叙述绘画、雕塑与舞蹈的关系。他说：“与舞蹈一样，绘画也是对三界的模仿（trailokyānukṛti）。”（XXXV.5）[66]因此，舞蹈表演中的眼光、情感、

65 金克木：《略论印度美学思想》，曹顺庆主编：《东方文论选》，成都：四川人民出版社，1996 年，第 64 页。

66 Parul Dave Mukherji, ed. and tr., *The Citrasūtra of Viṣṇudharmottarapurāṇa*, New Delhi: Indira Gandhi National Centre for the Arts, 2001, p.2.

姿态和手势等也适合在绘画中进行表现。不同的是，舞蹈中不关注的量度和比例对于绘画来说至关重要。这是因为，比例和量度与绘画、雕塑等涉及表现空间的形象艺术有关，而韵律则对音乐和舞蹈等时间艺术非常重要。[67]

第 36 章亦即“画经”第二部分主要涉及人体各个部位的比例和量度。第 37 章亦即“画经”第三部分讲述五类女性画像的量度及头发、眼睛的比例问题。第 38 章亦即“画经”第四部分名为“造像特征”（pratimālakṣaṇa），主要论及如何塑造神像的问题。这说明，“画经”一词即 citrasūtra 中的 citra，既表示绘画，也引申而表示造像（pratimā）或塑像。第 39 章亦即“画经”第五部分论及九种地方和三种基于不同量度的画像等。第 40 章亦即“画经”第六部分论及各种各样的绘画技法及如何融合技法的问题。第 41 章亦即“画经”第七部分涉及四类绘画、三类笔法、必须避免的绘画缺陷、四条必须遵守的绘画原理和创作优秀画作的一些建议。这是非常重要的一章。该章开头便对绘画进行分类：“绘画分为四类：写实画（satya）、乡村画（daiśika）、城镇画（nāgara）、混合画（miśra）。”（XLI.1）[68]写实画便是指画作与其描摹的世界相似。乡村画具有地方风格，城镇画自然有别于这一风格，且二者的线条勾勒各有差异。顾名思义，混合画则具有前三类画作的混合特征。该章还提出显然是借鉴了诗德和诗病的概念即“画德”（citraguṇa）和“画病”（citradoṣa），对画的线条、比例、技法等进行评判。画德和画病将在最后一章再次论及。第 42 章亦即“画经”第八部分论述国王、仙人、乾达婆、不同女性等各种姓、阶层人士以及时令季节、山岳、森林和庙宇等绘画中表现的主题或对象。这些内容有些近似于“诗人学”，称其为“画师学”应不为过。在该章末尾，摩根德耶说：“应该说一说此前讲过的味和情，与舞蹈有关的论述在绘画中也同样适用。”（XLII.82）[69]此处提及的与舞蹈相关的论述涉及情味。摩根德耶接着还按照绘画素材的干枯或润湿程度，将绘画分为上中下三等，其中，上等是润湿，中等是干枯，下等是不干不润。他认为，好的绘画应该虑及时令、地域、年代和人物体态等因素，否则，便是失败之作。因此，一幅由优秀艺术家创作的绘画，人物形象栩栩如生，优美动人，充满情味，使人大饱眼福。通过这样

67 Priyabala Shah, *Viṣṇudharmottarapurāṇa, Third Khanda (Vol.2: Introduction, etc.)*, Vadodara: Oriental Institute, 1998, pp.104-105.

68 Parul Dave Mukherji, ed. and tr., *The Citrasūtra of Viṣṇudharmottarapurāṇa*, New Delhi: Indira Gandhi National Centre for the Arts, 2001, p.158.

69 Parul Dave Mukherji, ed. and tr., *The Citrasūtra of Viṣṇudharmottarapurāṇa*, New Delhi: Indira Gandhi National Centre for the Arts, 2001, p.158.

的论述，摩根德耶巧妙地将主题过渡到至为重要的画味论。

第 43 章亦即“画经”最后部分富有诗学色彩，因其典型地体现了文学艺术触类旁通的道理，也呼应了摩根德耶在《毗湿奴》一书开头所表达的思想原理。这一章以味论画亦即以味论切入画论，实为印度文艺理论的典范之作。这种似曾相识的画味论值得中国学者关注。

摩根德耶在该章开头便提出九种画味（nava citrarasa，按梵文原意也可解释为“新画味”）：“艳情味、滑稽味、悲悯味、英勇味、暴戾味、恐惧味、厌恶味、奇异味和平静味，这些被称为九种画味。”（XLIII.1）[70]接着，他对每一种画味或曰绘画味均做了较为细致的说明，如绘画艳情味的特征是：“在艳情味中，应该用柔和而优美的线条描摹人物精致的服装和妆饰，显示其美丽可爱，风情万种。”（XLIII.2）[71]滑稽味描述侏儒、驼背或手脚畸形的人物，悲悯味描述人物乞讨、恋人分离、天灾人祸等，暴戾味描述人物的粗暴、愤怒和武器盔甲等，英勇味描述人物勇敢和高傲的表情等，恐惧味描述邪恶的表情及杀戮、死亡等，厌恶味描述火葬场等，奇异味描述汗毛竖起、眼睛睁大和出汗等，平静味描述苦行者沉思入定等场景。可见，摩根德耶基本上依据《舞论》介绍各种画味。

对于这九种画味的具体运用，摩根德耶做了严格的规定，例如，在屋中，应描摹表现艳情味、滑稽味和平静味的画，但不能描摹其他各类画味。在神庙和王宫里，所有画味都可以表现。在摩根德耶看来，战场、火葬场、悲剧、死亡、疼痛折磨和缺牙的大象等被视为不吉利，不适宜在房间中以绘画形式进行描摹，但可以在王宫的议事大厅或神庙里进行表现。只有金翅鸟和猴子等吉祥物可以画在房间里。在自己的房间里，也不能描摹自己的画像。

在本章中，摩根德耶再次论及此前在第 41 章中提到的画德和画病。他对八种画德和八种画病的特征的叙述是：“线条羸弱，线条粗厚，细节模糊，下巴过长，嘴唇过大，眼睛过宽，线条歪曲，色彩失配，这些被称为画病。构图均匀，比例均衡，运用垂线，柔美可爱，细致微妙，生动逼真，略之有法，增之有度，这些被称为画德。”（XLIII.17-20）[72]中国古代绘画论中也有“画病”

70 Parul Dave Mukherji, ed. and tr., *The Citrasūtra of Viṣṇudharmottarapurāṇa*, New Delhi: Indira Gandhi National Centre for the Arts, 2001, p.240.

71 Parul Dave Mukherji, ed. and tr., *The Citrasūtra of Viṣṇudharmottarapurāṇa*, New Delhi: Indira Gandhi National Centre for the Arts, 2001, p.240.

72 Parul Dave Mukherji, ed. and tr., *The Citrasūtra of Viṣṇudharmottarapurāṇa*, New Delhi: Indira Gandhi National Centre for the Arts, 2001, p.246.

说。例如，唐末五代的荆浩提出画有“有形之病”和“无形之病”的二病说。“有形之病是局部的细节上的缺陷，无形之病涉及神似、形似及笔墨各方面，关系到作者的艺术修养和审美观，是贯穿整个画面上的问题，是无法修改的。无形之病实际上指画的格调。后世对于画格续有发挥，病的名目更多了，也许是荆浩的影响所致。”[73]例如，宋代的郭若虚提出了用笔三病说：版、刻、结。它们分别指笔力迟钝致使描画物象缺乏立体感；运笔迟疑致使线条生出棱角；运笔不流畅。[74]由上所述可以发现，中印古代绘画论似乎存在一些可比之处。

在对画师应该遵循的技法原则和必须避免的失误等进行较为细致地介绍后，摩根德耶以这样几句言简意赅而又发人深思的话结束了《毗湿奴》一书的“画经”部分：“大地之主啊！那些没有提到的东西可以从舞蹈中领悟。人主啊！舞蹈中没有说透的也可联系绘画进行理解。一切艺术中，绘画最优，它指导人们践行正法、利益、爱欲和解脱。”（XLIII.36-39）[75]这段话既再次强调了舞蹈艺术与绘画艺术触类旁通的道理，又强调了艺术与人生四要的密切关系，还对绘画艺术的重要位置给予罕见的高度评价。

综上所述，《毗湿奴》中的绘画论部分颇有特色。摩根德耶的绘画起源论、画味论、画德说、画病说、绘画功能说等是值得研究的古典梵语艺术论资源。往大处说，《毗湿奴》的上述戏剧论、乐舞论和美术论都是印度古典梵语文艺理论宝库中的重要内容，值得学界重视。

73 葛路：《中国古代绘画理论发展史》，上海：上海人民美术出版社，1982 年，第 68 页。

74 葛路：《中国古代绘画理论发展史》，上海：上海人民美术出版社，1982 年，第 76-77 页。

75 Parul Dave Mukherji, ed. and tr., *The Citrasūtra of Viṣṇudharmottarapurāṇa*, New Delhi: Indira Gandhi National Centre for the Arts, 2001, p.254.

第十四章 《工巧宝库》的工巧造像论

生活于17世纪的S.N.摩诃钵多罗（Sthapaka Niranjana Mahapatra）是印度奥利萨一带的著名建筑艺术家与理论家。他的《工巧宝库》（*Silparatnakosa*）或译《工艺宝库》、《艺术宝库》，它是集工巧营造和造像论于一体的梵语著作。它与《工巧之光》（*Silpaprakasa*）、《工巧流》（*Silpasarini*）等一道，同为印度古代工巧艺术论的代表作。该书主要介绍湿婆庙等各种奥利萨印度教神庙的建筑原理，融宗教哲理思考与工巧艺术流程描叙于一体。常任侠指出："奥里萨派建筑形式的特点，是曲线形球根状的塔，名为'悉卡罗'。建筑物的表面，有明显的勒条形隆起，中国诗中有'塔势如涌出'的说法，它正像由一种自发的动作而升向天空。它的上端为突出的坐垫形的'庵摩勒迦'（amalaka），顶上通常置有轻巧的宝瓶装饰，名为'迦罗萨'（kalasa）。此种建筑除悉卡罗外，另一特色为柱廊，即曼达波，其上有无数阶梯式飞檐，角锥形的屋顶。这种朴素而劲挺的综合形式，主要以公元8至12世纪的奥里萨邦建筑为代表。"[1]论者指出："最完美地体现中世纪北印度建筑的是三个流派：邦德尔坎德的奥利萨派、古吉拉特派和南拉贾斯坦派……奥利萨派的发展从8世纪持续至13世纪，其主要建筑位于布巴内斯瓦尔（Bhubaneswar）和普利（puri）的城镇周围。最优美的奥利萨神庙是布巴内斯瓦尔的林伽罗阇庙（Lingaraja），它体现了北印度尖塔庙（sikhara）的最终形状。"[2]还有学者指出："布巴内斯瓦尔的建筑

1 常任侠：《印度与东南亚美术发展史》，合肥：安徽教育出版社，2006年，第57-58页。

2 A.L. Basham, *The Wonder that was India*, New Delhi: Picador India, 2004, pp.361-362.

业发展以林伽罗阇庙为高峰。”[3]查尔斯·法布里（Charles Fabri）指出：“奥利萨的塔庙是印度建筑最辉煌的发明创造之一……奥利萨塔庙是一种崇高信仰的杰出的艺术表述。”[4]对照《工巧宝库》的相关介绍，再读常先生的相关记载和国外学者的论述，我们对印度教寺庙建筑原理的了解会更为透彻。

第一节 《工巧宝库》的基本内容

17 世纪左右，在穆斯林征服者对印度的统治下，印度教神庙的存在和建筑工艺传统受到某种威胁，因此，身为建筑师的摩诃钵多罗忧心如焚，他决心将该地区神庙建筑的基本原理记录下来，以备传统文化复兴之需。[5]这便是《工巧宝库》产生的时代背景。《毗湿奴法上往世书》在解释人们如何获得幸福的问题时指出：“渴望在两界获得福祉，智者应供奉神灵，了解内祭（antarvedi）与外祭（bahirvedi）。以祭祀敬拜神灵，是内祭；运用斋戒和持戒等方式敬拜神灵，是外祭。如想通过献祭和虔敬获得世间福祉，应建造神庙，献祭和虔敬可施于神庙。在圆满时代、三分时代和二分时代，人们目睹神灵，而在争斗时代，应该专门建造神庙。”（II.1.2-5）[6]这似乎是《工巧宝库》的宗教文化成因。

《工巧宝库》分为神庙建筑论和神像雕刻论两部分，第二部分非常短小。这说明它以介绍印度教神庙（以供奉湿婆神的林伽罗阇庙为代表）的建筑原理和流程为主。摩诃钵多罗假借建筑师跋司迦罗之口，将神庙分为棱线庙（rekha）与阶梯庙（pidha）两种。从全书内容看，论述的重心还在前者即棱线庙（主庙）。

论者指出，奥利萨一带的湿婆庙主建筑群由四部分构成：主庙（deula）、前庙（jagamohana）、舞庙（natamandira）、献祭庙或曰侧庙（bhogamandapa）。主庙与前庙在建筑设计中本为一体，而舞庙和献祭庙是后来添加的。“主庙是充分体现奥利萨风格的棱线庙，挨着它的前庙为阶梯庙，它的上部形似两层的

3 George Michell, *Hindu Art and Architecture*, London: Thames & Hudson Ltd., 2000, p.105.

4 Charles Fabri, *An Introduction to Indian Architecture*, London: Asia Publishing House, 1963, pp.26-27.

5 Sthāpaka Nirañjana Mahāpātra, *Śilparatnakośa*, “Introduction,” New Delhi: Indira Gandhhi International Centre for the Arts, 1994, p.17.

6 Priyabala Shah, ed. *Viṣṇudharmottarapurāṇa, Third Khanda (Vol.1: Text, Critical Notes etc.)*, Vadodara: Oriental Institute, 1994, p.1.

梯形金字塔。”[7]由此可见，摩诃钵多罗以介绍主庙和前庙为主，介绍舞庙和侧庙为辅。

对照《工巧宝库》的相关描述可以发现，棱线庙是常任侠所谓“曲线形球根状的塔”即主庙（主殿），而阶梯庙是柱廊与阶梯式角锥顶的结合体即前庙（前殿）。“印度教神庙被看做印度教诸神在人间的住所，通常由主殿（vimana，维马纳）、圣所（garbha griha，伽尔巴 · 格里哈）、柱廊（mandapa，曼达波）、高塔（shikhara，悉卡罗）等单元组成……‘曼达波’原义为遮棚，此处指神庙或主殿前方的列柱门廊或会堂。‘悉卡罗’原义为山峰，此处指神庙圣所上方塔形的屋顶，象征着诸神居住的神山。在印度教神庙中悉卡罗是最显著、最典型的结构。”[8]这里所说的圣所应指献祭庙或侧殿，柱廊应为前庙，而高塔则为主庙。可见以塔庙为标志的湿婆庙在古代印度教神庙中的地位非常突出。

摩诃钵多罗按照自下而上的顺序，对主庙的结构依次进行介绍。他说：“我将借助美丽的艺术语言，说明神庙每一个部位、地方、段落、穹窿、凹处的形状及其含义。这些部位的区分源自各个群体内部世代相传，它们旨在让建筑师们的工作轻车熟路。主要部位和次要部位依次排列。《工巧宝库》一书也如此排列，犹如颗颗宝石串联在一条项链）上。称其《工巧宝库》，乃是因为它提供建筑的基本原理。”（I.16-19）[9]

接下来，摩诃钵多罗开始介绍主庙的下段，其中以底座为核心。他指出，墙基的八分之一为底座。莲花座、叶片座、狮子座、庄严座、法轮座和弧形座等底座有名。“莲花座下边部分刻着低垂的花瓣，这部分称为‘莲花’。这是一种优美的底座。莲花座的上半部分呈凹陷状，有着纵深的这部分是座腰。（基脚、莲花和座腰）这三部分构成了底座。这是由三部分组成的优美的莲花座。”（I.25-27）[10]

第一部分的第 70 至 102 句介绍林伽庙的底部即所谓“五行趾”的构成。从摩诃钵多罗的叙述来看，“五行趾”即指神庙基脚即“脚趾”（khura），也

7 K. S. Behera, *The Liṅgarāja Temple of Bhubaneswar Art and Cultural Legacy*, New Delhi: Indira Gandhhi International Centre for the Arts, 2008, p.21.

8 王镛：《印度美术》，北京：中国人民大学出版社，2010 年，第 224 页。

9 Sthāpaka Nirañjana Mahāpātra, *Śilparatnakośa*, New Delhi: Indira Gandhhi International Centre for the Arts, 1994, p.36.

10 Sthāpaka Nirañjana Mahāpātra, *Śilparatnakośa*, New Delhi: Indira Gandhhi International Centre for the Arts, 1994, pp.38-40.

指整个林伽庙的底部或下段。“主庙和前庙上的‘五行趾’因此显得优美。缺少‘五行趾’，塔庙看起来不完美。”（I.102）[11]

第 103 至 188 句讲述主庙（塔庙）和前庙墙体的相关特征。摩诃钵多罗认为，墙体（jangha）的高度与“五行趾”相当。墙体至结合部（melana）包括五个部分。“恰如诗依据诗人的奇思妙想运用优美的庄严（修辞），建筑物的墙体也应雕刻漂亮的图像。蔓藤柱应刻上各种蔓藤，正如从前的树木源自五大元素的创造。雕刻在塔庙墙体上的蔓藤和树木令人愉悦。”（I.110-112）[12]“蔓藤柱”指刻有蔓藤的柱状墙体。摩诃钵多罗指出，应在墙体的宽敞处雕刻小塔。小塔有三种：天宫塔、金刚塔、穹窿塔。墙体上雕刻蛇和嬉戏的女子或“墙上女”（janghanayika）等。按照遮娄其（Calukya）风格，墙体始终建有廊柱。廊柱底部宽阔，越往上就越细小。廊柱的第五部分雕刻了深深的神龛。塔庙两边的神龛上，应雕刻雄蛇与雌蛇。最佳的是交尾蛇、蛇王、蛇女、双蛇、缠尾蛇、爱欲蛇。这便形成六种蛇柱（nagastambha）。蛇柱或廊柱的中心即神龛，应以守门神（dikpala）或其他人物为装饰。摩诃钵多罗还介绍了墙刻怪兽（bhittiviraja）的特征。主要的怪兽像分为三类：狮怪像、象怪像、鹿狮像。

第 189 至 225 句讲述侧庙（献祭庙）的相关特征。摩诃钵多罗指出，由两个部分构成的侧庙（nisa，即献祭庙）最佳。侧庙神龛建在底层，其上为柱廊。柱廊和神龛的形状相似。侧庙的墙体也由五个部位构成。侧庙屋顶为波浪形。侧庙柱应建在侧庙内，构成其主要部位。侧庙柱的高度应与墙体的高度持平。侧庙柱包括装饰华丽的优美柱、天国柱、水罐柱、结跏柱、神龛柱、骏马柱等。

第 226 至 255 句讲述前庙的相关特征。摩诃钵多罗指出，按其形状，前庙的阶梯顶分为规则和不规则两种。规则的阶梯顶形似山峰。阶梯顶庙冠包括莲花冠、碗钵冠、婆娑冠、椭圆冠等。

第 256 至 274 句讲述庙顶和各种标志的形状。棱线庙（主庙）和角锥庙（前庙）的庙顶装饰有五种：祭柱顶、圆满顶、吉祥顶、乳海顶、水罐顶。在庙顶，有一个用来安插标志的孔洞即“梵穴”，它应通往地面。“标志是建筑

11 Sthāpaka Nirañjana Mahāpātra, *Śilparatnakośa*, New Delhi: Indira Gandhhi International Centre for the Arts, 1994, p.60.

12 Sthāpaka Nirañjana Mahāpātra, *Śilparatnakośa*, New Delhi: Indira Gandhhi International Centre for the Arts, 1994, p.66.

艺术的要素，始终应在岩石或金属表面，按照比例塑造标志。标志应和宝瓶顶的高度持平。我将描述与受人崇拜的大神相关的各种标志。股叉是湿婆的标志，神盘是毗湿奴的标志……应按先贤所言塑造标志，正如原人（purusa）因具备十六个部位而完美无缺。因此，应按十六个部位塑造安插标志和旗帜的神庙。”（I.269-274）[5]13

第 275 至 361 句讲述神庙中段或日凸庙壁中间部位（garbha）的各种特征。摩诃钵多罗首先介绍中部和上结合部之间的结合部（melana）。结合部有十层，全都雕刻着华丽的花草人物。庙壁中部应建造十个曲拱层。他还详细介绍了神庙中部多达四个、五个甚或更多的勒条塔，其特征是塔上有塔。凸壁（ratha）叫“金刚藏”（vajragarbha），因为它有金刚首的雕饰，墙体以下是凸庙壁及各条棱线。

第 362 至 427 句介绍女神庙的各种特征。摩诃钵多罗将女神庙称为“吉祥庙”（mañjuśrī）。这种女神庙象征湿婆神的配偶杜尔迦女神（难近母）。“吉祥庙是棱线庙中最优美的一类。”（I.362）14总计十四个尖塔的女神庙叫天藏庙（天宫庙）。杂线庙在羯陵伽很有名。这种庙是为杜尔迦女神或难近母而建。摩诃钵多罗接着介绍混合型穹窿的各部位特征及其相关规则。“流线型的吉祥庙是一种混合庙，它的中部在低处凸起。它也叫天冠庙。它呈流线型，但不可将天冠庙与其他类型的神庙相混淆。棱线庙形似‘原人’，而吉祥庙是一种符箓庙（yantramandira）。”（I.392-393）15混合庙为供奉难近母而建。摩诃钵多罗还描述了穹窿庙（pidhakhakara）的特征。所有三种穹窿庙是理想的女神庙，它们不是湿婆庙或毗湿奴庙。

第 436 至 481 句介绍作为神庙要素的雕像。摩诃钵多罗指出，应按工匠各自的想象和喜好，雕刻各具特色的门饰。应雕刻一首多身的奇像和成双成对的形象。门框正中是吉祥女神像。门槛两边为守门神，不能在神龛内部造像。“神像被分为供奉像（arca）和装饰像（mandana）两类。供奉像供人敬拜，装饰像（即庄严像）指位于两侧的神像。装饰像表现天神们的游戏，供奉像供人

13 Sthāpaka Nirañjana Mahāpātra, *Śilparatnakośa*, New Delhi: Indira Gandhhi International Centre for the Arts, 1994, pp.118-120.

14 Sthāpaka Nirañjana Mahāpātra, *Śilparatnakośa*, New Delhi: Indira Gandhhi International Centre for the Arts, 1994, p.146.

15 Sthāpaka Nirañjana Mahāpātra, *Śilparatnakośa*, New Delhi: Indira Gandhhi International Centre for the Arts, 1994, pp.156-158.

祭拜。按照经论的说法，神像还可分为隐像和显像两类。隐像表现禅定状态，显像最适合人们敬拜。显像始终应以轮廓为基础。”（I.451-453）[16]摩诃钵多罗还将神像分为石像、木像、金属像和泥像等四类。

《工巧宝库》第二章只有短短的 37 句，主要介绍石像的制作流程。根据艺术经典，神像制作的最佳程序有四步。第一步是认真打磨岩石，第二步是雕刻轮廓线即将岩石表面分为二十四个方格，第三步是将岩石表面分为五个区域，第四部大约是指正式雕刻。“依据工巧天经典所述进行制作，作品是优秀的。应从区域中心开始，根据经论和描线规则，利用线条，刻画神像的各个部位。法器、大量的手、各具特色的娇媚姿态和情状，以及合理运用庄严（alankara）的知识，这些常被称为装饰。”（II.16-18）[17]应塑造契合三德的三种面貌（相）。眼睛的刻画分为四类，脸庞分三类，身形分为三类，下嘴唇有两类。摩诃钵多罗说：“艺人虔诚地按照禅定颂诗所描述的一切特征造像，即便身负深重罪孽，也可度过苦厄。神像塑造者应始终记住此处简略谈到的五阶段造像法，以便能正确塑像。”（II.31-33）[18]所谓造像的五阶段指打磨岩石、描轮廓、雕刻、装饰、表现人物的神态。

第二节 “庙原人”的意象与内涵

综上所述，《工巧宝库》遵从《梨俱吠陀》等文化经典论及的“原人”原则，对神庙的各个部位或要素进行分门别类的介绍。可以说，“原人”意象既是湿婆庙（林伽罗阇庙）的神话原型，也是《工巧宝库》立论言说的核心和精髓。

有的学者将“原人”（puruṣa）称为“原我”，并指出，它是超越自然、时空、因果、感觉和运动等经验表象的“意识实体。原我是人的真实自我。它是单纯的知者，无作无受、清净恒常、遍满世界而不入于世界。”[19]印度学者指出，“原人”的概念内涵丰富，它是一种涵盖宏观与微观的“原型模式”

16 Sthāpaka Nirañjana Mahāpātra, *Śilparatnakośa*, New Delhi: Indira Gandhhi International Centre for the Arts, 1994, p.174.

17 Sthāpaka Nirañjana Mahāpātra, *Śilparatnakośa*, New Delhi: Indira Gandhhi International Centre for the Arts, 1994, p.184.

18 Sthāpaka Nirañjana Mahāpātra, *Śilparatnakośa*, New Delhi: Indira Gandhhi International Centre for the Arts, 1994, p.190.

19 吴学国：《奥义书思想研究》（第五卷），北京：人民出版社，2017 年，第 1816 页。

（archetypal model）。它是有机的结构（organic structure），也是内在的灵魂。在超验意义上说，“至高原人”（purusottama）是神灵的显形；从世俗意义出发，它是人的理想化，其名号可赠予佛陀。“在各种艺术中，‘原人’体现了形式统一的原则，将各种艺术形式的有机成分进行整合。它是标准度量，也是度量者。不过，它还是各种艺术创造力的核心概念。‘原人’之于各种艺术创造，犹如祭祀之于宇宙的进化。因此，‘原人’遂为各种艺术所表现的模式或原型。”[20]因此，印度古典文艺理论中的“原人”意象引人瞩目。

古典诗学的“原人”意象以公元 10 世纪梵语诗学家王顶的《诗探》第三章《诗原人的诞生》最为典型。王顶叙述道，语言女神娑罗私婆蒂生下名为“诗原人”（kavyapurusa）即象征诗歌的儿子后，告诉他：“音和义是你的身体，梵语是你的嘴，俗语是你的双臂，阿波布朗舍语是你的双股，毕舍遮语是你的双脚，混合语是你的胸脯。”[21]印度古典音乐论出现了“曲原人”（prabandhapurusa）概念。其中，最有名的当属公元 13 世纪神弓天所著《乐舞渊海》：“音乐作品由两个、三个或四个乐段构成，它包括音调、颂辞、歌词、吉称、鼓语和节奏等六种要素。如同人的肢体，这些要素是曲原人的组成部分。在这些要素中，表达吉祥和意义的吉称和歌词宛如曲原人（作品）的双眼。鼓语和颂辞如同其双手，因为它们源自双手，此处的原因被尊为业果。节奏和音调如同其双脚，因为它们是作品被吟唱的动因。”（IV.12-15）[22]

与“诗原人”和“曲原人”相似，工巧艺术论也出现了“庙原人”的相关描叙。[23]这是“原人”意象由时间艺术（诗歌、音乐）向空间艺术延伸的最

20 Bettina Baumer, ed. *Kalātattvakośa*, Vol.1, New Delhi: Indira Gandhhi International Centre for the Arts, 2001, p.29.

21 黄宝生译：《梵语诗学论著汇编》（上册），北京：昆仑出版社，2008 年，第 363 页。

22 Śārṅgadeva, *Saṅgītaratnākara*, Vol.2, New Delhi: Munshiram Manoharlal Publishers, 2007, pp.215-216.

23 有的学者曾经依据笔者此前发表过的相关译文和论文如《〈工艺宝库〉：一部重要的梵语建筑艺术论著》（载云南社会科学院主办《东南亚南亚研究》2017 年第 4 期，第 72-73 页）和《印度古典文艺理论话语建构的基本特征》（载麦永雄主编：《东方丛刊》，2018 年第 1 期，第 83-85 页），引述了“诗原人”（黄宝生先生在《印度古典诗学》中首次翻译的）、“曲原人”、“庙原人”的相关概念和说法，但其论文并未注明任何出处（包括梵语原著和笔者的论文、译著即 2017 年出版的《印度古典文艺理论选译》）。参见《曼陀罗：印度宗教美学的原型以及基本内容》，载《宗教学研究》，2020 年第 3 期，第 156 页。这从一个侧面说明，对于深究中外文艺美学的学者们来说，印度古典文艺美学原理是非常重要的。

佳例证，自然也是印度教哲理艺术化、符号化的形象说明。“整个神庙的形状和寓意，以‘庙原人’（Vastupurusa）的模式矗立着。‘庙原人’是神庙的象征，以水平面为基础。它是高耸神庙的基本形式。”[24]《工巧宝库》形象地表达了“庙原人”的概念：“从底座至旗杆，神庙形似原人。神庙的建筑依次仿效闇（tamas）、忧（rajas）、喜（sattva）的三德模式。流线型神庙由十四个部分构成。身体包括十四个部位，塔庙也是如此……神庙的十四个部位应如此建造。”（I.6-14）[25]稍后，摩诃钵多罗又指出：“应按先贤所言塑造标志，正如原人因具备十六个部位而完美无缺。因此，应按十六个部位塑造有标志和旗帜的神庙。”（I.273-274）[26]

王镛先生指出：“印度教神庙通常是印度教哲学的宇宙图式……一座印度教神庙就是一个微型宇宙，亦即按比例缩小的宇宙结构的复制。在中世纪印度教建筑学经典中，北方式神庙的亚种之一奥里萨式神庙的玉米状悉卡罗的塔座、塔身、塔顶等各部分结构，按照人体各部位被分别命名为‘足’、‘小腿’、‘躯干’、‘颈’、‘头’、‘颅’等等，说明印度教神庙的宇宙图式已经被人格化了，变成了宇宙生命的象征。”[27]所谓“印度教神庙的宇宙图式人格化”，是对“庙原人”意象的艺术疏解。

从宗教哲学起源看，“原人”意象出现得非常早，例如，《梨俱吠陀》第十卷的《原人歌》写道：“原人之神，微妙现象，千头千眼，又具千足；包摄大地，上下四维……是故原人，超越十方。”[28]稍后，《原人歌》还写道：“原人之口，是婆罗门；彼之双臂，是刹帝利；彼之双腿，产生吠舍；彼之双足，出首陀罗。彼之胸脯，生成月亮；彼之眼睛，显出太阳；口中吐出，雷神火天；气息呼出，伐尤风神。”[29]《梨俱吠陀》是印度古代最早的诗歌汇编，其中的《原人歌》非常形象、微妙地表达了印度早期的神学思想，对现象世界与超验世界的关系进行了艺术的辨析。

24 Stella Kramrisch, *The Hidu Temple*, Vol.1, Delhi: Motilal Banarsidass Publishers, 2002, p.7.

25 Sthāpaka Nirañjana Mahāpātra, *Śilparatnakośa*, New Delhi: Indira Gandhhi International Centre for the Arts, 1994, pp.31-35.

26 Sthāpaka Nirañjana Mahāpātra, *Śilparatnakośa*, New Delhi: Indira Gandhhi International Centre for the Arts, 1994, p.120.

27 王镛：《印度美术》，北京：中国人民大学出版社，2010 年，第 249-250 页。

28 巫白慧译解：《〈梨俱吠陀〉神曲选》，北京：商务印书馆，2013 年，第 253 页。

29 巫白慧译解：《〈梨俱吠陀〉神曲选》，北京：商务印书馆，2013 年，第 255 页。

第三节 湿婆庙和女神庙的文化内涵

与“原人”意象左右《工巧宝库》的整体构思一致，传统文化使这部建筑艺术论著带有浓厚的宗教哲学色彩。可以说，抽去宗教内核，这部艺术论著的撰写将成“无米之炊”；不从宗教文化视角切入，将无法较为准确地理解这部著作。

关于湿婆庙（林伽罗阇庙）的文化内涵，论者指出：“林伽罗阇庙的尖塔自 11 世纪矗立以来，一直在布巴内斯瓦尔（Bhubaneswar）的神庙之城独占鳌头。人们想到布巴内斯瓦尔时不能不想到林伽罗阇庙。如想了解布巴内斯瓦尔，人们必须了解林伽罗阇庙；一旦理解林伽罗阇庙，就会理解布巴内斯瓦尔。林伽罗阇庙是印度东部最优美的湿婆庙，它代表了奥利萨建筑风格的成熟体现。对林伽罗阇庙的正确理解，有赖于其复杂内涵的理解。林伽罗阇庙不只是一种考古遗迹，不只是一座湿婆庙，必须联系其建筑、雕刻、宗教和铭文等，从整体上理解它。必须以建筑师、僧侣和当地人的姿态理解林伽罗阇庙，这些人世世代代活在林伽罗阇庙的影子中，懂得林伽罗阇庙。”[30]

所谓“以建筑师、僧侣和当地人的姿态理解林伽罗阇庙”，其实是指解读印度教徒崇拜林伽（阳具）即湿婆象征物的宗教文化心理。因此，《湿婆往世书》对林伽的描述可以解释林伽罗阇庙流行的原因：“人们无法以听闻等三种方式表达虔敬时，应建起代表湿婆身体的林伽像并日日膜拜，如此方可渡过生死之海（samsarasagara，或译‘轮回之海’）。”[31]该书还说：“所有吠陀都认可对林伽的崇拜。林伽完全代表湿婆。”[32]

不过，如结合湿婆庙的“原人”结构或意象，将湿婆庙仅仅理解为林伽庙即象征湿婆林伽的神庙，似乎有过于简化或武断之嫌。因为，湿婆庙虽然外形近似林伽，但它包含着吠陀时代以来的宗教哲学信息。

论者指出，数论哲学认为世界有原人和原初物质两种永恒的存在。原人是不变的、永恒的自我，原初物质处于未显状态，是不可见的。原初物质具有三德（三性）：喜性、忧性和暗性，它们分别具有明亮性、活动性、停滞性。[33]由

30 K. S. Behera, *The Liṅgarāja Temple of Bhubaneswar Art and Cultural Legacy*, New Delhi: Indira Gandhhi International Centre for the Arts, 2008, p.125.

31 Shanti Lal Nagar, ed. and tr., *Śivamahāpurāṇa*, Vol.1, Delhi: Parimal Publications, 2012, p.48.

32 Shanti Lal Nagar, ed. and tr., *Śivamahāpurāṇa*, Vol.1, Delhi: Parimal Publications, 2012, p.50.

33 （古印度）钵颠阇利：《瑜伽经》，“导言”，黄宝生译，北京：商务印书馆，2016 年，第 4-5 页。

此可知，湿婆庙按照原人模式修建，必然遵循三德，并表达地、火、水、风、孔等五大元素，艺术呈现相关的宗教哲学观。

事实上，作为印度古代文明精髓的继承者之一，摩诃钵多罗的“集体无意识”使其遵循传统文化思维，论述工巧艺术的精妙。例如，他在书中指出：“‘五行趾’（khura）叫做大地，它象征大地的真谛。正如世界源自五大元素，神庙源自‘五行趾’的构想。‘五行趾’上方是宝瓶，两者高度相当。宝瓶是水元素（ap）的化身，它常常赐予吉祥。”（I.84-85）[34]他还写道：“始终应按照经论的教诲雕刻宝瓶。在宝瓶上方，应雕刻第三部分即顶板，它代表五大元素的火。”（I.91-92）[35]关于另外两种元素，他叙述道：“还有一个狭窄的框柱和较宽的盖板。盖板和顶板之间的叶片象征元素风。叶片之上的位置呈多摩鹿鼓状，它是‘五行趾’的顶部。极佳的盖板象征着元素空。”（I.100-101）[36]

不仅如此，摩诃钵多罗在论及石刻像时指出，应根据三德的性质，分别塑造三相即三种神态面貌：“柔相、猛相、怖相，是三种最佳的形象，它们分别对应于喜、忧、闇等三德。宁静的脸庞、柔和的双手和没有赘肉，永远保持青春的魅力，这是柔相的特征。猛相以身形优美、面目狰狞为特征。怖相以身形散乱、脸部丑陋可怕为特征。”（II.18-21）[37]

湿婆神为代表的男神与雪山神女（波哩婆提）为代表的女神的微妙关系，印度教的诸多文学作品和宗教经典皆有各种版本的解说。男神与女神并非简单的男人、女人关系，他们的关系被赋予极为深邃的宗教哲学内涵。这种复杂关系似乎可从印度教大神非常独特的雌雄同体现象即“半女大自在天”或曰半女神、阴阳神现象中破解成因。德国学者指出：“只有在阴性能量（萨克提）的作用下，湿婆才能变得主动而有创造性。没有萨克提，湿婆就像一具没有生命的身体。为了创造宇宙、地球及万物，作为绝对者与中性者的湿婆分身为互补的两半。从男神与女神的结合中产生了一切生命。在这种对绝对的展现中，

34 Sthāpaka Nirañjana Mahāpātra, *Śilparatnakośa*, New Delhi: Indira Gandhhi International Centre for the Arts, 1994, p.58.

35 Sthāpaka Nirañjana Mahāpātra, *Śilparatnakośa*, New Delhi: Indira Gandhhi International Centre for the Arts, 1994, p.58.

36 Sthāpaka Nirañjana Mahāpātra, *Śilparatnakośa*, New Delhi: Indira Gandhhi International Centre for the Arts, 1994, p.60.

37 Sthāpaka Nirañjana Mahāpātra, *Śilparatnakośa*, New Delhi: Indira Gandhhi International Centre for the Arts, 1994, pp.184-188.

男性是空间的被动元素，而女性则是时间的主动元素。这两种元素尽管看起来是对立的，实际上却是一体的……半女大自在天塑像的右边是男性，左边是女性，与两性之间的象征秩序一致；既细致入微地展现了两性不同的特征，又将二者和谐地融为一体。”[38]湿婆与雪山神女（或恒河女神等）夫妻相伴、夫唱妇随的现象，似乎是雌雄同体的一种表现方式。

关于湿婆雌雄同体及其与雪山神女夫唱妇随的现象，印度学者正确地指出：“印度哲学中存在数不胜数的关于湿婆、性力（sakti）、原人（purusa）、原质（prakrti）的阐释。湿婆和性力（女神）、原人和原质都是相同真理的两个方面，即静止与活跃、消极与积极、抽象与具象、男性与女性……综上所述可以明白，女性原则突出，但未独占鳌头。此外，女性并非邪恶或原罪之因。这一基本差异使印度文化区别于同时期的西方文化。在觉（jagrti）、梦（svapna）和眠（susupti）等三种状态中，女神是能量的象征。”[39]

雌雄同体不仅具有深刻的哲学内涵，也达成了奇妙的艺术效果，这在婆罗多《舞论》中有所表现。从《舞论》第四章的相关叙述可以发现，湿婆表演的刚舞与其配偶雪山神女表演的柔舞相辅相成、相得益彰，似乎可视为雌雄同体的特殊呈现。婆罗多写道：“目睹湿婆手舞足蹈、摇颈扭臂，看到他跳起各种组合舞，波哩婆提也跳起了柔美的舞蹈。”（IV.254）[40]他还说：“一般而言，刚舞的表演与赞颂神灵有关，而柔舞的表演则产生艳情味。”（IV.273）[41]

与《舞论》的相关论述近似，《工巧宝库》也在男神与女神相辅相成的基础上论述男神庙（以湿婆庙为代表）和女神庙。从全书结构看，先以多半的篇幅介绍湿婆庙即林伽罗阇庙，再以第 362 至 427 句介绍女神庙及毗湿奴化身庙等的特征，虽有篇幅失衡之感，但也说明摩诃钵多罗没有忽视湿婆庙的“忠实伴侣”即女神庙。他用 saktibhavana 或 saktiprasada 等梵文词指称女神庙，其中的 sakti 可译为“性力”等（因此似乎可将女神庙称为“性力庙”），它也是湿婆配偶难近母（杜尔迦女神）和毗湿奴配偶吉祥天女（吉祥女神）的别名，其含义异常丰富。中国学者指出：“萨克蒂表现为许多女神的形式。她们

38 （德）施勒伯格：《印度诸神的世界：印度教图像学手册》，范晶晶译，北京：中西书局，2017 年，第 76 页。

39 Kapila Vatsyayan, *Asian Dance: Multiple Levels*, Delhi: B.R. Rhythms, 2011, p.77.

40 Bharatamuni, *Nāṭyaśāstra,* Vol.1, ed. by Pushpendra Kumar, New Delhi: New Bharatiya Book Corporation, 2006, p.142.

41 Bharatamuni, *Nāṭyaśāstra*, Vol.1, ed. by Pushpendra Kumar, New Delhi: New Bharatiya Book Corporation, 2006, p.153.

在宇宙中代表性力的具体方面，其中代表自然力量的两个主要方面，就是创造或破坏。”[42]在摩诃钵多罗笔下，女神庙的部分特征是这样的：“两层神龛和穹窿之上是两个天宫塔，两个神龛安放两位女神的像。这种吉祥庙自有迷人之处。在穹窿塔的顶冠上，神庙以七个支脉（saptaratha）为造型基础……一个圆形的天宫塔占据整个中部的位置。这二十四个庙塔代表二十四位次要的女神（upasakti）……棱线庙形似‘原人’，而吉祥庙是一种魔法庙。”（I.385-393）[43]称其为“魔法庙”，主要是因为庙的底部以神话传说中的须弥山（Meru）模型为基础。有的学者将 yantra 译为“幻方”（相当于魔方、魔阵或纵横图），将 Sricakrayantra 译为“吉祥轮”。“名为‘幻方’的神秘几何图表被信徒用来辅助禅修，拉近他与所奉神祇之间的距离。幻方在性力派信徒中特别流行，这一派奉女神为最高神性……大体而言，幻方就是吉祥轮。在一个正方形的框架中，围绕着一个莲花形的圆环，圆环中有九个互相交织的三角形。其中四个角向上，意味着阳性；五个角向下，意味着阴性。”[44]这说明，吉祥庙是一种带有魔幻色彩和吉祥意味的女神庙。印度学者认为：“吉祥庙最完美的典范是布巴内斯瓦尔的罗阇罗尼庙（Rajarani temple）。”[45]摩诃钵多罗指出：“所有三种穹窿庙是最理想的女神庙，它们不是湿婆庙或毗湿奴庙。”（I.409）[46]“穹窿”一词和庙塔“向外凸起”的说法，即是对女神庙的暗示或艺术表达，也体现了印度古代对女性美的独特看法。

从另一个角度看，湿婆庙的壁龛、神坛到处可见女神或舞女形象，而女神庙则将湿婆等男神降为守门神，这似乎是印度古典艺术论的阴阳调和观的例证之一。

从《工巧宝库》后边的叙述来看，还有一个非常棘手、具有争议的现象或“伪命题”，即女神庙属于湿婆派还是毗湿奴派的问题。论者发现，罗阇罗尼庙没有供奉任何神祇，这便引起几个复杂的问题：“它究竟是不是神庙？如是

42 邱永辉：《印度教概论》，北京：社会科学文献出版社，2012 年，第 335 页。

43 Sthāpaka Nirañjana Mahāpātra, *Śilparatnakośa*, New Delhi: Indira Gandhhi International Centre for the Arts, 1994, pp.156-158.

44 （德）施勒伯格：《印度诸神的世界：印度教图像学手册》，范晶晶译，北京：中西书局，2017 年，第 21-22 页。

45 Sthāpaka Nirañjana Mahāpātra, *Śilparatnakośa*, New Delhi: Indira Gandhhi International Centre for the Arts, 1994, p.5.

46 Sthāpaka Nirañjana Mahāpātra, *Śilparatnakośa*, New Delhi: Indira Gandhhi International Centre for the Arts, 1994, p.164.

神庙，它属于哪个派别？如是湿婆派，它早先是否供奉神像或一具湿婆林伽？”[47]有的学者认为，罗阇罗尼庙是供奉毗湿奴的神庙，因其底部镶有暗示毗湿奴神的莲花图案。有的学者反对这一观点，坚持认为它是供奉湿婆的神庙。不过，从摩诃钵多罗本人的叙述看，罗阇罗尼庙无疑属于供奉湿婆大神的配偶即恒河女神或高利女神的庙，将其纳入男神庙范畴的做法值得商榷。此外，书中提到的“矩形穹窿庙”是毗湿奴化身庙即野猪庙，这使问题变得愈加复杂，因为摩诃钵多罗明确表示所有三种穹窿庙均为女神庙而非男神庙。野猪庙似乎与毗湿奴大神的配偶吉祥天女（吉祥女神）有关，它应为吉祥女神庙。“性力派信徒奉女神为最高神性原则……由于女神的阴性能量与湿婆相关，故而性力派也与湿婆派紧密相连。”[48]德国学者指出：“性力派信徒奉女神（Devī）为最高神性原则……由于女神的阴性能量与湿婆相关，故而性力派也与湿婆派紧密相连。”[49]美国学者指出：“在印度宗教中，难近母与迦利女神（Durgā-Kālī）是广为流传的一种概念（concept）的神学表现，这一概念叫做萨克提（Śakti）或曰‘性力教’（the religion of ‘Power’）。”[50]这对我们确认并分析《工巧宝库》描叙的女神庙提供了有力证据。当然，如何更完美地解释这些复杂现象，有待学界深入研究。

第四节 《工巧宝库》与《舞论》、《画经》的比较

作为印度古典文艺论著之一，《工巧宝库》自然不会脱离传统思维与话语建构方式。实际上，该书的许多内容可与《舞论》、《画经》等名著进行比较。

首先，这些文艺论著都是假托神灵或圣贤之作，因为这增添了著作的神圣色彩或曰权威性，有利于推广和传播。摩诃钵多罗以梵天造像、工巧天接力传给造像师技艺等情节，塑造了工巧艺术诞生的宗教神话。他写道：“从前，自生者（梵天）在婆罗多国的优特迦罗（Utkala）创造了世主像。它是显像，也

47 Sthāpaka Nirañjana Mahāpātra, *Śilparatnakośa*, “Introduction,” New Delhi: Indira Gandhhi International Centre for the Arts, 1994, p.10.

48 （德）施勒伯格：《印度诸神的世界：印度教图像学手册》，范晶晶译，北京：中西书局，2017 年，第 8 页。

49 （德）施勒伯格：《印度诸神的世界：印度教图像学手册》，范晶晶译，北京：中西书局，2017 年，第 8 页。

50 Wendell Charles Beane, *Myth, Cult and Symbols in Śākta Hinduism: A Study of the Indian Mother Goddess*, “Preface,” New Delhi: Munshiram Manoharlal Publishers, 2001, IV.

是隐像。世主无形却有形，他是三界中的唯一。通过塑造世主像，造像师被赠予人生四要之果。工巧天的化身造像师塑造了世主像，并在第二摩奴时期的吉祥日子，在圆满时代的开头竖起了这尊像。向世主像吉祥的双脚致敬后，造像师为了造像师一族的利益，努力思考《工巧宝库》，从艺术经论中领悟所有的意义。《工巧宝库》专门为造像师们而写。该书为造像师一族了解造像知识而作，不应授予他人。将此书泄露他人而犯下罪孽者，将因此堕入地狱。人们只有虔诚恭敬，才可通过传统经论掌握造像知识。应将神庙的艺术装饰视为一种神圣的行为。毋容置疑，工巧天是造像师的保护神。这位神圣的造像艺人在大地显形，造像师是其化身。那位伟人即古代的原人住在圣地普罗娑多摩，由于他的恩惠，《工巧宝库》得以著成。”（I.466-474）[51]在介绍石刻雕像时，摩诃钵多罗依然假托圣贤写道：“我将按照工巧天所述规则，详细地依次介绍如何制作神像身体的主要、次要部位。”（II.1）[52]

再看《舞论》。它的第一章《舞论起源》以作者“我”引出叙述者婆罗多，再由婆罗多讲述戏剧起源，并演绎出一系列的戏剧原理和表演规则。这和摩诃钵多罗的前述方式基本一致。婆罗多在《舞论》第一章开头写道：“向祖宗（梵天）和大自在天（湿婆）两位大神鞠躬致敬，我现在开始讲述梵天阐明的舞论。”（I.1）[53]按照婆罗多的叙述，梵天答应仙人们的请求，运用瑜伽，回忆四吠陀，创造了一种以四吠陀和六吠陀支为来源的“戏剧吠陀”或曰“第五吠陀”。再看《舞论》第四章关于各种刚舞假托湿婆产生的相关表述。看到梵天令婆罗多表演的戏剧后，湿婆高度赞赏，并对创造戏剧的梵天说：“黄昏时分，我在舞蹈中想起，舞蹈因为各种基本动作（karana）和动作组合（angahara）的点缀而优美迷人。你可在序幕表演中合理地运用它们。在演唱吉祥歌、节拍乐、戏外歌和启幕歌时，你可用舞蹈恰如其分地表现那些主题。你的序幕是单纯的表演，一旦加入各种舞蹈动作，就是所谓的复合表演。”（IV.13-15）[54]稍后，湿婆叫来荡督（Tandu），让他为婆罗多解说动作组合的表演。“因此，灵魂高尚的荡督为我解说了动作组合。我将为你们讲述各种各样的基本动作和

51 Sthāpaka Nirañjana Mahāpātra, *Śilparatnakośa*, New Delhi: Indira Gandhhi International Centre for the Arts, 1994, p.178.

52 Sthāpaka Nirañjana Mahāpātra, *Śilparatnakośa*, New Delhi: Indira Gandhhi International Centre for the Arts, 1994, p.182.

53 黄宝生译：《梵语诗学论著汇编》（上册），北京：昆仑出版社，2008 年，第 35 页。

54 Bharatamuni, *Nāṭyaśāstra*, Vol.1, ed. by Pushpendra Kumar, New Delhi: New Bharatiya Book Corporation, 2006, p.81.

动作组合。”（IV.18）[55]无论是梵天在瑜伽状态中冥想戏剧，还是湿婆在舞蹈时想起各种基本动作和动作组合，都由幸遇深赐的“我”转述，这一模式与摩诃钵多罗假托神灵、圣贤言说建筑和雕刻工艺基本一致。

《画经》对绘画起源的描述也有与上述情节相似的神秘色彩：“从前，为了造福世界，仙人那罗延创造了优哩婆湿。为了迷惑（前来引诱的）众天神之妻，仙人以芒果汁在地上画了一个美女，天女中的这位绝色佳丽因此成了一幅画（citra）。看见她，所有天神之妻自愧弗如，纷纷走开。这样，大仙创造了一幅具有各种特征的画，让不朽的工巧天学会绘画。”（XXXV.1-5）[56]

作为工巧艺术论著，《工巧宝库》严格遵从传统习惯，将建筑流程与祭祀仪式紧密相连。例如：“应在吉祥的时刻修建安放金刚像的表面。庙前和穹窿的金刚像须认真雕刻。”（I.332）[57]这种仪式化的工巧艺术可以追溯到《舞论》等前人著作中。例如：“在吉星高照的日子为剧场奠基，吹响螺号，敲响天鼓、杖鼓和细腰鼓……梁柱的安放在太阳初升的吉祥时刻进行。”（II.36-46）[58]

《工巧宝库》强调神像制作工艺的传统仪轨，它指出：“不根据相关知识而修建神庙，无疑会丢失传统。应在吉祥的星宿日和吉祥的时刻制作神像。应根据仪轨制作供奉像和装饰像。制作普通像，无须考虑时间是否吉祥或是否运用相关知识。”（I.478-480）[59]与之相比，《舞论》对戏剧表演传统仪轨的强调有过之而无不及，它说：“合乎仪轨地向舞台祭供后，会给国王、国家和城市的老幼子民带来吉祥。对舞台的祭供不理想，神灵们不会忠于职守地（保护剧场和表演），戏剧表演就会失败，国王会遭遇不测……暴风煽动的烈火燃烧迅速，但也不及不合仪轨的舞台献祭烧掉戏剧表演那么神速。”（III.93-98）[60]

《工巧宝库》认为：“神像分为石像、木像、金属像和泥像等四类。”

55 Bharatamuni, *Nāṭyaśāstra*, Vol.1, ed. by Pushpendra Kumar, New Delhi: New Bharatiya Book Corporation, 2006, p.83.

56 Parul Dave Mukherji, ed & tr., *The Citrasūtra of Viṣṇudharmottarapurāṇa*, New Delhi: Indira Gandhi National Centre for the Arts, 2001, p.2.

57 Sthāpaka Nirañjana Mahāpātra, *Śilparatnakośa*, New Delhi: Indira Gandhhi International Centre for the Arts, 1994, p.138.

58 Bharatamuni, *Nāṭyaśāstra*, Vol.1, ed. by Pushpendra Kumar, New Delhi: New Bharatiya Book Corporation, 2006, pp.47-49.

59 Sthāpaka Nirañjana Mahāpātra, *Śilparatnakośa*, New Delhi: Indira Gandhhi International Centre for the Arts, 1994, p.180.

60 Bharatamuni, *Nāṭyaśāstra*, Vol.1, ed. by Pushpendra Kumar, New Delhi: New Bharatiya Book Corporation, 2006, p.77.

（I.462）[61]它高度重视石像的制作，这自然与它结合神庙建筑谈论雕像有关。《画经》也有类似的造像四分法，但它似乎没有明确的优劣之分。

印度学者认为，带有绝对主义色彩的印度艺术哲学与语言哲学、克什米尔一元论湿婆教哲学的原理相通。它们以“味梵”（rasabrhma）、“音梵”（nadabrahma）和“宅梵”（vastubrahma，或译“宅地梵”）等三个概念区分不同的艺术体验，这与湿婆教或语言哲学高度认可“音梵”（sabdabrahma）概念一致。“建筑是最低级的艺术，因为它用于表达精神观念的媒介是低劣的。石头、砖块和泥土等是世俗的东西。在某些重要的印度思想体系看来，泥土是最高哲学原理的最低级化……建筑本身并不表达精神观念，只是象征它而已。建筑独立于观念，与观念分离。因此，（代表诗歌和戏剧的）‘味梵’是最高级的，（代表音乐的）‘乐音梵’是低级的，而‘建筑梵’是绝对主义的印度艺术哲学最低级的范畴。”[62]这种古代流行的艺术分层论或艺术优劣论，即便在今天也未完全绝迹。

综上所述，作为古代文艺理论著作之一，《工巧宝库》如放入历史文化语境进行观察，将会显示印度古典文艺理论的诸多传承、变异之处，从而为学界思考印度文明的历史发展提供艺术参照。事实上，印度教工巧艺术论的历史贡献不容忽视，它们是印度古典文艺理论的重要组成部分。1988 年以来，印度英迪拉·甘地国立艺术中心持续推出“经典艺术论丛书”，出版了多卷（套）印度古典建筑、雕像论著，这从一个侧面说明了其历史价值和理论意义，也说明印度学者对传统文艺理论的高度重视。

61 Sthāpaka Nirañjana Mahāpātra, *Śilparatnakośa*, New Delhi: Indira Gandhhi International Centre for the Arts, 1994, p.176.

62 Kanti Chandra Pandey, *Comparative Aesthetics (Vol.1), Indian Aesthetics*, Varanasi: The Chowkhamba Sanskrit Series Office, 1959, pp.614-616.